KB050949

용병 생활백서

용병생활백서 2
초판 1쇄 인쇄일 2016년 3월 23일 | **초판 1쇄 발행일** 2016년 3월 25일

지은이 주작 | **펴낸이** 곽중열 | **담당편집 팀장** 이범수
편집부 신연제 이윤아 김은경 홍현주

펴낸곳 (주) 조은세상 | 출판등록 제 2002-23호
주소 경기도 연천군 미산면 청정로 1355
TEL 편집부 02)587-2966 | FAX 02)587-2922
e-mail bukdu@comics21c.co.kr

주작 © 2016
ISBN 979-11-5832-502-2 | ISBN 979-11-5832-500-8(set) | 값 8,000원

※잘못 만들어진 책은 바꿔 드립니다.
※저자와의 협의에 의해 인지는 생략합니다.

주작 판타지 장편소설

NEO FANTASY STORY & ADVENTURE

용병생활백서

傭兵生活白書

2

(주)조은세상

CONTENTS

용병생활백서

1. 과식

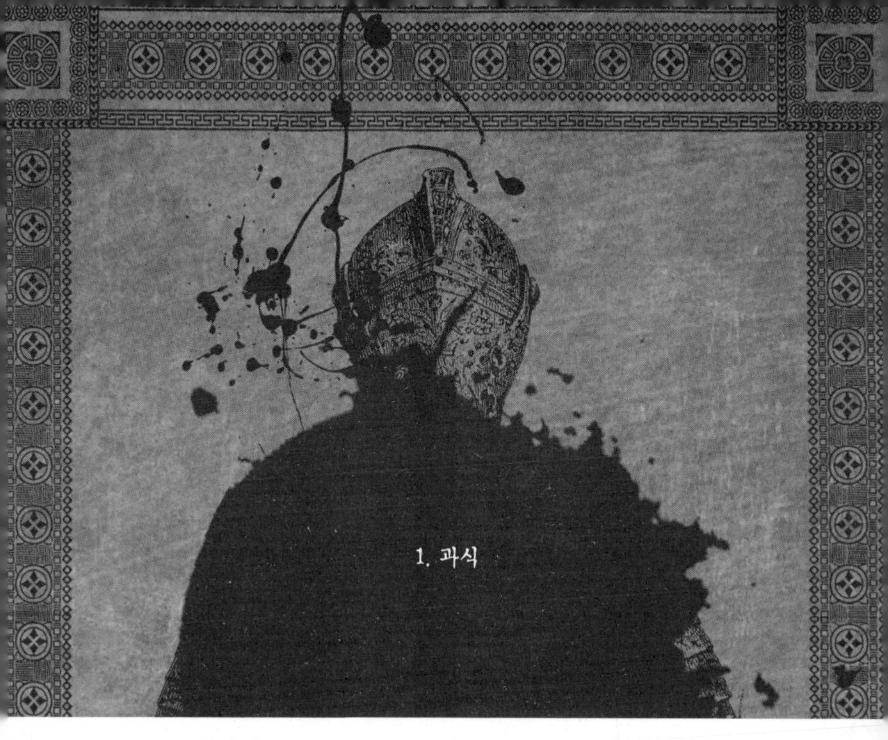

1. 과식

드라필만!

에벨린 왕국을 대표하는 검가이자, 대륙적으로도 손꼽히는 명문답게, 그들의 아침은 여느 귀족가의 아침보다 더욱 억세고 강렬했다.

"악! 악! 아악!"

"깍! 깍! 끄악!"

언뜻 비명소리 같기도 하고, 또는 까마귀들의 울음소리 같기도 한 저 외침들은 드라필만의 기사들의 아침 훈련이 절정에 이를 때에 터져 나오는 함성 혹은 괴성이었다.

그 요란스런 울림과 함께 드라필만의 아침은 깨어난다고 할 수 있었다.

"끄으으응…."

하지만 단 한 사람, 저들의 괴성보다 빠르게 아침을 맞이하고, 이미 절정의 끝을 고한 이가 있었다.

에던 운트!

알려지지 않은 드라필만의 새로운 식솔이었다.

"우라질 놈의 영감탱이!"

가주 전용 연무장에 늘어져 있는 에던의 입 안 가득 욕지거리가 굴러다녔다.

그도 그럴게 루드말의 지시로 이뤄진 '수련'이 너무 가혹했던 까닭이었다.

'수련? 고문이지!'

전신이 부서질 것 같은 통증이 쉴 새 없이 이어지고 있었다.

"염병!"

사나운 욕지거리와 함께 상의를 벗어던지자, 육신 가득 기이한 그늘이 져 있었다. 무언가 확인하니 그 정체가 '밧줄'이었다.

"이건, 무슨 변태도 아니고."

남들이 이 모습을 본다면 오해하기 딱 좋은 몰골이었다. 더욱 환장하겠는 건, 이 밧줄이 변태적 소설에 나오는 것 이상으로 전신을 옥죄고 있다는 점이었다. 이 정도만으로도 머리가 뜨겁게 달궈질 정도건만, 문제는 거기서 끝이 아니라는 것이다.

"끄응… 무거워 죽겠네."

마치 전설 속 거인족의 강철갑옷을 입기라도 한 것 마냥, 무시무시한 무게감이 전신을 억누르고 있다는 점이었다.

에던의 전신을 속박하고 있는 이 밧줄은 특별한 것으로써, 흔히 말하는 '마도구' 라 불리는 마법 물품이었다.

그것도 무려 고위의 마법사가 심혈을 기울여 제작한 것이었다.

레일라 드라필만!

고위 마법사라는 건 즉, 다섯 번째 마력의 원을 이뤘다는 걸 의미했다.

5서클!

이미 20대의 나이에 4서클을 이뤄냈던 그녀였건만, 겨우 10년여 밖에 안 지난 30대에는 무려 5서클이라는 놀라운 영역까지 발을 들인 것이다.

평균적으로 천재라 불리는 이들도 40대가 끝날 즈음에나 그곳에 의미를 둔다는 걸 생각해 본다면, 그녀의 성장은 실로 경이로운 수준이었다.

그럼에도 불구하고 대외적으로 드러내지 않는 부분이 또 특이한 점이었으나, 루드말의 말을 빌린다면 그녀의 성격적인 변을 생각한다면, 최초 20대에 세상을 향해 그 능력을 내보였던 게 오히려 신기한 일이라고 할 수 있었다. 루드말의 고집이 아니었더라면, 평생 알려지지 않았을 능력이라고도 했었다.

어쨌든 그 같은 고위의 마법사가 직접 제작한 밧줄이었다. 당연하게도 거기에 담긴 마법적 가치는 어마어마할 터였다.

에던으로서는 감당하기 어려울 정도임은 두말할 필요도 없었다.

'빌어먹을 영감! 망할 년!'

두 부녀를 연신 씹어대는 건, 어찌 보면 당연할 수밖에 없었다. 발산할 데 없는 분노를 이렇게라도 풀어야지 어쩌겠는가.

"악! 깍! 끄악!"

괴상한 비명성이 그렇잖아도 어지러운 정신과 피로한 육신을 더욱 괴롭게 만들었다.

[굴러. 너는 그게 답이야.]

본격적인 수련에 앞서, 루드말이 건넸던 이야기가 떠올랐다.

[보통은 연공을 통해 오러를 쌓고, 그 기운으로 내부에서부터 기반을 다지는데, 너는 그럴 수가 없어. 왜? 오러가 쌓일 그릇이 망가졌으니까.]

그런 이유로 가장 원초적인 수련을 실시하기로 했다.

[단순하고 무식하게.]

근력을 단련하며 신체적인 강화를 하는 것이다. 레일라가 제공한 밧줄은 그 단순 무식한 단련을 위한 받침대 역할이었다.

팔 한 번 휘두르는 것도 힘겹게 만드는 밧줄의 압박감이 매 순간순간 호흡을 가쁘게 만들 정도였다.

원래대로라면 루드말과 함께하며 그에게 직접 단련 받아야 할 것이었으나, 상황이 이를 허락하지 않았다.

[내가 좀 바빠서.]

루드말의 변명 아닌 변명이었다. 그러며 덧붙인 내용이 또 할 말이 없게 만들었다.

[기는 것 정도는 알아서 해라. 걷고 나면 뛰는 법 까지는 가르쳐 줄 테니까.]

이 말을 남기고는 휙 하니 가버리는 것이 아닌가. 그나마 이곳 가주 전용 연무장을 제공했다는 부분에서, 그를 내버려 두는 건 아니라는 걸 확인할 수 있었다.

그렇다고는 해도 이 고된 고문과 같은 수련에 불만이 가득한 건 어쩔 수가 없었다. 하지만 그렇다고 해서 또 이걸 그만두기도 어려웠다.

"끄응… 이때가 아니면, 또 언제 오러 집적진에서 연공을 해 보겠어."

비록 오러 홀이 없어서 제대로 된 괴력을 쌓는 건 무리였으나, 그래도 몸에 좋다는 데 먼저 발을 뺄 이유는 없는 것이다.

힘겹게 몸을 일으키며 다시금 수련을 시작하려는 찰나였다.

"보기 좋네."

너무나도 달갑지 않은 음성이 날아들며, 그의 정신을 한층 피로하게 만들었다.

'레일라.'

연무장의 입구로 들어서고 있는 레일라의 모습이 보였다.

"언제 봐도 재밌는 몰골이야."

그녀의 이야기에 얼굴을 구긴 에던이 몸을 식히고자 벗어놨던 옷을 급히 챙겨 입었다.

'확실히 저년도 제정신은 아니야.'

성인 남성이 전신을 밧줄로 옥죄고 있는 모습을 보며 매번 저따위 말을 지껄이고 있는 걸 보면, 분명 정상은 아니라고 생각되었다.

애초에 이 밧줄을 그녀가 제공했다는 부분에서, 오히려 이런 취미가 있는 건 아닐까 싶어, 마음 한편이 오싹해지기까지 했다.

게다가 이런 이유가 아니더라도 그녀는 적잖게 꺼려지는 존재였다.

[같이 살래?]

최초의 만남에서 그녀가 했던 너무도 뜬금없는 제안은 지금도 아찔한 기억으로 남아있었다.

당연하게도 처음에는 '남자와 여자'로서의 '관계'를 생각했었다. 하지만 오래지 않아 그녀가 말한 동거가 '마법사와 실험체'라는 의미였음을 알고는 어찌나 놀랐던가.

다시 생각해도 오싹한 경험이었다.

"수련은 안 해?"

레일라의 물음에 에던이 쓰게 웃으며 검을 쥐었다. 그녀가 자신에게 많은 '호기심'이 있음을 아는 까닭이었다. 물론, 그것은 이성적인 것이 아닌 '실험체'로써의 '관심'으로써, 첫 만남 당시에 에던이 보여줬던 '능력' 때문이었다.

'그런 것도 능력이라고 해야 하나?'

생각지도 못한 부분이었다. 무수히 많은 삶과 죽음의 경계를 넘나들며, 어느 순간부터 '죽음의 잔재'를 보게 되었다.

얼추 생사의 경계를 세 자릿수까지 도달했음 즈음부터 보게 되었던 '그것'은 치열하게 영지전을 치르고, 그 끝에 도달했을 즈음 갑작스럽게 나타나고는 했다.

처음에는 그 정체를 확인하지 못하다, 어느 순간 죽어버린 시체에서 희뿌연 연기가 빠져나오는 것을 알게 되고는 그게 흔히 말하는 유령 혹은 원념 덩어리 같은 거라고 '짐작'하게 되었다.

때문에 처음 레일라와 마주했을 당시, 표정에 드러내지는 않았지만 적잖게 놀라야만 했다.

언제나 희뿌연 연기나 다를 게 없던 '그것'이 너무도 선명한 모습으로 레일라의 주변을 돌아다니고 있던 까닭이었다.

게다가 전장에서 보았던 칙칙한 느낌의 '그것'들과는 달리 레일라의 주변을 떠도는 녀석 '들'은 너무도 맑고 투명했다.

놀란 나머지 자꾸만 시선이 갔고, 그러다 결국 레일라에게 들켜 버린 것이다.

'설마… 그게 정령이었을 줄이야.'

더더욱 놀라운 건, 무려 마력의 원을 다섯 개나 이뤄낸 고위 마법사가 정령술 마저 익히고 있다는 점이었다.

부친은 초인이고 딸아이는 정령과 마나의 축복을 받은 존재라니.

'으음….'

새삼스레 대단한 집안이라는 생각이 들었다.

"수련 안 해?"

재차 들려온 레일라의 물음에 에던이 나직하니 한숨을 내쉬며 연공을 시작했다.

레일라가 이곳을 찾은 이유는 간단했다. 앞서 언급한 것처럼 그를 '실험체'로써 보는 까닭이었다.

어떻게 정령을 볼 수 있는지, 그를 지켜보며 그 비밀을 파헤치고자 하는 것이다.

'귀찮게 하기는… 쯧!'

사실, 비밀이랄 것도 없었다. 에던은 그가 어쩌다 정령을 볼 수 있었던 지에 대해, 이미 레일라에게 전부 밝힌 상황이었다. 얽히고 싶지 않은 마음에 묻는 족족 대답해 준 것이다.

하지만 이게 웬일? 오히려 더욱 눈을 빛내며 에던에게 달라붙는 것이 아닌가.

[너도 모른다면, 내가 알아내지.]

본인 스스로도 이해할 수 없는 현상이 레일라의 마법적 탐구심을 더욱 자극해 버린 것이다.

'지랄 같네.'

미치고 팔딱 뛸 노릇이었다.

'요즘 따라 왜 이래?'

유난스러울 정도로 여자와 얽히는 느낌이었다. 여인과 얽히면 결과가 안 좋았던 경우가 워낙 많았기에, 가장 피하고 싶은 상황이기도 했다.

라논과 얽혀 공작가에 붙잡혔다. 비록 거짓된 설정이기에 그가 거부하면 되겠으나, 지난번 한 차례 보냈던 라논과의 잠자리가 미묘한 뒤끝을 남겨놓은 까닭에, 결국 받아들이게 만들어버렸다.

'그나저나….'

문득, 라논에 대한 궁금증이 일었다.

'유난히 바빠 보였는데.'

크게 얽매일 생각이 없음에도 불구하고, 한 번 살을 부대낀 경험 때문일까? 작게나마 신경이 쓰이는 건 어쩔 수가 없었다.

'뭔가 일이 있는 것 같긴 한데.'

수련이 고된 까닭에 그런 부분에 신경을 쓸 겨를이 없었다.

'날 잡고 한 번 나가봐야겠어.'

어느 영지에나 용병길드는 존재하고, 그들을 통하면 어렵지 않게 정보길드에 도달할 수 있었다.

분명히 무언가 사건이 발생했다는 느낌이 강렬했다. 때문에 정보가 절실했다. 굳이 라논이 아니더라도, 다시 업계에 복귀를 생각한다면, 어느 정도는 상황을 파악하고 있어야 했다.

"후우우우…."

힘겹게 한 차례 연공을 마친 에던이 호흡을 고르며 검을 늘어트렸다. 오러를 쌓을 수는 없다지만, 수련도 함께 할 수 있는 게 움직이는 연공법인 연무공의 장점이었다.

비록 그 축적 효율이 좌식공에 비한다면에 부족하다는 평가가 있었지만, 어쨌든 지금 당장은 육체적 단련이 필요한 만큼, 연무공의 연공법이 가장 적절한 수련법이었다.

특히, 레일라의 밧줄 덕분에 그 단련 정도는 평상시의 배 이상은 된다고 여겨졌다.

"음?"

에던의 시선이 연무장 입구 쪽으로 향했다. 어느새 떠난 것인지 레일라의 모습이 보이질 않았다. 언제나 갑자기 찾아와 한참 그를 관찰하듯 살피다 소리 없이 돌아가버리고는 했는데, 오늘도 그런 모양이었다.

'그러고 보니….'

외부에서 들려오던 기사들의 훈련 소리도 사라져 있었다. 혹시 싶어서 천장 한편에 나 있는 창을 통해서 들어오는 햇빛의 방향을 짚어갔다.

그도 모르게 집중을 한 것인지 상당한 시간이 흘러 있었다.

꼬르르륵…

이를 증명하듯 뱃속에서 시위가 일어났다.

'우선은 좀 쉬자.'

막 연공을 마친 참인 까닭에, 제대로 움직일만한 기력이 없었다.

❖ ✣ ❖

한 달여에 가까운 시간을 보냈다.

'그런데 이게 뭐야?'

헌데, 어찌 그림자 하나 보이질 않는단 말인가. 창밖으로 보이는 드라필만의 영주성벽을 당장에라도 박살내고 싶었다.

'빌어먹을 영감!'

직접 움직여 저 높은 성벽을 넘어가고 싶었으나, 상대는 대륙의 초인 중 한명이었다.

여차하다가는 그림자를 밟힐 수도 있었다.

'젠장!'

스승이 물려준 '밤의 여왕' 의 명성을 생각한다면, 결코 있어서는 안 될 일이기에 자연 조심할 수밖에 없는 것이다.

'그놈은 왜 하필 저런 곳으로 들어가서, 골치 아프게 하는 거야.'

바라던 '그'의 새로운 신분을 떠올렸다.

에던 운트!

놀랍게도 저 대륙의 밤을 지배한다는 '여왕의 가시'들도 잡아내지 못할 정도로 그의 도주실력은 뛰어났다.

때문에 이처럼 꼬리를 잡았을 때 확실하게 '포획'해야만 했다. 하지만 운이 나쁘게도 머무는 장소가 좋질 못했다.

'젠장! 영감 때문에 미치겠네.'

환장하겠는 건, 루드말이 영주성을 벗어나질 않는다는 점이었다. 그가 없다면 저 성벽 넘어, 직접 에던을 찾으러 갈 것이건만, 어찌 된 일인지 도통 외출을 하려고 하질 않았다.

그녀가 아는 정보대로라면 루드말은 저리 진득하니 한자리에 있는 성격이 아니었다. 이미 몇 번은 밖으로 나가고도 남았어야 정상이건만, 어찌된 일인지 이번에는 한 달여의 시간동안 성에 틀어박혀 있다는 것이다.

물론, 밤의 여왕이 지닌 정보력은 그 이유를 충분히 짐작하고 있었다.

'망할, 광산!'

에몰란 남작과 말룬 자작의 영지전에 숨겨진 '비밀'이 드러나며 에벨린 왕국이 달궈지는 중이었다. 당연히 에벨린 왕국의 기둥 중 하나인 드라필만도 그 끓는점을 피해갈 수는 없었다.

루드말이 영주성에서 침묵하는 건 다가올 혼란을 대비하기 위함이었다.

"흐음… 어쩐다."

머리가 복잡할 때는 한 숨 자는 게 최고이기에, 그대로 침대에 늘어졌다. 그러면서도 시선은 창밖에 고정되었다.

저 멀리 비치는 드라필만의 성벽을 보고 있자니, 자꾸만 넘고 싶다는 욕망이 들끓었다.

'에던 운트.'

당장에 그를 만나서 욕을 한 바가지 퍼붓고 싶은 까닭이었다.

'그냥 넘어?'

대륙이 인정하는 초인이라고는 하나, 그녀 역시 대륙의 눈을 가려온 밤의 지배자였다.

지배자!

혹은 주인 또는 여왕이라 불리는 칭호는 아무에게나 붙는 것이 아니었다.

초인!

그것은 절대자만에게만 허락되는 것이다. 그리고 이 말이 뜻하는 건 간단했다.

그녀 역시도 별의 영역에 이른 초월자라는 의미였다. 하지만 대륙을 대표하는 7인의 초인에는 끼지 못했다.

이유는 간단했다.

밤의 여왕!

그 칭호에서 알 수 있듯이, 그녀가 사는 세상은 그늘진 음지였다. 그러다 보니 암살을 비롯한 정직하지 못한 일들을 처리하고는 했다.

당연하게도 대륙을 대표한다는 자리에 서기에는 그녀가 사는 세상은 어둠이 너무 짙었다.

그 때문일까? 비공식 초인으로서, 각국 정상들 정도만이 알고 있는 실력자였다.

게다가 레드문의 역사와 함께 해 온 수많은 밤의 여왕들도 스스로를 굳이 내보이려 하지 않았기에, 사람들의 인식이 그 위치에 맞지 않게 가벼울 수밖에 없었다.

거기다 밤의 여왕은 대대로 그 이름이 물려받듯 내려온 것인 까닭에, 몇몇은 밤의 여왕의 존재를 인정하지 않기도 했다.

그럴 때마다 그녀들은 스스로의 실력을 선보이며 가치를 증명해 왔다.

당연하게도 상대는 언제나 '초인' 이었다. 물론, 대외적으로 알려지지 않은 비공식 대결이기에, 세상에 크게 알려지는 일은 없었다.

이 같은 역사들이 쌓이고 쌓여, 그녀들 밤의 여왕을 특별하게 만들었다.

그리고 이 '특별함' 은 지금까지도 이어지고 있었다.

"하필이면 드라필만일게 뭐야. 벨튼 영감 정도만 되도 넘어가 볼 텐데."

그럼에도 불구하고 밤의 여왕은 불만을 터트릴 수밖에 없었다.

벨튼 아젤!

루드말과 마찬가지로 7인의 초인으로 불리는 대륙의 절대자 중 한명이었다.

냉정한 비교를 해본다면, 초인들 중에서도 그 실력이 가장 아래라고 평가받는 만큼, 그 정도라면 충분히 감당할 수 있다고 여겼다.

그런 반면 루드말의 경우에는 초인들 중에서도 상위 세 손가락 안에 꼽히는 존재였다.

지금의 여왕 역시도 초인의 영역에 올랐으나, 그 실력이 대륙 7인의 상위에 낄 정도는 아님을 알고 있었다.

'짜증나지만… 그 영감한테는 안 돼.'

스스로의 부족함을 알기에 선뜻 성벽을 넘기 어려웠다. 평소라면 냉정히 발을 돌렸을 것이다. 하지만 이번만큼은 그러기가 어려웠다.

수년여의 시간동안 찾아 헤매던 '님'을 만나러 가는 길이었다. 그것도 무려 '바람기'에 취해있는 망나 '님'과의 만남이 아니던가.

'며칠만 더 기다리다 안 되면, 대책을 강구해야겠어.'

그녀의 성질이 폭발해버리는 최악의 사태까지도 염두에

두고 있었다.

빠드드득…

에던을 떠올리고 있자니 저도 모르게 이가 갈렸다. 말룬 자작 영애와의 '불륜' 소식 외에도 새로운 정보를 들은 까닭이었다.

'레일라 드라필만!'

님의 또 다른 '외도' 상대였다. 드라필만에 잠입해 있는 레드문의 요원을 통해 얻어낸 정보였다.

여왕이 유난스레 길게 뻗은 손톱을 혀끝으로 핥았다. 그의 소식을 들은 날부터 정성들여 길러온 손톱이었다.

'구슬 하나 정도는….'

그 손톱이 어떤 용도로 사용될지는 아직 미정이었다.

아마도…

❖ ✣ ❖

매 순간순간 날아드는 요원들의 통신에 귀를 기울였고, 쏟아지는 보고서를 빠르게 훑어나갔다.

최악의 상황을 염두에 둬야 하기 때문이었다.

'설마, 매장량이 그렇게 많았을 줄이야.'

루드말의 얼굴 가득 그늘이 내려앉아 있었다.

생각지 못했던, 아니 생각하기 싫었던 상황이 발생해버린 까닭이었다.

마정석 광산의 매장량이 평균치를 웃돌고 있던 것이다. 정확한 매장량을 측정하는 건 어렵지만, 고위 마법사와 정령술사의 도움을 얻어 그 주변의 마나량과 흐름을 읽어 세세히 분석하면, 대략적인 양을 예상해 낼 수 있었다.

그렇게 내린 결론이 놀라웠다.

'여덟 번째라.'

지금껏 발견되었던 마정석 광산들의 통계를 보았을 때, 그 중 10위권 안에는 든다고 결론이 나온 것이다.

어중간한 순위가 아니냐고 여길 수도 있으나, 결코 그렇지가 않았다. 그 통계가 무려 천년여의 시간동안 쌓인 정보를 토대로 완성되었다는 걸 생각한다면, 오히려 어마어마한 것이라고 할 수 있었다.

'전쟁이라….'

이내 고개를 저으며 자신의 생각을 부정했다. 최악이라고 결론지었으나, 그 결정타가 조금 부족했던지, 전쟁까지 이어질 수준은 아니었다.

"그나마 수준이 좀 떨어지는 게 다행인가."

마정석에도 그 등급이라는 것이 있었는데, 이번 광산은 매장량이 많은 대신 마정석의 수준에서 약간의 하자가 있었다.

하지만 충분히 주변 왕국들이 이런저런 개입을 할 법한 수준인 건 확실했다.

불필요한 잡음이 늘어날 가능성이 농후한 것이다.

'슬슬, 움직여야 할 때인가.'

드라필만의 주인이 기지개를 펼 때였다. 오랜 침묵에 망각의 잔을 들기 시작하는 주변국에, 초인의 포효로 경고를 보낼 시기가 찾아온 것이다.

"그나저나… 잘 하고 있는 거겠지."

에던과 딸아이 사이에 얽힌 소문이 떠올랐다.

[공작가의 데릴사위!]

식솔들 사이에서 은연중에 퍼지고 있는 이야기였는데, 이를 굳이 단속하지는 않았다.

'좀 더 퍼져도 괜찮을 텐데.'

소문의 출처가 바로 그였기 때문이다. 이유는 간단했다. 에던과 레일라가 조금이라도 더 서로를 의식하게 하기 위함이었다.

물론, 그 외에도 다른 이유가 있기는 했지만, 당장 최초의 목적은 그것이었다.

라논과의 거짓 관계를 설정해놓고 이 무슨 변덕인가도 싶겠으나, 짧지 않은 시간을 지켜본 결과, 루드말은 생각 이상으로 에던이 마음에 들었다.

때문에 약간의 편법을 쓴단 생각으로 소문을 퍼트린 것이다.

마정석 광산을 생각한다면 라논과의 관계를 신경 써야 하겠으나, 이 문제로 자칫 그녀와의 거래에 일부 차질이 생길수도 있었다.

'가짜가 진짜가 됐으니.'

거짓으로 만든 '약혼자'의 설정이 라논의 마음을 들쑤신 듯, 그녀가 에던을 향한 마음에 '진심'이 섞여들고 있음을 알았다.

말룬 자작가의 '후계자'로서 항시 그녀를 관찰 감시하는 까닭에 모를 수가 없었다.

에던과 라논 사이에 있었던 하룻밤 역시 알고 있었다.

스스로의 감정이 존재하기에, 약혼자라는 설정에 기대 에던의 방에 걸음을 한 것이리라.

이번 소문으로 그녀 역시도 적잖게 상처받고 있음을 알고 있었다. 아마 모르긴 몰라도 공작가에 대한 불만이 마음 한 구석에 쌓일지도 몰랐다.

당연히 거기에 대한 대책으로 적당한 보상 역시 생각하고 있기는 했다. 애초에 그가 만들어 준 관계였다. 게다가 말룬 자작가를 생각한다면, 문제가 발생하더라도 라논과의 거래 자체는 깨지기가 어려웠다.

'그나저나… 본격적으로 소문이 번지고 있단 말이지.'

입 꼬리가 슬며시 올라갔다.

'슬슬, 재밌어 지겠네.'

아쉬운 게 있다면 광산을 해결해야 하는 까닭에, 그 재밌는 광경을 직접 볼 수 없을 거라는 점이었다.

◈ ✣ ◈

영주성 사이사이 퍼지기 시작한 소문이니만큼, 에던 역시도 그에 관한 소문을 귀에 담을 수밖에 없었다.

"미친…."

대귀족가 중에서도 손꼽히는 드라필만에 머무는 만큼 바르고 고운 말을 사용하고 싶건만, 어찌 이리도 방해하는 요소가 많단 말인가.

숨 막히게 골치 아픈 상황이었다.

'내가… 데릴사위라고?'

아무것도 없는 삼류 3급 용병이 무려 드라필만의 '사위'라는 위치에 오른다?

피곤한 상황이 만개하기에 충분했다.

'관 뚜껑 덮을 만큼 피곤해지긴 싫은데….'

왠지 목 언저리가 싸해지는 기분이었다.

드라필만과 같은 정점에 선 가문이라면, 수면 아래에서 펼쳐지는 권력다툼이 실로 어마무시 할 터였다.

특히, 여러 부인을 두고 있고 그만큼 많은 후계자들도 존재하는 현 공작가의 사정을 생각해 본다면, 겨우 3급 용병 한명 정도는 파리 목숨만큼 가볍게 여겨질 수도 있었다.

'그래. 차라리 파리가 낫지.'

오히려 가볍게 여겨져 견제 대상에서 아예 제외가 되는 게 나았다.

물론, 그렇게 가벼운 취급을 받는다고 하더라도 결국 어느 정도의 '시험' 은 받아들여야만 할 터였다.

'하지만, 파리는… 아무래도 안 되겠지?'

무려 드라필만의 주인이 가주 전용 연무장을 허락하고, 거기에 더해 직접 가르치기까지 하고 있는 사내였다.

에던을 불편하게 만드는 '공작가의 데릴사위' 란 소문도 그 때문에 나온 것이 아니겠는가.

당연히 에던의 위치는 '파리' 정도가 아닐 터였다.

'끄응… 빌어먹을 영감!'

거기에 더해 레일라를 향한 욕지거리도 한껏 퍼부어줬다. 당연하게도 '데릴사위' 라는 위치는 그녀와의 만남도 한 몫 했을 것이기 때문이었다.

'패가 안 좋은가?'

에던 운트라고 적힌 용병패를 당장 던져버리고 싶었다. 생각해보면 이걸 얻고 난 뒤부터 연신 꼬이고 있질 않은가.

새 용병패를 얻고 난 뒤로 유난스러울 정도로 여자와도 얽히고 있었다.

물론, 여자와 얽히는 게 싫은 건 아니었다. 하지만 그 여자의 기준이 '일반' 에서 '특별' 로 넘어가는 건 달갑지가 않았나.

"후우…."

나직하니 한숨을 토해냈다. 저 앞으로 다가오는 일단의 무리를 볼 까닭이었다.

드라필만의 기사들이었다. 명문 검가답다고 해야 할까? 이곳에는 다양한 검식에 맞춰 다양한 기사단이 존재했는데, 이번 소문이 퍼지고 난 이후부터 그 많은 기사단들이 마치 약속이나 한 듯, 돌아가며 그를 찾아와 시비를 걸고 있었다.

물론, 아직까지 직접적인 충돌은 발생하진 않았다.

'빌어먹을 영감 덕분이겠지.'

어찌 되었건 가주의 비호를 받고 있는 상황이었다. 당연히 루드말의 '공간' 에서 에던을 건드리기는 어려울 터였다.

하지만 루드말이 모종의 임무로 이곳을 떠난다면?

'으음….'

상상만으로도 피곤해졌다.

'…얼씨구?'

다가오는 기사단과의 거리가 좁혀지자, 그들의 기세가 여느 때와는 다르단 느낌을 강렬히 받을 수 있었다.

'망할!'

단박에 감이 왔다.

'설마, 이 영감탱이가… 나간 거야?'

드디어 루드말이 '외출' 을 한 모양이었다. 저들은 그 신호탄이리라.

'젠장! 명문 검가라더니, 참을성도 없냐.'

아마도 루드말의 부인들 중, 유난히 성격이 급한 부인과 연결된 기사단의 일원일 터였다.

'어디 보자….'

다가오는 기사들의 바삐 살폈다. 가장 먼저 확인한 건, 저들의 연령대였다.

'쯧! 어려.'

이제 겨우 성인식을 치렀을 법한 나잇대도 몇몇 끼어 있을 정도니, 아마도 기사단의 신입 수준이나 될 거라 여겼다.

그래도 '기사' 인 건 분명했다.

'먼저, 시험인가.'

작게나마 안도의 한숨이 나왔다. 저들은 말 그대로 간을 보기 위한 선발대 같은 것이다.

'여기서 잘 해야 하는데.'

검가에서의 남은 생활이 지금 이 순간에 달려있었다. 머릿속으로 이런저런 정리를 하면서도, 눈은 바쁘게 다가오는 이들을 살피고 있었다.

'눈빛은 좋네.'

과연, 젊다고 해야 할까? 패기 넘치는 모습들이 가득했다. 게다가 걸음걸이에서 비치는 절도가 이들이 과연 명문 검가의 기사라는 걸 느끼게 만들었다.

'이건… 재미없겠네.'

일반적인 귀족가 기사단의 신입과 같은 선상에 놓아서는 안 된다는 결론이 나왔다.

'숫자는… 여덟인가.'

몰매 놓기에 딱 좋은 수였다.

❖ ✣ ❖

여느 귀족가들과 마찬가지로, 드라필만 역시도 그들 검가를 대표하는 기사단이 존재했다.

엘툰, 바르만, 크라이실!

세간에 알려지기로는 왕실 기사단과 비교해도 결코 부족함이 없다고 할 정도의 전력을 그들 세 기사단이 지니고 있었다.

그렇다고 해서 이들 세 기사단이 드라필만의 전부인 건 아니었다. 말 그대로 '대표'하는 기사단일 뿐, 실질적으로 드라필만 검가에 속한 기사단의 수는 생각보다 많았다.

워낙 방대한 영지와 사람을 통솔해야 하는 위치에 있다 보니, 자연스레 그만큼 많은 기사단을 창설하게 된 것이다.

바투만 에셀!

그는 드라필만의 기사였다. 하지만 앞서 언급된 '대표' 기사단에 속하지는 않았다.

타브람 기사단!

비록 대표에 언급되지는 않는다지만, 드라필만의 명성과 어울리는 실력을 지니고 있었다.

애초에 앞의 세 기사단의 경우에는 그처럼 젊은 기사는 뽑아가질 않았다. 일정 이상의 실력과 경력을 통해 스스로를 증명한 기사들만이 들어갈 수 있는 것이다.

때문에 드라필만의 기사단 중에서도 평균 연령대가 높은

측에 속하는 게 바로 3대 대표 기사단이었다.

바투만은 이제 겨우 20대에 오른 젊은 나이였으나, 그 재능이 뛰어나 차후에 엘툰, 바르만, 크라이실 이렇게 세 기사단 중 한곳으로 차출되어 갈지도 모른다는 이야기가 나오기도 했다.

그런 그에게 '의뢰'가 들어왔다. 아니, '명령'이라고 하는 게 맞을 것이다.

[확인 좀 하고 싶은 자가 있다.]

바투만의 시선이 전방으로 향했다. 저 앞으로 20대 중반쯤 되어 보이는 사내가 어기적거리며 걸어오는 게 보였다.

'그다지 특별한 건 없어 보이는데.'

한 눈에 봐도 빈틈투성이로써, 저런 자가 과연 '가주'의 가르침을 받기 합당할까?

'말도 안 된다!'

부정했다. 그러며 가문 내에 퍼지고 있는 소문에 대해서도 의문을 제기했다.

'데릴사위? 말도 안 되지!'

워낙에 딸아이가 귀한 까닭일까? 은연중에 드라필만의 꽃이라고도 불리는 레일라의 모습을 먼발치에서나마 본 적이 있었다.

어느새 30을 넘겼다고는 하나, 여전히 꽃 같은 미모를 지닌 레일라의 모습은 알게 모르게 젊은 기사들의 우상과도 같았다.

게다가 실험실에서 워낙 나오지 않는 탓에, 유난히 그 얼굴을 보기 어려웠고, 그 때문인지 남다른 희소성이 더욱 그녀의 가치를 높여주는 경향도 있었다.

거기다 햇빛을 자주 접하지 않아서인지, 그 새하얀 피부는 검가의 꽃이라는 위치와 함께 범접하기 어려운 아우라를 뿜어내고는 했다.

'그 분과 저 따위 놈이?'

부정하고 또 부정하며 각오를 굳혔다.

'제대로 확인 해 주마!'

명을 내렸던 존재의 의도와는 상관없이, 그 스스로도 상대를 '시험' 하고 싶어졌다. 그리고 이 같은 마음은 함께하는 기사들도 마찬가지였던 모양인지, 등 뒤를 받쳐주는 기세가 짜릿할 정도였다.

'그러고 보니… 3급 용병이라고 했던가?'

명을 내렸던 존재에게서 약간의 정보는 들었다. 처음에는 웃기는 이야기라고 여겼다. 불확실한 정보라는 소리도 함께 들은 까닭이었다.

하지만 거리가 가까워지고 상대의 모습을 확인하니, 그 웃기는 이야기가 진실일지도 모른다는 생각이 들었다.

'용병이군.'

젊은 기사라고는 하나, 나름대로 외부 활동 경험이 있었다. 때문에 상대의 태도에서 기사들과 다른 공기를 읽어 냈다.

마주한 시선에서 저도 모르게 오싹한 전율을 느꼈다.

'과연, 그저 그런 삼류는 아닌 건가.'

조금의 긴장감을 느끼며 말문을 열었다.

"에던 운트… 맞나?"

상대편의 입가에 옅은 미소가 걸리는 게 보였다.

❖ ✣ ❖

[에던 운트… 맞나?]

단도직입적인 물음이었다.

'어쩐다.'

대뜸 정면으로 부딪쳐 올 줄이야. 가만히 생각을 하고 있는데, 어째서인지 새삼스럽게도 지금 이 상황이 조금 우습게 여겨졌다.

'내가 어쩌다….'

드라필만이라는 대 귀족가에 들어와서 저 드높은 명문검가의 기사들의 관심을 받게 된 것인지, 새삼 자신의 신세가 우스웠다.

그래서일까? 입가에 흐릿하니 미소가 걸려버렸다. 뒤늦게 상대측의 눈매가 날카로워지는 걸 보며, 실수했다는 생각이 들었으나 크게 개의치는 않았다.

'결국, 한 판은 해야 할 테니까.'

에던은 왠지 입안이 꺼끌꺼끌하다는 느낌을 받았다.

기름진 고기라도 한 접시 하고 싶어지는 기분이었다.

여전히 많은 생각들이 머릿속을 헤집고 다녔으나, 입 밖으로 튀어나온 건 너무도 뜬금없는 것이었다.

"네가 올래? 내가 갈까?"

또 아차 싶었지만, 이번에도 개의치 않았다. 어차피 저들과의 전투는 피할 수 없었다. 아니, 피해서는 안 됐다.

때문에 의도적으로 매서운 눈빛을 던진 게 아니던가. 약간의 미소와 조금 건방진 말투는 그 연장선이라고 생각하면 되는 것이다.

'좀 더 확실히….'

의사를 분명하게 밝히고자 슬쩍 자세도 잡았다. 덕분에 당장이라도 전투에 임할 수 있다는 의지를 온몸으로 표출할 수 있었다.

이 뜻밖의 태도에 타브람의 신입 기사들은 적잖게 당황한 얼굴로 바투만을 바라봤다. 지금 이들을 이끌고 있는 게 바로 그인 까닭이었다.

과연, 신입 딱지는 뗄 정도의 경험을 했다는 걸까? 바투만은 뜻밖의 상황에도 당황하지 않은 채, 침착하게 에던을 바라보고 있었다.

'당황?'

후배들의 모습에 바투만이 눈을 빛냈다. 그는 저들보다 한 발 앞서 이미 감정적 흔들림을 마친 까닭이었다.

정확히 에던과 눈을 마주쳤을 때, 그 순간 이미 짜릿한 전율과 함께 감정의 격랑을 거쳤다. 덕분에 한 발 빠르게 상황에 대한 감정의 통제를 마칠 수 있던 것이다.

"아탈룸!"

그가 짧게 외쳤다. 그 순간 뒤를 따르던 기사들 중 한명이 앞으로 나섰다.

"가라."

그 말이면 충분했다. 이미 자신의 이름이 호명된 순간 감정 정리를 마친 아탈룸이 기다렸다는 듯, 에던을 향해 신형을 던졌다.

그가 튀어나갈 즈음, 다른 기사들도 약속이나 한 듯, 일제히 감정을 수습한 채 에던을 주시하고 있었다.

시작은 주먹이었다.

극히 단순하고도 파괴적인 정권이 에던을 향해 직선으로 뻗어왔다. 당연하게도 피하는 것도 쉬울 수밖에 없었다.

'평소라면….'

분명히 쉬웠을 것이다.

'망할 년!'

새삼스레 자신의 처지가 한탄스러웠다. 온몸을 꽁꽁 옭아매고 있는 밧줄이 신체적인 능력을 저하시키고 있었다.

때문에 알면서도 피하기가 어려운 상황이 펼쳐졌다.

'염병!'

초반부터 못난 꼴을 보여서는 안 된다! 그 같은 생각으로 이를 악 물며 몸을 비틀었다. 아슬아슬하게 코끝을 스치고 지나가는 날카로운 바람을 느끼며, 힘껏 팔꿈치를 찔러 넣었다.

주먹을 피하고자 돌아간 고개로 인해, 상대를 확인하지는 못했다. 하지만 뻗어온 공격의 궤도 그리고 주먹의 위치 등은 확인이 가능하기에, 그것만으로도 충분히 상대를 파악하는 건 어렵지 않았다.

오랜 용병생활로 다져진 감각이 적을 이미지 했고, 팔꿈치는 정확히 원하는 구도를 잡기 위해 움직였다.

빠악!

호쾌한 타격소리가 터져 나왔다. 하지만 팔꿈치에 걸리는 건 없었다. 오히려 앞서 피했다고 여겼던 정권이 되돌아오며 광대뼈를 박살낼 듯 치고 지나가는 소리였다.

'끄응….'

이번에도 '평소라면' 피할 수 있었다. 하지만 밧줄에 묶인 몸이 원하는 만큼의 회피 동작을 보여주지 못했다.

제대로 들어온 것인지, 일순 정신이 아득해졌다.

'망할…년…….'

이렇게 쓰러지면 편해질 수 있을 것이다. 하지만 그랬다가는 정말 관 뚜껑에 누워, 평생 편해지는 꼴을 저승에서 관람할 수도 있었다.

물론, 애초부터 쓰러질 생각이기는 했다.

'하지만 이렇게는 아니지!'

더 버티고, 더 보여주고, 더 알려야 했다.

[뭔가 있다!]

그 정도 '착각' 은 할 수 있을 정도의 '연극' 이 필요했다.

'미치겠네!'

이를 악물며 꺾이던 무릎을 바로 세웠다. 흔들리는 정신을 다잡으며 정면을 바라봤다. 그 순간 날아드는 정권이 보였다.

'…지랄!'

눈시울이 붉어졌다.

그리고 '궤적' 이 그려졌다. 그것은 주먹이 지날 길이었고, 동시에 그가 움직여야 할 최소한의 길이었다.

제한된 육체적 한계치가 '눈' 의 능력을 극대화 시킨 것이다. 갑작스런 변화로 눈가에 열이 오르며 붉은 빛으로 물든 것이다.

파앙!

허공을 쳐 내는 주먹이 보였다. 아직 첫 타격의 여운이 남은 듯 다리는 무거웠다. 순전히 상반신의 반동만으로 피해낸 까닭에, 이번에도 연격의 위협이 남아있었다.

아니나 다를까.

'온다!'

꺾이기 어려운 각도로 손목이 비틀리며, 먹이를 낚아채는 매의 발톱마냥 그 손끝이 매섭게 날아드는 게 보였다.

이미 허리는 반동의 역작용으로 제자리로 돌아가려 하고 있었다. 기껏해야 현 자세를 버티는 게 한계, 그럴 바엔 차라리 역작용을 이용하기로 했다.

빠악!

호쾌한 타격성이 울리며 머리가 아찔해졌다. 일순간 두개골이 뽀개진 건 아닐까 싶은 충격이 밀려들었다. 당연한 고통이었다. 날아드는 아탈룸의 연격에 냅다 머리를 들이밀어 정면으로 받았으니, 통증이 없는 게 이상했다.

하지만 손해만 보고 끝난 건 아니었다.

"크으읍!"

손가락을 부여잡으며 물러나는 아탈룸의 모습이 보였다. 그 역시 고통으로 일그러진 표정을 하고 있었는데, 얼핏 보인 손가락의 모양새가 기괴했다. 뒤틀린 것이다.

매의 발톱이 에던의 박치기에 꺾인 것이다.

아무리 오러를 쌓아 초인을 향한 발판을 다졌다고는 하나, 결국 그 육신은 인간의 것이었다.

별의 영역에 이른 절대자가 아닌 이상, 조금 더 힘세고 단단한 사내일 뿐이다. 물론, 일반적인 힘과 단단함을 좀 더 웃돌기는 하겠으나, 그래도 기본적인 조건을 무시하기는 어려웠다.

머리와 손가락!

그 기본적인 조건을 생각한다면, 아무리 오러를 쌓은 기사라고 할지언정 손가락 뼈마디가 두개골의 단단함을

이기지는 못하는 것이다.

특수하게 손가락을 단련했다면 또 모를까. 일반적인 기사의 수행을 하고 있다면, 이 차이는 다를 게 없을 터였다.

아탈룸의 손가락이 꺾인 건, 이 같은 신체적 조건에 의한 결과였다. 게다가 둘 모두 서로를 향해 달려드는 구도가 갖춰졌으니, 그 충격량에 매의 발톱이 꺾이는 것도 무리는 아니었다.

하지만 상대에게는 아직 '부리' 가 남아있었다.

스릉…

에던의 표정이 굳어졌다. 아탈룸이 검을 뽑아드는 걸 본 까닭이었다.

'이건 계산 밖인데….'

생각지도 못한 건 아니지만, 그래도 '설마' 싶었다. 어찌 되었건 그는 '가주의 손님' 이지 않은가.

물론, 저들 뒤에도 드라필만의 실세들이 존재할 것이라는 건 알고 있었다. 그래도 성 내에서 '진검' 을 뽑아드는 건 이야기가 달랐다.

지금의 행동은 '피' 를 본다는 의미인 까닭이었다.

'어쩐다….'

또 다시 선택의 순간이 왔음을 깨달았다.

뭔가가 '있는' 3급 용병을 연기해야 한다. 그러기 위해서는 상대가 맨손으로 전투에 응해주는 게 제일이었다.

용병계에서 일을 하다 보면, 자연스레 맨손 박투에도 능해지는 까닭이었다. 나름 '장기' 라 할 만한 것이다.

당연하게도 명문 검가라고 해서 검만 익히는 건 아니다. 그들 역시도 박투술은 할 줄 알았다. 하지만 저들의 것은 '실전' 이 결여된 '훈련' 의 의미가 강했다.

물론, 고참이라고 불리는 이들이라면 그 경력만큼 다양한 경험도 있기에, 실전적 박투술도 제법 몸에 익혔을 것이다.

하지만 눈앞의 기사들은 그들이 아니었다.

신입!

아직은 그 단어의 무게감에 휘청거리는 이들이었다. 그리고 에던을 상대하고 있는 아탈룸 역시 그런 신입기사의 한명이었다.

저들에게 박투술은 아직 '훈련' 일 뿐이었다. 때문에 그가 '있어 보일' 조건으로는 가장 괜찮은 무대였다.

하지만 검을 드는 순간부터 이야기는 달라진다. 저들은 기사였고 검은 저들의 '실전' 이었다. 당연히 무대의 배역은 더 이상 정해진 역할을 연기하지 못할 것이다.

그야말로 애드리브만이 가득한 무대가 될 터였다.

'어쩐다….'

당연하게도 고민이 길어질 수밖에 없었다. 다행스러운 점이라면 상대가 검을 뽑고 즉각 달려들지 않는다는 점이었다.

언뜻 비치는 표정 변화에서 그 이유는 알 수 있었다.

막상 열이 받아서 뽑았지만, 뒤늦게 이곳이 영주성이고 자신이 드라필만의 기사라는 걸 자각한 느낌이었다.

실수로 뽑았다지만 다시 집어넣지는 않을 것이다. 그가 '젊기' 때문이었다. 수시로 변하는 눈빛에서 그 젊음의 열기가 번들거리며 형상화되는 게 보였다.

'끄응….'

앓는 소리가 나올 것 같았다. 여차하다가는 이 '시험'에서 그저 그런 3급 용병으로 판명 날지도 모른다. 그랬다가는 정말 목숨이 위험해질 수도 있었다.

그저 그런 3급 용병이라면, 아무리 가주의 손님이라도 지워 버릴 수 있기 때문이다. 이 같은 확신을 가지는 이유는 간단했다.

[선배, 조심하는 게 좋을 거야.]

크라우말에게 직접 들은 조언이기 때문이었다. 어찌 되었건 에던을 끌어들이는데 한 몫 단단히 했던 까닭인지, 나름대로 도움이 될 만한 이야기들을 간혹 들려주고는 했다.

[미안하게 됐어. 설마, 아버님께서 그렇게 움직일 줄은 몰랐는데… 거 참!]

그러면서 사죄의 의미로 한다는 이야기가 또 황당할 뿐이었다.

[막내처럼 나이 꽉 찬 노처녀 보다는 파릇파릇한 젊은 애들이 더 낫지 않아? 내 딸내미는 어때?]

냅다 머리로 들이받아 버렸다. 그도 그럴게 크라우말의 딸이라면 이제 겨우 5살 꼬꼬마인 까닭이었다.

물론, 삭막해진 분위기에 웃자며 농담으로 한 이야기라는 건 알고 있으나, 그래도 열 받는 건 어쩔 수가 없는 것이다. 앞서 언급한 것처럼, 그가 이곳에 들어오는데 결정적인 역할을 한 게 바로 크라우말이 아니던가. 박치기 정도로는 오히려 부족했다.

후욱…

일순간, 뜨거운 바람이 전면에서부터 들이쳐 왔다. 가을이 깊은 이 시기에 마치 여름을 떠올리게 만드는 열기였다.

'젠장!'

각오를 굳힌 듯 아탈룸이 자세를 잡고 있었다.

'말릴 생각은 없냐?'

바투만을 비롯한 다른 기사들의 바라봤으나, 침묵을 지킨 채 그저 지켜보고 있을 뿐이었다. 눈살을 찌푸리는 순간, 아탈룸의 무릎이 살짝 굽히는 게 보였다.

'온다!'

호흡이 일순 멈추고, 굽혔던 무릎이 펴졌다. 아탈룸의 신형이 마치 화살처럼 쏘아져왔다.

그리고,

빠악!

에던의 반격이 그의 턱을 박살냈다.

'…어?'

스스로도 당혹스러운 결과 속에서, 두 눈을 까뒤집은 채 무너져 내리는 아탈룸의 모습이 보였다. 그 너머로 경악하는 바투만과 기사들의 표정이 눈에 들어왔다.

'망했다!'

뭔가 '있는 듯' 보여야 하건만, 지금 이 상황은 '있다' 라는 결론을 만들기에 충분했다.

어째서?

의문 속에서 기이한 감각이 전신을 휘감았다.

'몸이….'

가벼웠다. 밧줄의 무게감이 사라졌다. 전신을 구속하던 마력이 흩어졌다. 생각지도 못한 해방의 순간이었다.

[잘 해봐.]

순간 귓속을 파고드는 음성에 눈이 번쩍 뜨였다.

'레일라?'

갑작스런 해방감의 의미를 이해했다. 밧줄의 주인이 구속을 풀어줬기에 그의 육신 가득 활력이 찾아온 것이다.

'그렇다고는 해도….'

이 정도까지 몸이 가벼울 줄은 생각도 못했다. 특히, 아탈룸의 공격을 피하고 반격하던 그 찰나의 순간, 그가 보여줬던 반응 속도는 실로 충격적인 것이었다.

스스로도 놀랄 정도였다.

'영감!'

일말의 의심을 느끼게 만들던 루드말의 훈련법이 그를 성장시키고 있다는 확신을 얻는 순간이었다.

분명, 눈에 띄게 성장한 건 아니었다. 하지만 에던에게 있어서는 그 작은 변화만으로도 충분히 '벽'을 돌파한 것 같은 감동을 주고 있었다.

예전이라면 육신의 능력이 따라가질 못해, 눈이 본 것을 그대로 행하지 못했다. 하지만 조금 전, 그는 작게나마 눈을 따라갔다.

특히, 밧줄로 억압되어 한정된 '길'을 제시했던 만큼, 그 궤적은 더더욱 단순하면서도 파괴적이었다.

'어쩔 수 없나….'

쓰러진 아탈룸 너머로 분위기가 싹 바뀐 기사들의 모습이 보였다. 조금 전까지만 해도 은연중에 그를 경시하는 느낌이 전해졌다면, 이제는 그 같은 공기가 전부 날아가 버린 듯, 짙은 긴장감과 경계심 등이 느껴지고 있었다.

크라우말의 조언을 통해, 최초 세워놓았던 '어중간한' 위치를 유지하는 계획은 이미 깨져버렸다. 이제부터는 할 수 있는 만큼 해내는 것 밖에 없었다.

게다가 조금은 궁금하기도 했다.

한 달 남짓?

아니, 실질적으로는 보름 정도일까? 어쨌든 그는 초인의 가르침을 받았다. 거기에 고위 마법사의 기괴한 변태적 도움 역시도 얻었다.

이 해방감 속에서 뭐가 얼마나 변했는지, 확실하게 확인하고 싶은 마음도 있었다.

사실, 지금 이 상황을 해결하는 가장 좋은 방법이 따로 있기는 했다.

도주!

이곳을 벗어나는 것이다. 드라필만의 눈과 귀를 얼마나 속일 수 있을지는 모르겠으나, 방법을 찾고자 한다면, 충분히 가능 할 거라고 여겼다.

'암전에 발을 들여야 하는 게 좀… 그렇긴 하지만.'

크라우말 역시도 언제든 도움을 준다고 했으니, 불가능한 일은 아니었다.

하지만 그는 당장 이곳을 떠날 생각이 없었다.

배움!

그에게 있어서 항시 바래왔던 공부가 이곳에 있었다. 오러의 축복을 받지 못했기에, 더더욱 갈증을 느껴왔던 가르침이었다.

초인의 가르침!

분명, 그 같은 일개 3급 용병에게는 과한 대우였다. 지금의 이 상황 역시도 감당할 수 없는 배움의 대가이지 않던가.

원치 않게 드라필만의 고위 인사들에게 눈도장을 찍은 것이다.

[공작가의 데릴사위!]

그 여파로 신분 상승의 기회도 찾아왔다. 당연히 기회라고 생각하지 않았다. 드라필만의 인사들이 그 같은 3급 용병이 후계구도에 끼어들려는 걸 허락할리 없기 때문이었다.

가르침에 더해 신분 상승의 기회 그리고 어여쁜 마누라까지.

'크으… 이러다 정말 배 터지는 거 아닌가 몰라.'

과식도 이런 과식이 없었다. 바라지 않은 과한 상차림이었건만, 편식까지 불가능하다는 게 결정적 함정이었다.

'언젠가 떠나기야 하겠지만….'

지금 당장은 아니었다. 특히, 조금 전 작게나마 그 성과를 확인하면서, 남아야 한다는 마음이 더욱 커졌다.

그러기 위해서는 우선, 저들을 해결해야만 했다.

"후우우우…."

숨을 고르며 해방감에 환호하는 육신을 가볍게 점검하는 한편, 남은 일곱의 기사들을 찬찬히 살폈다.

'고만고만하네.'

앞서 그가 상대했던 아탈룸과 크게 다를 게 없다고 여겨졌다. 전장을 구르며 생사의 경계를 쉴 새 없이 넘나들었던 덕분일까? 어느 순간부터 상대에 대한 위험도를 적절히 감지하는 게 가능했다.

그런 그의 감각이 상대들에 대한 결론을 내리고 있었다. 남은 기사들의 수준은 비슷비슷했다.

'하지만….'

딱 한 사람, 눈에 띄는 사내가 있었다. 가장 전방에 서 있는 기사, 바투만을 향한 에던의 눈에 불이 들어왔다.

'저놈은 좀 하겠네.'

신입들과 다른 위험도가 느껴졌다. 대략적인 견적을 뽑아낸 에던이 그들을 향해 물었다.

"같이 오지?"

약간의 도발, 그리고 빈정거리는 미소까지.

'설마, 정말로 같이 오진 않겠지.'

당연하게도 속마음은 전혀 달랐다. 기왕 원하던 구도가 깨져버린 이상, 차라리 확실하게 '있어' 보이기로 결심했다.

나름 계산을 품은 도발이었다. 저들은 무려 드라필만의 기사였다. 비록 신입들에 경험이 부족하다고는 하나, 그 자부심이 어딜 가는 건 아니었다.

당연하게도 기사 한명이 당했다고, 대뜸 단체로 달려들 만큼 경우가 없지도 않았다.

스릉…

역시나라고 할까? 기사 한 명이 검을 뽑으며 나서는 게 보였다. 게다가 예상 그대로 가장 뛰어난 실력자로 보이는 사내가 나서고 있었다.

"바투만 에셀이라고 한다."

이미 아탈룸을 통해, 상대가 생각 이상의 실력자임을 알았다. 어설피 맨손 박투로 승부를 보는 게 오히려 상대에 대한 예의가 아니라 여긴 것이다.

"한 수 가르침을 받지."

그리고는 자세를 잡는데, 이를 보던 에던이 여전한 미소를 입에 걸친 채 입을 열었다.

"새끼! 끝까지 반말이네."

결정적인 도발을 위한 손동작까지 던져주었다. 검지를 앞뒤로 까닥까닥.

"형이 한 수 가르쳐 줄게. 와 봐."

제대로 먹힌 듯, 얼굴을 붉힌 바투만이 그대로 신형을 던졌다.

❖ ✣ ❖

갑작스러운 성내의 대결!

충분히 예상하고 있던 상황이었다. 그 때문일까?

'역시, 관람자가 많네.'

레일라는 무대 주변에 숨어있는 수많은 그림자들을 일일이 눈에 담았다. 그리고는 무대 중앙으로 시선을 건넸다.

'타브람 기사단이라….'

과연, 누가? 부친이 떠나기가 무섭게 이빨을 드러냈을까?

대충 짐작 가는 이들이 있었다. 너무 움직임이 빠른 건 아니냐는 생각도 들겠으나, 이 역시도 짐작 가는 부분이 있었다.

'셋째 오빠가 불을 지폈겠지.'

의도한 건 아니겠지만, 크라우말이 에던과 자주 만난다는 정보가 다른 후계자와 권력자들을 자극했으리라.

'어떻게 할래?'

레일라의 시선이 무대의 중앙으로 향했다. 제 2막이 열리려 하고 있었다.

해방감에 전율하던 것도 잠시, 빠르게 감정을 통제하고 육신을 점검하는 모습을 봤다.

'재밌어.'

짧은 순간에 스스로를 다잡는 모습도 인상적이지만, 그보다 더욱 흥미로운 건, 앞서 아탈룸을 상대하던 당시에 보여줬던 움직임이었다.

마법사라고는 하지만 그녀 역시도 드라필만의 혈족이었다. 몸을 쓸 줄은 몰랐으나, 몸 쓰는 법을 볼 줄은 알았다.

'에던 운트!'

새삼스럽게 그의 이름이 뇌리에 각인됐다. 감정이 지워진 듯 보이던 그녀의 얼굴 위로, 한 줌 미소가 은밀히 떠올랐다.

'재밌어!'

저 아래로 펼쳐진 부대에는, 어느새 제 2막의 끝이 그려지고 있었다.

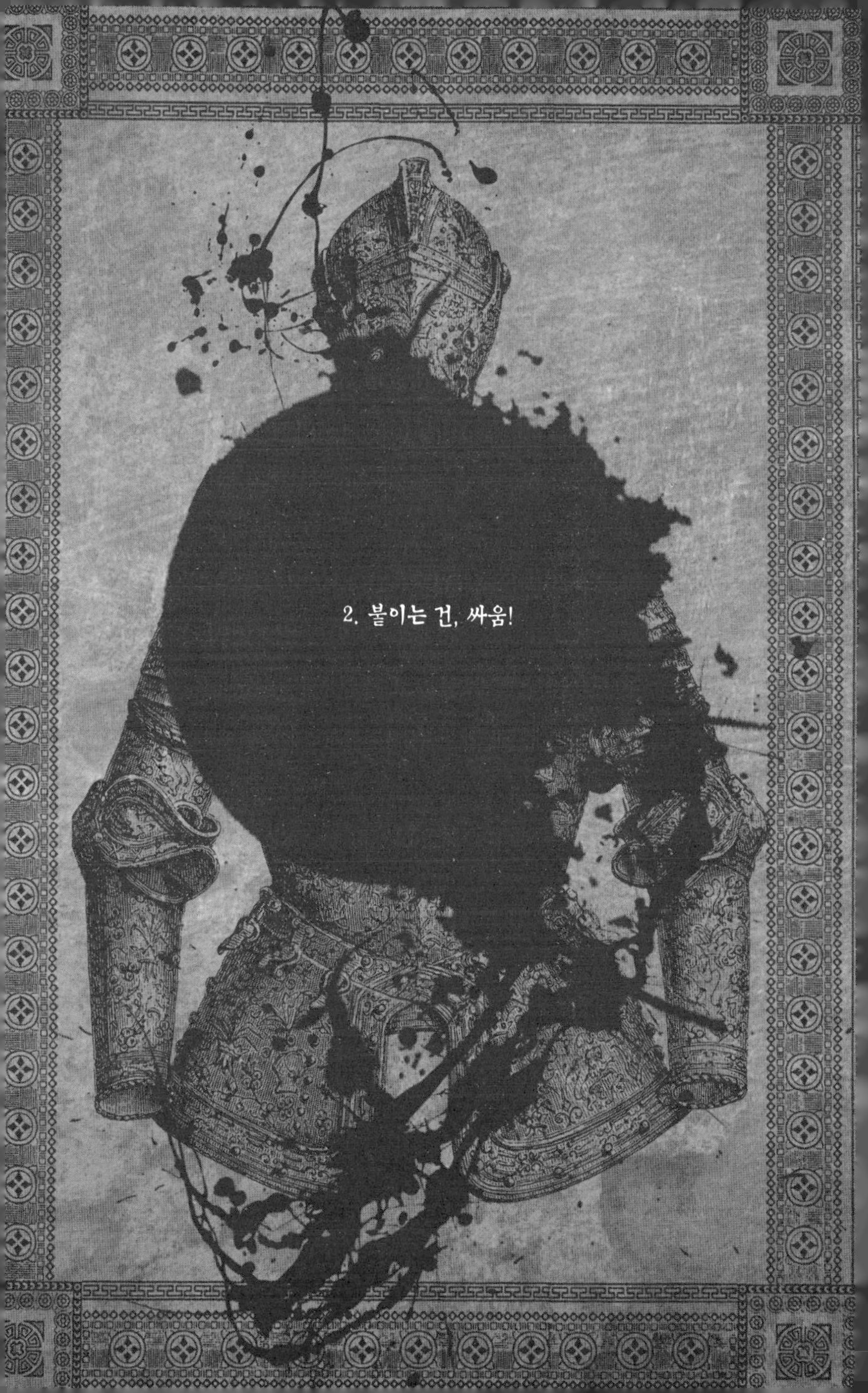

2. 붙이는 건, 싸움!

2. 불이는 건, 싸움!

단숨에 거리를 좁힌 뒤, 검을 뻗는다. 좌에서 우로 정직함 속에 한 줄 사선을 담아 그 궤적에 혼선을 준다.

하지만 이마저도 속임수였다. 진짜는 그 목적지에서 꺾어드는 검 끝의 유연함이었다.

그 맹렬한 속도에 더없는 부드러움이 깃들었으니, 그야말로 감탄이 아깝지 않은 검격이었다. 마지막으로 그 힘의 폭발하는 장면을 기대하는 찰나였다.

빠악!

화려한 잔상 너머로 뻗어든 한 줄기 음영이 모든 검광의 환영을 걷어냈다.

차아아앙…

마치 유리가 깨지는 것 같은 환청 속에서 무너져 내리는 바투만의 모습이 보였다.

일격!

승부를 가른 건, 겨우 한 번의 주먹질이었다.

일개 3급 용병!

'에던 운트!'

호기심이 일었다.

'하긴… 가주께서 선택한 사람이니, 보통 용병은 아니겠지.'

딱 한 방! 겨우 그것만으로 승부가 났다고는 하나, 그 시간이 짧았던 건 아니었다.

그 전에 이어졌던 바투만의 검격들이 제법 많았던 까닭이었다. 단지, 에던의 반격이 단 한번이었을 뿐이었다.

'그 한 번에 끝을 봤으니.'

다시금 그 광경을 머릿속으로 그려보고, 또 다시 전율해야만 했다.

'특별한 게… 없었지.'

그저 단순한 일격이었다. 하지만 그럼에도 불구하고 바투만은 갈비뼈가 박살나며 그대로 무너져 내렸다.

아슬아슬한 생사의 경계를 꿰뚫는 일격이었다. 자칫 잘못했다가는 오히려 에던의 목이 날아갈지도 몰랐다. 운이 좋아도 팔 하나는 못쓰게 됐을 거라고 여겼다.

하지만 너무도 당연하다는 듯, 그 위협적인 죽음의 경계선을 꿰뚫으며 바투만의 품으로 파고들었고, 마치 약속 대련이라도 되는 양, 준비된 동작으로 팔꿈치를 그 갈비뼈 깊숙이 찔러 넣었다.

'약속 대련이라.'

확실히 그런 느낌이 강하게 들 정도로 그들의 대결은 자연스러웠다. 특히, 바투만의 검격을 피하는 에던의 동작들은 실로 간결하여, 이미 한 차례 합을 짜놓고 움직이는 건 아닐까 하는 착각마저 들게 할 정도였다.

'에던 운트!'

분명한 건, 오늘 그 이름은 드라필만의 심장부에 진하게 각인되었다는 것이다.

드라필만의 정점을 노리는 수많은 인사들이 이 날, 이 같은 생각을 새기며, 무대의 새로운 배역을 향한 시나리오를 제작하기 시작했다.

❖ ✣ ❖

언제나와 같은 아침이었다. 하지만 지난날과는 또 다른 아침이기도 했다.

가주 전용 연무실로 향하는 길은 변함이 없다. 하지만 그 곳곳에 깔린 공기, 분위기가 전혀 달랐다.

'숨 막히네.'

괜스레 목 언저리를 쓰다듬게 만드는 답답함이 있었다.

당연하게도 그 이유 정도는 짐작 가능했다.

'어제 일 때문이겠지.'

에던은 전날 그 '시험'의 순간을 떠올리며 쓰게 웃었다. 운이 좋았다고 해야 할까?

'꼭… 그렇지만은 않나.'

바투만을 상대하던 스스로의 모습을 떠올리니, 절로 입꼬리가 올라갔다.

꽈아아악…

절로 주먹이 쥐어졌다.

'성장했다!'

자신의 육신이었다. 그렇기 때문에 잘 알았다. 만약 그렇지 않았더라면, 전날 그는 바투만을 이기지 못했을 것이다.

아니, 이길 수는 있었을지도 모른다. 하지만 처절하고도 처참한 승리가 되었을 거라 짐작할 수 있었다.

하지만 작게나마 성장했고, 덕분에 '눈'이 보여주는 '길'에 일부나마 몸을 걸칠 수 있었다. 승리의 궤적을 손에 쥘 수 있었다.

게다가 감각 역시도 한층 예민해졌음을 알았다. 지난 대결에서 다가드는 검의 궤적에 앞서 피부가 먼저 쭈뼛거리던 느낌을 통해, 감각이 날카롭게 벼려졌음을 알았다.

그 이유가 무엇인지는 짐작 가능했다.

오러 집적진!

연무장에 설치된 그 특별한 마법진이 그의 감각을 한층 날카롭게 만들어 준 거라 여겼다.

굳이, 오러 홀도 없는 그에게 집적진을 활용하게 한 이유가 거기에 있었다고 생각하며, 새삼 루드말의 가르침에 감탄하는 순간이기도 했다.

'그나저나….'

어느새 가주 전용 연무장에 도착한 에던은 슬쩍 자신의 육신을 내려다봤다. 옷에 가려 보이지는 않았으나, 그의 전신은 여전히 밧줄에 구속되어 있는 상태였다.

하지만 전과 달랐다.

[선물이야.]

대뜸 지난 밤 쳐들어왔던 레일라가 그 같은 이야기와 함께, 친히 밧줄을 하나 더 묶고 나가버리는 것이 아닌가. 당연하게도 몸은 한층 무겁고 피로해졌다.

"젠장…."

나직하니 욕지거리가 새나왔다. 섬세한 손길에 완성되던 매듭이 떠올랐다. 아슬아슬하니 스쳐가던 온기를 생각하자 어째서인지 하복부가 뜨거워졌다.

'…미친거지.'

왠지 모르게 가서는 안 될 길에 발을 들여놓을 것 같은, 그런 위험한 순간이었다.

고개를 휘휘 저으며 연무장에 발을 들여놓았다.

❖ ✣ ❖

비록, 외부활동을 하고 있다고는 하나, 항시 그 귀 한쪽은 가문을 향해 열어놓고 있었다.

가문의 가주로서 당연한 일이었다. 그리고 이 덕분에 아주 즐거운 이야기 역시 전해 들었다.

“벌써부터 일을 벌일 줄이야.”

루드말은 드라필만에서 날아든 통신을 떠올리며 입 꼬리를 말아 올렸다.

“타브람 기사단이라… 다섯째 녀석 아니면 일곱째 녀석이겠군.”

아들들의 발 빠른 움직임에 고개를 저었다.

“쯧! 너무 성격이 급해.”

그만큼 호쾌한 검격을 내지르던 아들들의 모습은 분명 나쁘지 않았으나, 검가의 후계자로서 생각한다면 그 성격은 분명 단점으로 작용할 가능성이 컸다.

둘 모두 셋째 부인의 아들이었고, 당연하게도 그 성격 역시도 모친의 영향을 받은 것이기도 했다.

아들들의 인성교육에 관해서는 전부 모친들에게 맡겨놓은 까닭이었다.

그래서일까?

“성격이 제각각이야.”

한숨 섞인 음성으로 중얼거리던 그가 옆을 향해서 물었다.

"다음 목적지는?"

그러자 언제 다가온 것인지, 사자탈을 쓴 건장한 체구의 사내가 그 곁으로 붙으며 답했다.

"아발룬 산입니다."

언뜻 맹수의 울부짖음 같은 음성으로 사자탈 사내의 대답에, 루드말이 주변을 돌아보며 재차 물었다.

"여기처럼 싱거운 건 아니지?"

그 물음에 사자탈의 사내가 조심스레 주변을 돌아봤다. 사방 가득 너부러진 인영들이 눈에 들어왔다.

일백 남짓의 산적! 실로, 어마어마한 수였다. 저들 모두 루드말 홀로 감당해낸 숫자라는 게 더욱 경이로운 부분이었다.

'이게… 싱겁다라.'

더더욱 충격적인 건, 저 많은 산적들을 전부 '제압' 했다는 점이었다.

'죽은 자는 한명도 없었지.'

새삼스레 그들 '주인' 의 능력에 감탄하며, 정중히 물음에 답했다.

"그곳 산채는 이곳의 배는 될 겁니다."

"제법, 할 만 하겠네."

사자탈 사내는 가면 너머로 쓰게 웃었다.

할 만 하다?

겨우, 일개 산적을 상대로 하는 거라면 그리 이야기해도 부족하지 않을 것이다.

하지만 여긴 겨우 일개 산채가 아니고, 저들도 그저 그런 산적이 아니었다.

'라카타루 왕국의 요원들.'

이곳, 에벨린 왕국과 인접해 있는 국가의 정보원들이 저들 산적의 정체였고, 산채는 그들의 임시거점 중 한군데였다.

타국에서 활동을 하는 요원이니 만큼, 그 실력은 기사 못지 않았다. 그런 실력자들 일백을 홀로 상대한 것이다.

게다가 단 한명의 사상자도 내지 않았다.

초인!

그 이름값이 결코 가볍지 않다는 걸, 새삼스레 깨닫게 되는 순간이리라.

철저한 제압은 세상에 이를 전하기 위함이었다.

❖ ✣ ❖

전신을 구속하고 있는 밧줄과 그로 인해 억눌린 육신을 이끌고 쉴 새 없이 연공을 이어나갔다.

제한되어 말을 듣지 않는 신체가 자꾸만 동작에 사이사이 틈을 새겨 넣으려 하나, 그럼에도 흐름이 끊기지 않게 매 순간순간 호흡을 조절하며 극한까지 육신을 통제했다.

가장 기본적인 베르말식 연공법일 뿐이었으나, 한계를 제한당한 육체는 마치 극상의 연공법을 익히기라고 하는 듯,

전신 가득 뜨거운 열기와 함께 땀방울을 새겨 넣었다.

"푸후우우우…."

길게 호흡을 걸러내며 배틀액스 마냥 무거워진 목검을 늘어트렸다.

'그럭저럭 섞여들었나.'

가주 전용 연무장의 오러 집적진과 레일라가 선물한 마법 밧줄. 그가 루드말에게 선물 받은 건 이게 전부가 아니었다.

라-베르말 연공법!

어찌 보면 이곳에 와서 얻어낸 것들 중, 가장 값어치 있는 것이 아닐까 싶은 것이 바로 이것이었다.

그가 익히고 있는 베르말식 연공법의 원형이라고 알려진 것으로써, 대외적으로 퍼지지 않을 까닭에, 그 정확한 등급을 정하지는 않았으나 루드말의 말을 빌리자면 충분히 일류급은 된다고 여겼다.

비록 오러 홀이 없다고는 하나, 그래도 아직 희망을 버리지 않고 있는 까닭에, 그에게는 라-베르말 연공법의 값어치는 남다를 수밖에 없었다.

에던이 지금껏 베르말식 연공법에 다른 연공법을 섞어 넣는 방법은 생각보다 단순했다.

기본 뼈대는 베르말식 연공법으로 잡는 까닭에, 항시 베르말식 연공법은 익히는 상태에서, 새로운 연공법을 구할 때마다 따로 그 연공 방식으로 몸을 움직이는 것이다.

그렇게 두 종류의 연공법을 수행하다 보면, 어느 순간 마치 섞여들기라도 하듯, 베르말식 연공법을 수행하는 와중에 색다른 흐름과 동작들이 끼어들고는 했다.

처음에는 이런저런 마찰도 있고, 호흡도 흐트러지며 간혹 근육이 꼬이는 것 같은 통증도 느껴지고는 했다.

하지만 이를 꾸준히 익히다 보면, 어색하고 답답하던 흐름과 동작들이 점차 변형되며, 베르말식 연공법에 맞게 녹아드는 것이다.

물론, 이 역시 오러 홀이 없기에 가능했던 것으로써, 만약 그가 멀쩡했고, 일정량 이상의 오러를 쌓고 있었더라면, 오래 전에 사지가 비틀려서 치료원에 누웠을 터였다.

어쨌든 이처럼 오러 홀이 없다는 게 오히려 긍정적인 작용을 하며, 타 종류의 연공법이 베르말식에 충분히 적용될 만한 시간을 허락한 것이다.

그리고 라-베르말 연공법 역시 이 같은 방식으로 육신에 새겨나갔다.

베르말식의 원형이라고는 하나 쉽게 익히지는 못했다.

그간 에던이 익힌 베르말식 연공법 자체가 워낙 많은 연공법에 물들어 변형된 까닭이었다.

이미 원형인 라-베르말 연공법과는 전혀 다른 연공법이 되어 있었다.

보통은 원형인 라-베르말에 베르말식 연공법을 섞겠으나, 평생 뼈대로 삼아왔던 베르말식을 이제와 내던지기에는 그간 쌓이고 변형된 부분이 너무 컸다.

때문에 오히려 원형을 변형식에 맞춰서 흡수하는 방식을 선택할 수밖에 없었다. 그나마 같은 뿌리를 타고났기에, 어찌어찌 그 흐름을 새롭게 되새길 수는 있었다.

'그래도… 얼추 되기는 했네.'

아직 변환 중이었지만, 그래도 최소한의 흐름 정도는 짜 맞출 수 있게 되었다.

"그나저나…."

지쳐 늘어진 에던이 고개만 돌려 연무장 입구 방향으로 시선을 던졌다. 슬슬 저녁 시간이 다가오고 있던 까닭이었다.

쿠르르르르르…

뱃속에서 심각한 항의 신호가 터져 나왔다.

'끄응… 두 끼나 걸렀으니.'

아침과 점심을 통째로 지나쳤다. 이유는 간단했다.

오싹!

연무장의 입구를 바라보고 있는 것만으로도 등줄기가 짜릿해지는 공기가 밀려들었다.

저 문 너머, 드라필만의 영역이 하나의 전장이 되어 그를 기다리고 있는 것이다.

"돌아버리겠네."

욕지거리가 안 나오는 것이 이상한 일이었다.

[한동안 고생 좀 해야 할 거야.]

앞서, 바투만을 비롯한 타브람의 기사들과 겨루고 난 뒤, 변해버린 드라필만의 분위기 속에서 레일라가 전해 준 이야기였다.

상황이 어찌 되었건, 이곳 드라필만의 주인은 루드말이었고, 당연히 여기서 발생하는 사건사고는 가주의 귀에 들어갈 수밖에 없었다.

영주성 내에서 검을 휘두른 일이니만큼, 분명 '사고'로 처리되기에 부족함이 없는 일이었다. 헌데, 이게 웬일?

[아버님께서 아무런 연락도 하지 않으셨더라고.]

당혹스럽게도 루드말은 아무런 조치도 취하질 않았다. 어떠한 제재도 안 들어왔다는 뜻이었다. 그리고 이는 드라필만의 실력자들에게 또 다른 의미도 품고 있었다.

'드라필만의 주인이 그 정도 사건은 용납해 주기로 했단 소리지.'

그리고 이는 새로운 문젯거리를 가져왔다.

[이젠 어디까지 허락을 하는지 시험을 하려 들 거야.]

뜻하는 바는 간단했다. 앞서 바투만이 달려들던 수준에서 조금씩 수위를 높여간다는 의미로써, 이는 루드말에게서 제재가 들어 올 때까지 이어질 터였다.

그리고 이것이 에던으로 하여금 연무장을 나서지 못하게 만들고 있는 것이기도 했다.

저 밖으로 나가는 순간,

'오늘은 또 어떤 놈이 달려들지….'

가볍게 몸서리를 치는 그의 머릿속으로 지난 일주일간의 기억이 떠올랐다.

드라필만에 얼마나 많은 기사단이 있고, 또 얼마나 많은 신예들이 존재하는지 알았다. 거기에 더해 이제는 그 수준을 한층 뛰어넘는 존재들이 나서고 있었으니, 슬슬 바깥 생활이 꺼려질 수밖에 없었다.

덕분에 연무장 생활이 길어지고, 본의 아니게 연공법을 집중적으로 수련하는 웃기지도 않는 일이 발생해버렸다.

"이건, 뭐… 상꼬맹이 시절이 생각날 정도니."

용병계에 발을 들이고, 처음 연공법을 접한 뒤, 한창 연공에 몰두하던 시절이 떠오를 정도로 치열한 일주일이었다.

"하…."

하지만 결국 연공을 멈추고 저 밖으로 나가야만 했다.

꾸르르륵…

요 며칠 하루 한 끼로 버티려니, 슬슬 뱃속의 항의 표시가 진지해지려 하고 있었다.

'이러다 정말 속병나지.'

나직한 한숨과 함께 늘어졌던 육신을 바로세우며, 연무장 입구 방향으로 향했다.

[고생해.]

그 순간 들려 온 음성이 잠시 발길을 붙잡았다.

'…레일라.'

어떻게 아는 것인지, 아니면 감시라도 하는 것인지, 그가 연무장을 나서려고만 하면 이처럼 메시지 마법을 보내오고는 했다.

그리고 느껴지는 짜릿한 해방감.

끼이이익…

그 해방감을 안고 연무장의 문을 열었다. 그와 동시에 밀려드는 뜨거운 열기가 전신을 치고 지나갔다.

"끄응!"

앓는 소리가 절로 나오게 만드는 후끈한 열기로써, 가을이 한창인 이 시기에 어울리지 않는 공기였다. 연무장을 뒤로 한 채 얼마나 걸었을까. 문득, 에던의 발길이 멈춰 섰다.

저 복도의 끝으로 달갑잖은 방문객들이 그를 기다리고 있었다. 저도 모르게 신형이 뒤로 돌아갔다.

"아! 그러고 보니 볼일을 못 봤네. 큰 건데…."

답지 않은 헛소리도 슬쩍 토해졌다.

"라브라한 기사단의 바테른 메헨! 그대에게 대결을 신청하오."

하지만 과연 먹히질 않는 듯, 대뜸 방문객이 그를 향해 도전장을 날려 왔다. 하루 이틀도 아닌, 무려 일주일을 거쳐 온 상황이다 보니, 여기서 어찌 대처해야 하는지도 잘 알았다.

"정말 급해서 그런데…."

물론, 대처법이 항상 정답인 건 아니었다.

멀찍이서 에던을 구경하고 있던 레일라의 입가에 한 줄기 미소가 새겨졌다.

“정말 급하면, 거기서 싸던가.”

원치 않는 대결이 시작되고 있었다.

❖ ✣ ❖

상대를 경시하는 마음이 없지는 않았다. 하지만 그 같은 생각도 최초의 대결 이후 깨끗이 씻겨나갈 수밖에 없었다.

일개 3급 용병!

그 같은 생각을 말끔히 걷어내기에 충분한 대결이었다. 특히, 패배의 무리 속에 ‘바투만’이라는 이름이 섞여있다는 부분에서, 더 이상 ‘일개’라는 단어를 쓰기가 어려웠다.

때문에 긴장했다.

시선을 바꿔 상대를 인정한 이상, 가주의 손님이라는 위치가 적절히 적용되는 까닭이었다.

허나, 긴장감은 길지 않았다.

가주의 침묵!

그 어떤 제재도 없다는 부분에서, 드라필만의 주인이 대결을 용납했음을 알 수 있었다. 그렇다면 남은 건 그 ‘범위’였다.

어디까지 가주가 허락을 하는 것일까?

우선은 '젊은' 실력자들로 무대를 꾸몄다. 당연하게도 최소 바투만과 동급 혹은 그 이상으로 여겨지는 각 기사단의 신예들이 배역을 맡았다.

이미 '가주의 손님'으로 인정을 한 상황에서, 굳이 상대를 건드리는 이유는 간단했다.

[공작가의 데릴사위!]

그 소문에 대한 진위여부를 가리기 위함이며, 동시에 후계구도의 변형을 막기 위함이기도 했다.

이미 레일라와 에던이 만나는 장면이 자주 목격되는 까닭에, 진위여부에 관해서는 가문 대부분의 사람들이 '진실' 쪽으로 생각을 기울이고 있는 중이었다.

때문에 '시험'이라는 명목으로 후계구도를 바로잡고자 했다.

가주의 손님이라는 걸 인정하면서도, 여전히 부정하고 있다는 연출을 하고 있는 것이다.

당연히 이 연극의 끝은 가주의 제재가 들어오는 순간일 터였다.

드라필만의 주인!

오로지 단 하나뿐인 그 자리를 차지하고자, 수많은 후계자들이 치열하게 경쟁을 하고 있었다. 그런 자리에 또 다른 후계자가 올라선다?

용납할 수 없는 일이었다.

"별다른 세력도 없는 '3급 용병' 정도는 처리해서라도,

그 자리를 줄이고 싶겠지."

밤의 여왕은 그리 중얼거리며 발아래를 내려다봤다. 드라필만의 풍경이 저 아래로 펼쳐져 있었다. 성벽 한편에 서서 쓰윽 돌아보는 것만으로는 전부를 담기 어려울 만큼, 거대한 공간이었다.

루드말이 사라진 지금, 그녀가 이곳 드라필만에 들어서는 걸 막을 존재는 없었다. 하지만 그럼에도 불구하고 아직 '그'를 만나지는 못했다.

다양한 이유가 있겠으나, 그 중 하나는 '그'를 처리하려 움직이는 드라필만의 고위 인사들 때문이었다.

눈에 불을 키고서 '그'의 주변을 얼씬거리는 드라필만의 그림자들 때문에, 섣불리 접근을 하기가 어려웠다.

"하아… 정말, 귀찮게 하네."

맘 같아서는 밤의 여왕답게, 그림자에 숨어있는 '기생충' 따윈 싹 쓸어버리고 싶었으나, 안타깝게도 드라필만을 숙주로 두고 있는 놈들이니 만큼, 성격대로 하기가 어려웠다.

"아직, 정식으로 후계자라고 결정이 난 것도 아니니까. 일찌감치 싹을 자르겠다는 건데…."

밤의 여왕의 미간 사이에 옅은 주름이 새겨졌다.

'그것도 쉽진 않을 걸.'

이곳 드라필만에서 맘껏 활개를 칠 수 없는 또 다른 이유가 떠올랐다.

'레일라 드라필만!'

의외라고 해야 할까?

'설마, 복병이 숨어있었을 줄이야.'

드라필만의 주인이 떠나면 이곳을 뚫는 것쯤은 문제가 되지 않을 거라고 여겼다. 하지만 이건 또 웬일?

'고위 마법사라….'

드라필만에 설마 이토록 많은 마법 트랩이 설치되어 있을 줄이야.

'게다가 죄다 그를 중심으로 깔아놨단 말이지.'

물론, 이 정도로 문제가 될 건 아니었다. 고생은 하겠지만, 그래도 뚫기에 충분한 수준이었다. 하지만 결정적인 복병은 따로 있었다.

'쯧! 영감의 막내딸이 설마 정령술사였을 줄이야.'

너무 커다란 변수였다. 특히, 어둠에 녹아들어 움직이는 그녀에게 어둠 그 자체, 자연 그 자체라고 해도 과언이 아닌 정령들의 영역은 선뜻 건너기 어려운 위험지대와도 같았다.

그런 위험지역이 '그'를 중심으로 펼쳐져 있었다. 그야말로 골치 아픈 상황이었다.

'뭐… 굳이 못 넘을 건 아니지만.'

다행스럽게도 정령을 상대로 움직이는 공부도 착실히 배웠고, 그에 따른 실전 역시도 치렀다. 때문에 정령의 경계선을 넘지 못할 이유는 없었다.

하지만 이곳 드라필만을 찾은 목적이 '암살'이 아니기에, 결국 제외할 수밖에 없는 선택지였다. 짧게라도 그와 대화를 나누고 여차하면 화를 폭발시킬 '시간'이 필요했기 때문이다.

'끄응….'

그나마 가주 전용 연무장을 '그'가 사용할 때가 기회이기는 했다. 거기에서 만큼은 드라필만의 그림자들이 시선을 거두는 까닭이었다.

하지만 그 순간에도 '정령'의 시선은 '그'를 주시하고 있었다.

'망할 년!'

그리고 망할 놈!

내심 욕지거리를 한껏 쏟아내던 여왕의 신형이 훌쩍 뛰뛰기는 하는가 싶더니, 순식간에 드라필만 밖으로 향했다.

밤의 여왕!

개인적 욕망에만 충실히기에는 그녀의 위치가 너무 무거웠다.

❖ ✣ ❖

특별한 건 없었다.

"그런데도 못 피하더란 말이지."

눈에 훤히 보이는 공격이건만, 어째서인지 상대하는 족족 그 뻔한 공격에 너부러지고 자빠지며 전투불능이 되고는 했다.

“에던 운트… 에던 운트… 에던 운트….”

타브람 기사단의 단장 ‘타이란 프란셀’은 검지로 연신 검면을 두드리며 하나의 이름을 반복했다.

“라브라한의 바테른도 쓰러트렸다라… 하!”

짧게 터져 나오는 웃음 혹은 탄성 어쩌면 짜증일까?

“바테른이란 말이지.”

드라필만의 평기사와 달리, 바테른의 경우에는 소규모 조를 이끌 수 있을 정도의 실력자였다.

당연하게도 그 실력은 더 이상 평기사급이 아니었다.

“그게… 3급 용병이라고?”

“특급 용병이라고 해도 부족하지 않을 겁니다.”

타이란의 혼잣말 끄트머리에 불쑥 끼어드는 음성이 있었다. 타브람 기사단의 부단장 ‘베센 페르말’이었다. 하지만 이미 그의 접근을 알고 있던 타이란이기에 당연하다는 듯, 말을 이어나갔다.

“우습군. 겨우 일개 용병에게 이렇게까지 무시당할 줄이야.”

물론, 실제로 무시를 당한 것은 아니다. 하지만 타이란은 기사 우월주의를 품고 있었고, 그 중에서도 드라필만이라는 이름에 대한 가치를 남다르게 생각하는 경향이 있었다.

때문에 가장 먼저 에던을 건드리는 계획에 선뜻 단원을 내어준 것이 아니던가.

"더 이상 용병 따위가 설치는 꼴을 보고 싶지가 않군. 세브렌을 보내도록."

그 말에 베센의 동공이 살짝 커졌다.

세브렌 네일!

무려, 타브람의 다음대 단장으로 불리고 있는 실력자로써, 이미 신예들의 수준을 한참 뛰어넘은 드라필만의 정예라고 할 수 있는 기사였다.

'에던 운트….'

새삼스럽지만 베센 역시도 그 이름을 뇌리에 되새겨야만 했다.

'그 정도였던가.'

동시에 그들의 '주인'이 어째서 이 같은 골칫거리를 남겨두고 갔는지에 대한 의문도 감추기가 어려웠다.

'가주… 대체, 왜?'

그로써는 뱉을 수 없는 의문이었다.

❖ ✣ ❖

"원래, 싸움은 붙여야 제 맛이지. 큭…."

루드말은 그리 말하며 실실 웃음을 흘려보냈다. 그러며 주변을 스윽 돌아봤다.

사방에 널려있는 시체들과 진한 피비린내는 이곳이야말로 저승과 닿아있는 사신의 영역이라 말하는 것만 같았다.

“이 정도면 라카타루에는 적당히 경고가 됐겠지.”

마정석 광산과 인접해있는 왕국 중 한곳인 라카타루의 요원들의 거점들을 집요하게 파헤치며, 저들이 에벨린 왕국에 쏟아 넣은 전력을 절반가량 잘라냈다.

물론, 라카타루 외에도 또 다른 인접왕국인 마르센 역시 이 같은 작업을 시행했다.

하지만 그 와중에 굳이 ‘생존’과 ‘전멸’로 나눠서 구분을 뒀다.

생존의 경우에는, 거점의 요원들을 제압만 해서 그의 움직임을 알려지도록 한 것으로써, 주변국에 그의 행동을 명확히 알려 ‘경고’의 의미를 강하게 부각시키기 위함이었다.

하지만 이와 반대로 전멸의 경우에는, 이곳처럼 단 한명의 생명체도 용납하지 않은 채, 이곳에서 발생한 사건에 대해 의문으로 남을 수 있도록 분위기를 조장시키기까지 했다.

이유는 간단했다.

“확실하게 전력을 줄이는 것도 겸해서, 마르센과 라카타루에 적당히 시비를 붙이는 거지. 큭….”

그가 움직이는 틈을 타, 경쟁자들이 서로에게 은밀히 날을 세웠다고 생각하게 만드는 것이다.

물론, 이런 뻔한 수작질에 그들이 넘어올 거라고는 생각지 않는다. 하지만 그들 사이에 '의심'의 싹이 트기에는 충분하다고 여겼다.

먹음직한 미끼인 마정석 광산이라는 있으니, 작은 불장난 정도는 일어날지도 몰랐다.

"불장난이라…."

문득, 그가 집안에 싸놓고 온 불똥이 생각났다.

'고놈 참, 생각 이상으로 잘해주고 있단 말이지.'

맘 같아서는 그가 직접 불씨를 자극해줄까도 싶었지만, 그랬다가는 정말 가문의 실력자들이 본격적으로 움직일 가능성이 높았다.

그렇게 되면 최악의 상황이 발생할 수도 있었다.

지금은 그저 조용히 침묵하는 것으로써, 비공식적으로 그가 동의했다는 의사표현을 하는 정도면 충분했다. 적당히 그의 눈치를 보며 에던을 건드릴 것이기 때문이다.

하지만 슬슬 침묵하기 어려운 상황이 펼쳐지려 하고 있었다.

'바테른이라.'

그는 젊은 신예들의 수준과는 달랐다. 드라필만의 다음 세대를 '이끌어갈' 위치에 있는 기사였다.

그마저 쓰러진 이상, 이제부터는 '정예'라 할 법한 이들이 앞으로 나서게 될 것이다.

'슬슬, 장난이 아니겠군.'

이전까지는 대결이라 부르면서도 '대련' 수준으로 그쳤다면, 지금부터 나서는 이들은 '실전' 대결을 방불케 하는 '각오' 로 에던을 상대한 터였다.

물론, 이전의 기사들도 나름대로 각오를 품고 나섰을 것이다. 하지만 '정예' 라는 단어가 들어가는 순간부터는 그 각오의 깊이가 달라진다.

목소리를 내야 할 시기가 다가오고 있었다. 물론, 아주 작게 속삭이듯 흘려낼 것이다.

당장은 그거면 충분했다. 그 작은 음성에 드라필만의 맹수들도 마지막 선은 지켜 줄 터였다.

아직까지는 그가 드라필만의 주인이기 때문이다.

"갑자기 너무 무대가 커지면 안 되지."

게다가 에던의 '성장' 을 위해서라도 지금 수준을 유지하는 게 좋았다.

[이렇게까지 해 가며, 굳이 그를 키울 필요가 있겠습니까?]

문득, 드라필만의 그림자를 지키는 검이자, 그의 숨겨진 비수라고도 할 수 있는 흑사자 기사단의 단장이 건네 왔던 물음이 떠올랐다.

[보고 싶으니까.]

언제나 내놓을 대답은 하나였다.

"어디까지 성장할지 궁금하잖아."

새롭다 할 수 있는 '체계' 로 어디까지 뻗어나갈지 보고 싶었다. 그리고 종내에는 이를 통해서 가문의 성장 역시도 꾀하고자 함이었다.

물론, 궁극적인 목적은 그의 '향상심'에 있다고 봐야 하겠으나, 어쨌든 가문을 위한 행동이라는 건 확실했다.

"그나저나… 이놈도 확실히 골 때리는 놈이네. 크…."

중간 중간 건네받는 보고 정도였으나, 그것만으로도 에던의 행동을 파악하기에는 부족함이 없었다.

갑작스런 환경변화에 당황할거라고는 알고 있었지만, 설마 말도 안 되는 이유로 대결을 회피하려 할 줄이야.

배가 아프다. 뒤가 마렵다. 배가 고프다. 등등…확실히 듣고 있는 것만으로도 황당한 내용들이 줄줄 새나왔다.

처음에야 몇몇 기사들이 거기에 넘어갔지만, 이후 속았다는 걸 알게 된 뒤에는 에던의 수작에 넘어가는 이들은 전혀 없었다.

오히려 성을 내는 이마저 있을 정도였다.

기사들의 대결을 그런 지저분한 방식으로 회피했다는 게 그들의 화를 돋운 것이다.

역효과만 낸 격이었다.

이 부분은 다시 생각해도 우스운 내용이기도 했다.

"큭… 크하하하하하!"

그래서일까?

돌연 루드말이 시원한 웃음을 터트렸다. 정말 에던의 이야기 때문일까? 그런 이유도 있겠으나, 좀 더 정확히는 시체 가득한 풍경에 슬그머니 끼어드는 사신의 그림자들 때문이었다.

시체 사이사이를 헤집으며 다가오는 인영들이 보였다. 그 수를 하나 둘 헤아리던 루드말이 고개를 끄덕이며 자리에서 일어났다.

그러며 뒷발을 툭 치니, 걸쳐앉고 있던 시체더미가 무너지며 비릿한 혈향을 어지러이 퍼트렸다.

"스물이라. 라카타루의 병살대일려나?"

웃음성 끝에 조용히 상대에 대한 짐작을 꺼내본다. 저들의 반응을 살피려는 것이다. 하지만 그의 초월적 감각에도 마땅히 잡히는 건 없었다.

일인군단!

초인을 지칭하는 단어 중 하나였다. 하지만 그 절대자들의 수는 극히 한정되어 있었고, 때문에 한정된 공간, 영역, 국가만이 그 혜택을 받고는 했다.

자연스레 이들을 보유하지 못한 국가에서는 이들에 대한 방비책을 세울 수밖에 없었다.

별의 영역에 오른 초인들의 대항마!

라카타루 왕국의 '병살대' 역시도 그 같은 대항마들 중 하나였다.

그들은 인간이되 병기이고 살아있으나 죽음을 동반하는 존재들이다. 숨을 쉰다고 해서 저들이 호흡을 한다고 여겨서는 안 된다. 움직이나 생각하는 건 아니다.

병기!

말 그대로 저들은 인간의 형상을 한 병기일 뿐이었다. 라카타루의 거점을 무너트린 순간 저들이 등장했기에, 선뜻 병살대를 입에 담은 것일 뿐, 아직까지 저들이 병살대라고 정의하기는 어려웠다.

"겨우 스물이라."

초인을 상대하기 위해 만들어진 '병기' 들이었다. 겨우라고 폄하하기에는 무리가 있겠으나, 그걸 입에 올린 대상이 루드말이라는 걸 생각해 본다면, 어느 정도는 용납되는 단어였다.

뿌드득…뿌득…

문득, 다가들던 그림자들의 육체에서 뼈가 어긋나는 소리가 들리는 듯싶더니, 이내 그 체형이 기형적으로 부풀어 오르는 게 보였다.

"정답이었나."

육체의 변이과정을 지켜보는 루드말의 입 꼬리가 올라갔다. 저 모습이 라카타루의 병살대들이 지닌 특징에 딱 들어맞는 까닭이었다.

"…키메라란 말이지."

다양한 전투 경험을 지닌 그로서도, 인외의 존재와 겨루는 승부는 항시 생소했고, 그런 만큼 심장의 두근거림 역시 남다를 수밖에 없었다.

"흥분되는데."

나쁘지 않았다. 저들이 병살대까지 움직였다는 건, 그가 가장 알고자 했던 부분을 확인시켜준 것이기 때문이다.

전쟁!

평화가 길었다. 당연히 병력이 쌓였고 전력 역시 포화상태에 이르렀을 것이다.

그런 와중에 마정석 광산이란 괜찮은 미끼가 손에 들어왔으니, 이때다 싶어 저들의 의사를 확인하고자 했다.

만약에 그의 활개에 저들이 물러나거나, 혹은 그들끼리 따로 무대를 만들어 그의 연출을 빌려 불장난을 벌인다면, 그는 연극의 마무리를 위하여 마정석 광산이라는 테두리 안에서만 날뛸 것이다.

하지만 만약, 이 기회를 틈타서 본격적으로 그를 도발한다면?

“준비가 끝났다는 뜻이겠지.”

그를 저격할 목적으로 병살대가 움직였다는 게, 명확한 증거였다.

“어디 얼마나 자극적인지, 한번 확인해 볼까나.”

그 말이 신호라도 되는 듯, 스물의 괴수들이 일제히 달려들었다.

초인과 괴인, 인외의 전쟁이었다.

❖ ✣ ❖

실망스러운 사내였다.

'겨우, 용병이라고?'

게다가 패기도 없다.

[배가 아파서.]

또는 뒤가 급해서 등등의 웃기지도 않는 방법으로 싸움을 피하려는 모습에, 실망하고 또 실망했다.

'어떻게….'

그런 사내가 '그녀'의 약혼자로 거론될 수 있단 말인가.

'아가씨를 그 따위 놈과 엮는단 말이냐.'

화가 났다. 때문에 이 기회를 놓치고 싶지 않았다.

[그에게 도전해라.]

기다리던 끝에 드디어 자신의 차례가 왔음에 기뻐했다. 게다가 '제한'도 없다는 사실에, 목청껏 환호하고 싶은 마음마저 들었다.

[이겨라. 무너트려라. 할 수 있다면, 베어라!]

말인 즉,

'죽인다!'

문젯거리가 될 수도 있었다.

[공작가의 데릴사위!]

최근 이 같은 호칭으로 불리는 사내인 만큼, 그를 치려면 그만큼의 각오를 해야 할지도 몰랐다.

하지만 그 따위 건 눈에 보이질 않았다. 게다가 문제가 될지 안 될지는 아직 모르는 일이었다. 데릴사위라는 위치는 아직까지 정식으로 발표된 이야기가 아닌 까닭이었다.

'…헛소문일 뿐이다!'

그럴 것이라고 믿었다. 확신했다.

'분명히….'

쓸데없는 잡념은 거기까지였다. 저 앞으로 목표물이 다가오고 있는 게 보였다. 시선이 마주하는 순간, 표정을 굳히며 뒷걸음질을 하는 모습에, 또 한 번 실망감이 치솟았다.

'감히!'

진실이든 거짓이든, '그녀' 와 함께 사람들의 입에 오르내린 존재였다. 저런 모습은 결코 용납할 수 없다.

비틀린 혹은 그릇된 또는 어긋나버린, 지극히 개인적인 욕망의 발현이라고 해도 상관없었다. 지금 이 순간만큼은 그것이 모든 행동의 원동력이기에, 한껏 빠져들 생각이었다.

"세브렌 네일이라고 한다."

우렁차게 외치며 '놈' 을 향해 다가갔다.

❖ ✣ ❖

피할 수 없다면?

'맞아야지. 젠장!'

에던은 피곤한 현실을 한껏 만끽하며, 오늘의 '대결' 상대를 바라봤다.

'세브렌 네일이라.'

들은 적 있었다. 레일라와 크라우말을 통해, 이곳 드라필만의 실력자들에 대해 작게나마 정보를 얻을 수 있었는데, 세브렌 역시 그 안에 끼어있었다.

말인 즉,

'드라필만의 정예라는 소린데.'

문득, 지금 상황이 우습다는 생각이 들어버렸다.

'어쩌다가….'

일개 3급 용병인 그가 이곳까지 흘러왔으며, 어쩌다가 저런 실력자들을 상대하는 상황까지 이르렀을까?

하지만 가장 우스운 건 따로 있었다.

'나란 놈이 드라필만의 정예가 나설 정도였단 말이지.'

생각지도 못한 급성장이었다. 처음에는 그 역시 당혹감을 감추지 못했다. 하지만 꾸준히 찾아와주는 대결 상대들 덕분에 스스로에 대한 점검을 매일처럼 할 수 있었고, 덕분에 성장의 결정적 이유를 작게나마 짐작할 수 있었다.

'뭐, 결국… 영감이 맞았다는 거지.'

그의 육신을 채찍질하여 신체의 한계치를 늘려 육신의 활용범위를 더욱 넓힌 것이다.

아직까지는 그 시일이 짧아 뭔가가 극단적이라 할 만큼 변한 건 아니었다. 작은 변화였다. 하지만 그것만으로도 육신은 새로운 영역을 향해 발돋움을 했다.

'눈으로 보면서도 몸으로는 갈 수 없었던 영역!'

그곳에 조금이나마 더 발을 들이게 된 것이 결정적이었다.

'게다가….'

매일처럼 찾아오는 드라필만의 기사들은 드디어 찾아온 그의 성장판에 훌륭한 자극제가 되어주었다.

대련을 염두에 둔 대결인 듯하나, 충분히 실전의 아찔함을 품은 칼부림을 매일처럼 나누며, 그 길에 착실히 몸을 던져갔다.

그리고 오늘, 저 명문 검가 드라필만의 정예가 그 길목에 올라섰다.

'역시… 피할 수는 없겠지.'

살벌한 안광을 번뜩이며 다가오는 세브렌의 모습이 보였다.

[그 녀석은 막내한테 푹 빠져 있으니까. 조심하는 게 좋을 거야! 선배.]

크라우말에게 들었던 경고가 떠올랐다.

'확실히 위험하겠네.'

피부가 곤두서는 이 감각은 분명 '죽음'과 닿아있었다.

"후우우우…."

숨을 고르며 자세를 잡았다. 이제와 뒷걸음질은 너무 늦었고, 애초에 더는 먹히지도 않는 헛짓이었다.

그럼에도 이 같은 행위를 하는 건, 조금이라도 그를 얕잡

게 봤으면 하는 마음에서였다. 그런 평상시의 마음가짐이나 감정들이 결정적 순간에 '틈'으로 작용할 수 있음을 알기 때문이다.

때문에 자세를 잡되, 일부 흐트러진 모양새를 유지했다.

-와라! 여기다. 미끼를 물어라. 낚여라.

그 같은 마음으로 낚싯대를 드리웠다. 상대는 드라필만의 정예. 그만큼 경험도 만만찮은 상대였다. 평소라면 낚이지 않을 것이다.

[막내한테 푹 빠져 있으니까….]

크라우말의 경고를 앞세웠다.

'낚여라….'

동경하는 아가씨에게 달라붙은 '해충'이 밟아달라고 꿈틀대며 유혹하고 있었다. 눈이 돌아가기에 충분한 몸짓이었다.

파앙!

세브렌의 신형이 순식간에 허공을 격하며 달려들었다.

'낚였다!'

에던의 눈이 빛났다.

파악!

동시에 가슴 한복판에서 핏물이 터져 나왔다. 순식간에 거리를 좁힌 세브렌의 검이 가슴을 베고 지나간 것이다.

바늘에 걸린 물고기는 생각 이상으로 대어였던 듯, 검의 궤적을 봤음에도 온전히 피해낼 수가 없었다. 느껴지는 통증으로 상처가 깊다는 걸 짐작할 수 있었다.

파파파팍!

핏물을 가르며 뻗어오는 세브렌의 연격이 에던을 매섭게 몰아쳤다.

'젠장!'

경이로운 속도와 몸놀림이었다. 한층 성장한 육신으로도 피하기가 버거워, 그 검 끝에 육신의 일부를 내어줘야만 했다.

검 면을 쳐내려는 순간 마치 뱀처럼 휘어지며 팔을 휘감아 오는 게 특히 위협적이었다.

자칫 잘못했다가는 그대로 팔 하나를 헌납해야 할 정도였다.

피하고 피하고 또 피한다. 지금 당장은 그게 '한계' 라는 걸 알고 있었다. 요 근래 들어서는 이 정도로 피범벅이 되어 본 적이 없었기에, 이 짜릿한 고통에 잠시간 아찔함이 밀려들기도 했으나, 정신과 달리 몸은 날랜 움직임을 보이며 검격을 피해내고 있었다.

그렇게 상처가 쌓이고, 피로감도 쌓일 즈음, 상대에 대한 '정보' 도 쌓였다.

먼저 속도가 눈에 익었다. 그리고 궤적을 통한 기본적인 버릇과 습관 들이 하나 둘 파헤쳐졌다. 뒤이어 이를 통한 육신의 반응속도가 달라졌다.

좀 더 정확히는 반응 속도 보다는 '예측'의 범위가 넓어졌다고 볼 수 있었다. 선택의 폭이 좁아지니 자연스레 회피 동작의 영역도 한정되고, 자연스레 육신의 부담이 줄어드는 것이다.

조금이나마 알고 반응하는 것과 아무것도 모른 채 반응하는 몸놀림의 차이였다.

파파파팍!

여전히 살벌하게 핏물이 흩날렸다. 하지만 더 이상 상처는 깊지 않았고, 고통은 무겁지 않았으며, 시야는 어지럽지 않았다.

대개는 이 같은 침착함이 상대의 다급함으로 이어지고, 반격의 순간은 거기서부터 나오는 경우가 많았다.

'지금!'

에던의 손이 휘감아 오는 검을 무시하며 전방으로 뻗었다. 독사 같던 세브렌의 검 끝에서 맹독의 향기가 옅어진 걸 느낀 까닭이었다.

파앙!

가벼운 일격이었으나, 충분히 세브렌의 검 끝을 흔들고 연격의 흐름을 흩어놓기에는 부족함이 없었다.

찰나 간에 생긴 비틀림 속으로 훌쩍 뛰어들었다. 마치 맹수처럼 짐승처럼 야수처럼, 그 목덜미에 이빨을 박아 넣으러 달려들었다.

하지만 상대 역시도 실력자였다. 한 번의 흔들림에 당황하여 선뜻 흐름을 넘겨주기에는 드라필만의 정예라는 위치가 용납하지 않았다.

분명, 용납해선 안 됐다.

'이… 무슨? 이게….'

하지만 당혹스럽게도 흐름을 뺏겨버렸다. 세브렌은 길 잃은 아이마냥 허둥대는 검 끝을 느끼며, 더욱 바쁘게 몸을 움직였다.

그럼에도 불구하고 검은 제 길을 찾지 못했고, 육신은 바라고 목적하는 행위에 도달하지 못했다.

'저… 소매!'

유난스레 너풀거리는 에던의 소매가 신경 쓰였다. 중간중간 시야를 한 번씩 강탈해 가는데, 그럴 때마다 자꾸 에던의 행적을 놓치고는 했다. 자연스레 그만큼의 틈이 생겨버리는 것이니 검의 흔들림도 커질 수밖에 없었다.

당장이라도 잘라내고 싶을 정도로 매혹적이었다. 그럼에도 잡을 수 없는 대어마냥 펄떡거리며 잡혀주질 않는다.

상황이 이렇다보니, 스스로의 행위가 마치 물속에 빠져 허우적대는 것처럼 너무도 볼품없고 한심한 작태라는 생각에, 일시지간 머리가 뜨겁게 달아올랐다.

'빌어먹을!'

그 열기가 가슴에 닿고, 더 나아가 오러홀을 폭발적으로 자극했다. 순간 쏟아져 나온 과도한 오러가 몸놀림의 한계치를 극한까지 끌어올렸다.

파앙!

일순간 경계를 넘은 몸놀림이 허공을 격하고, 검의 궤적을 잔상으로써 수놓으며 어지러이 시야를 유린하며 날아들었다.

"흡!"

격하게 숨을 거둔 에던의 고개가 이래도 되나 싶을 정도로 꺾이며 뒤로 넘어갔다. 부족함을 느낀 허리도 함께 움직였다. 뒤로 직각을 그리는 와중에 시야 한편을 채워오는 서늘한 검광이 있었다.

'으득!'

이빨을 격하게 갈아 마시며, 검광이 사라지기 전에 한계치까지 꺾였던 허리를 튕겨 올렸다.

빠드득!

골머리가 부서질 것 같은 통증과 함께 검광이 휘어지며 하늘로 솟구쳤다.

"이런, 미친!"

설마하니 머리로 검 면을 두들길 생각을 할 거라고는 예상도 못했던 듯, 경악하는 세브렌을 향해 아직 남은 허리의 반동을 훌쩍 내던졌다.

의외성 섞인 뜻밖의 반격에 놀라 잠시 이성적 판단과 한 팔의 자유를 잃어버렸다고는 하나, 세브렌은 드라필만의 정예라는 이름에 걸맞게 남은 왼손을 움직여 달려드는 맹수의 조련을 시도했다.

'오냐, 와라!'

에던의 눈에 불이 들어왔다. 만약, 상대가 뒤로 몸을 빼냈더라면, 그로써는 쫓아갈 방법이 없었다. 육체적인 능력치가 상당부분 올라갔다고는 하나, 오러를 지니지 못한 그의 육신으로는 추적에 한계가 있었다.

하지만 상대가 먼저 달려든다면?

그의 눈과 작게나마 발전한 신체가 찰나의 틈을 제공했고, 기회를 엿보게 해 줬다.

검 면을 두드리던 충격에 반동이 일부 흩어졌으나, 그 정도는 한 걸음 내딛는 것만으로도 충분했다.

날아드는 조련사의 채찍질이 매섭긴 하나, 맹수는 그보다 더욱 사납고 날카로웠다.

주먹을 뻗는 와중에 살짝 비튼다. 아직 덜 나간 팔질이 절묘한 벽을 만들며 세브렌의 손길을 배제하려는 듯, 옆으로 치워냈다. 그 순간 열린 공간 속으로 훌쩍 주먹을 쑤셔 넣었다.

팍!

의외로 타격감은 적었다. 마지막 순간 세브렌이 허리를 뺀 까닭이었다. 내딛은 발을 기울이며 뒷발을 찼다. 몸을 던지듯 그렇게 뛰어들었다.

끝까지 후퇴를 생각하지 않던 세브렌의 '오만'이 퇴로에 제한을 뒀다. 도주로를 잃은 조련사의 가슴으로 맹수의 날카로운 발톱이 박혀들었다.

먼저 팔꿈치였다.

손이 닿았던 그 지점에 정확히 뛰어들며 연격을 가한다.

빼걱!

이제야 원하던 손맛이 전해져왔다. 하지만 아직 부족했다. 더 짜릿한 감각을 원했다.

그대로 어깨를 밀어 넣었다.

"쿨럭!"

연달아 치미는 통증에 고통스런 기침을 토하던 세브렌이 뒤로 넘어지듯 기울었다.

쿵!

거기서 훌쩍 한 팔을 휘감으며 어렵사리 껴안았다. 그러며 머리를 쭈욱 내밀자, 정수리에 묵직한 충격이 밀려들었다.

"카악!"

코피를 쏟으며 넘어가는 상대와 함께 그 역시 바닥에 자빠졌다.

요란하게 넘어가는 상대를 짓누르며 그대로 올라탔다.

뒤로 넘어가며 머리를 제대로 찧은 것일까? 세브렌은 어질어질한 정신과 흐릿한 시야로, 힘겹게 그를 올라탄 사내를 바라봤다.

핏물에 절여져 붉게 타오르는 얼굴은 마치 사신을 연상시키듯 기괴했다.

그 죽음의 사자가 내려다보며 중얼거렸다.

"후욱… 후욱… 씨벌눔, 뒈졌다고 복창해라!"

이어지는 심판이 잔혹하게 안면을 두드렸다. 피의 축제가 벌어졌다.

그리고,

드라필만은 '맹수'를 볼 수 있었다.

3. 달 그림자

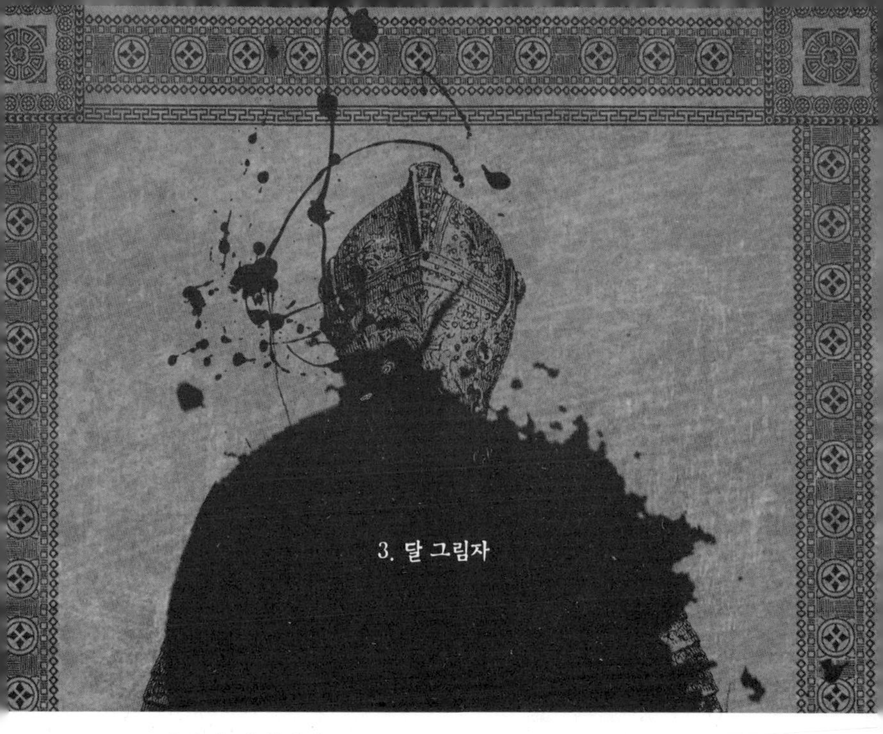

3. 달 그림자

이변이 발생했다.

"세브렌을 쓰러트려?"

지금껏 나섰던 신예들과는 '격'이 달랐다. 라브라한의 바테른이 나서던 순간, 이미 전장은 무게감을 달리하고 있었다.

하지만 세브렌은 거기서 한 걸음이 아니라, 서너걸음은 더 내딛은 것과 다를 게 없었다.

바테른과 세브렌 둘 다 비슷한 연령으로써, 드라필만의 미래라고 부를 수 있다. 언뜻 같다고 여겨질 수도 있겠으나, 분명 그들은 달랐다.

바테른과 달리 세브렌은 '현재'이기도 한 까닭이었다. 이미 드라필만의 정예라고 불리는 세브렌이었다. 그 실력은 드라필만의 상급기사들과도 충분히 견줄 수 있다는 의미인 것이다.

타브람 기사단의 차기 단장이라는 소리가 괜한 이야기가 아니었다.

"그런데… 졌단 말이지. 하!"

루드말은 유쾌한 미소를 입가에 걸친 채, 보고서를 넘겼다. 그리고 흥겹던 얼굴에 금이 갔다.

"허! 밤의 여왕이라고?"

뜻밖의 소식이었다. 드라필만에 남겨놓고 온 흑사자들에게서 여왕의 그림자를 봤다는 보고가 들어왔다.

"이건… 심각하군."

표정이 굳는 건 어쩔 수 없었다.

초인!

세상에는 알려지지 않은 어둠의 절대자가 집 근처를 배회하고 있다고 한다. 물론, 아직까지는 그녀의 그림자만 봤다고 하나, 여왕이 없을 거란 확신을 가지기도 어려웠다.

게다가 한 번 상대를 해 봤던 존재이기에, 더더욱 우려심이 클 수밖에 없었다.

거기까지 생각하던 중, 새로운 의문이 뒤따랐다.

'… 그녀일까?'

기억 속, 밤의 여왕은 그 못지않은 나이였다. 물론, 외형적인 의미로 본다면 중년미가 물씬 풍기는 미모의 여인이었지만, 실제 연령은 분명 그보다 더하면 더했지 부족하지 않았을 거라 여겼다.

"으음…."

본능적으로 아랫도리를 쓰다듬었다. 지난 대결에서 걷어차인 하복부가 이제와 통증을 호소하는 기분이었다.

그러다 뒤늦게 행태를 깨닫고는 민망하니 뒷머리를 긁었다.

'흠… 흠흠! 그땐 나도 젊었지.'

그래봤자 머리가 허얘지기 시작하던 무렵의 일이지만, 어쨌든 초인의 육신 덕분에 당시에도 청춘이었다.

'쩝….'

쓸데없이 들이댔다가 한판 벌어졌던 걸 떠올리자, 괜스레 민망함만 더해졌다. 여기서 결정타는 결국 차였다는 점이었다.

'설마, 이제 와서 그 때 일로 시비를 걸려는 건 아닐 테고.'

그렇다면 생각나는 건 결국 '의뢰' 였다.

에벨린 왕국의 초인이 움직이면, 자연스레 주변 왕국들은 움츠러들 수밖에 없었다. 이를 맞대응 하려면 대등한 수를 놓아야 했다.

초인에 대적하고자 새로운 초인을 끌어들였다는 게 가장 그럴싸한 답안이었다.

하지만 선뜻 결론을 내리기는 어려웠다. 밤의 여왕을 움직일만한 의뢰비는 실로 천문학적일 것이다.

아니, 애초에 돈으로 움직일만한 존재가 아니었다. 때문에 이 부분에 대한 답을 선뜻 내리기가 어려울 수밖에 없었다.

'그러면?'

개인적으로 드라필만을 찾는 경우도 생각해봐야 했다. 과거의 복수로 찾아왔다면?

'억울한데….'

상당히 일방적으로 당했던 기억이 났다. 어쨌든 먼저 들이댄 건 그였기 때문이다. 결국 마지막에 열이 올라서 격하게 반격을 하면서 서로 제법 깊은 상처를 입어야만 했지만, 그래도 맞은 횟수를 생각한다면 그가 압도적이었다.

때문에 이 역시 아닐 거라는 생각을 하며, 다른 가능성에 눈을 돌렸다.

'역시… 마정석 광산인가.'

아무리 생각해도 이게 가장 그럴싸한 이유라고 생각됐다. 그녀가 드라필만에 나타난 건, 마정석 광산의 지분을 크게 들고 있는 존재, 말룬 자작가의 후계자인 라논 때문이리라.

레드문의 이름값과 밤의 여왕의 무게감을 생각한다면, 겨우 마정석 광산이라고 할 수 있겠으나, 그 광산이 3개 왕국을 뒤흔드는 중심에 있는 지금 이 상황을 떠올린다면, 밤의 여왕이 움직일만한 가치가 있을지도 몰랐다.

마침, 루드말도 외출하고 없으니, 건드려 보기에는 충분하지 않겠는가.

여기서 또 다시 의문이 이어졌다.

'왜 아직까지 손대질 않는 거지?'

이래저래 상황이 변화하고 있었으나, 아직까지 사건의 중심은 마정석 광산이었다. 당연하게도 연관성 깊은 라논의 신변은 철저하게 보호되고 있었다.

하지만 그렇다고 해도 상대는 초인이었다. 그것도 어둠과 편먹는다는 밤의 여왕이 아니던가. 그녀가 움직인다면 결국 막아낼 방법이 없을 터였다. 하지만 아직까지 라논 주변에 문제가 발생했다는 소식은 없었다.

아직 밤의 여왕은 도착하지 않았거나, 그저 그림자만 별개로 움직였을 확률이 높았다.

루드말 개인적인 생각으로는 후자 쪽으로 생각이 기울었지만, 이상하게 전자에 대한 미련이 남았다.

왠지 모를 찝찝함에 자꾸만 뒷목이 가려웠다.

"그러고 보니, 슬슬 겨울인가."

이런 날씨에 돌아다니면 뼈마디가 시렸다.

"돌아갈 때가 된 거려나."

알고 싶은 것이야 대부분 알아냈고, 내부에 심어진 독니도 적잖게 뽑아냈다. 두 달여에 가까운 시간을 활동했으니, 충분할 정도로 움직였다고 할 수 있었다.

문득, 밤하늘을 가로지르던 매력적인 그림자가 떠올랐다.

"큼! 오랜만에 들이대러 가 봐?"

세브렌의 패배로 가문의 분위기도 흉흉해 졌을 것이니만큼, 한 번쯤 얼굴을 내밀어야 할 때였다.

"흐…."

어째서일까?

입가에 걸린 미소는 사심이 넘쳐나는 것처럼 보였다.

◈ ✣ ◈

은은하니 남아있던 온기가 가을 단풍이 지듯 사그라지고, 초겨울 싸늘한 바람이 코끝을 스칠 때, 에던은 그보다 시리고 매서운 북풍한파를 정면으로 마주해야만 했다.

"오랜만이야."

대뜸 가주 전용 연무장으로 숨어들어온 여인이 그처럼 말을 건네올 때, 오싹할 정도로 시린 한기도 함께 넘어오고 있음을 알았다.

"아… 어… 예. 네."

당혹감에 튀어나온 건 존대였다.

게다가 어째서인지 사타구니는 한껏 오므리고 있었다.

과거, 저 갑작스런 방문객에게 사타구니 사이의 소중한 분신을 쥐어뜯길 뻔 했던 아찔한 기억, 그 악몽이 떠오른 까닭이리라.

"오랜만이네…요. 세릴."

마른침을 삼키며 입을 열었다. 여전히 존대가 나오는 건 어쩔 수가 없었다.

'…왜? 왜? 왜?'

그녀가 이곳에 있단 말인가. 이곳이 어디던가. 무려 드라필만의 심장부라 할 수 있는 가주 전용 연무장이었다.

외부인은 들어올 수 있는 그런 특별한 장소였다.

'설마….'

가주와 아는 사이일까? 드라필만과 깊은 연관이 있는 것일까? 수많은 생각들이 머릿속을 헤집었다. 그 와중에도 한 가지는 확실했다.

어떤 내용이건 무서운 결말을 예고하고 있다는 점이다.

'우라질!'

토악질이 나올 것 같았다.

밤의 여왕, 셰릴은 그녀의 얼굴을 보는 순간, 한껏 굳어버리는 '그'의 모습에 이성의 끈 하나가 뚜둑 끊어져나가는 감각을 맛봐야만 했다.

에던 운트!

그와의 만남을 위해 했던 고생들이 떠오른 까닭이었다. 반갑게 달려와 안아주지는 못할지언정, 저 딱딱하게 경직된 표정은 무엇이란 말인가.

'에던… 운트!'

새삼스레 이곳에 온 목적에 충실해질 용기가 났다.

으드득!

사납게 이를 갈아마시는 그녀의 모습에 겁먹은 듯 뒷걸음질을 치는 에던의 몰골이 보였다.

"보기 좋네."

그녀의 이야기에 그가 얼굴을 붉히는 게 보였다. 전신을 밧줄로 옭아매고 있는 괴상한 행태를 깨달은 까닭이었다.

가주 전용 연무장을 사용하는 와중에는 타인의 시선을 신경 쓸 필요가 없기에, 최대한 자연인의 모습으로 돌아가 수련에 임하고 있었다.

게다가 연무장에는 오러 집적진도 펼쳐져 있기에, 최대한 겉에 두르고 있는 걸 줄이고자 했다. 물론, 오러 홀도 없는 그에게 이 같은 부분이 얼마나 많은 도움이 되는지는 모른다.

그저 마법사들이 마나 집적진에 들어갈 때에는 최대한 가벼운 복장으로 명상을 한다기에, 이를 떠올리며 따라해 본 것뿐이었다.

혹시, 만에 하나의 경우겠으나, 이곳에 펼쳐진 오러 집적진의 효과를 받아, 조금이라도 오러홀의 치유가 이뤄지지는 않을까. 하는 작은 바람이 깃든 행위이기도 했다.

하지만 분명한 건, 그 속사정이 어떠하건 외형적인 모습이 결코 보기 좋은 건 아니라는 점이었다.

"흐흥! 그새 재밌는 취미가 생겼나봐."

나직한 코웃음과 함께 이어지는 셰릴의 이야기에 에던이 고개를 저으며 부정했다.

"그런 취미가 있었으면 미리 말을 하지 그랬어."

그러더니 대뜸 발길을 돌리는 셰릴의 모습에 에던의 뒷

걸음질이 일순 멈췄다. 하지만 이내 그 방향과 목적지를 깨닫고는 한층 딱딱해진 얼굴로, 새하얀 빛깔을 보호색으로 띄워야 했다.

병기 거치대!

그야말로 없는 게 없는 드라필만의 거치대를 향해 셰릴이 손을 뻗었다.

"채찍질 정도라면 나도 제법 할 줄 아는데. 어때?"

그리 말하는 그녀의 손에 검고 길며 탄력적인 구렁이 한 마리가 잡혔다. 비유적인 표현으로써 당연히 채찍이었다.

'염병!'

왜 저리도 다양한 무구들이 갖춰져 있단 말인가. 내심 욕지거리를 한바가지 쏟아내던 에던이 다급하게 몸을 날렸다.

짜악!

그가 피하기 무섭게 서 있던 자리가 찢겨나갔다. 아무런 준비 없이 날아든 셰릴의 채찍질이었다.

"어때? 제법 하는 것 같지 않아?"

웃으며 던져오는 그녀의 물음에 에던은 저도 모르게 고개를 끄덕일 뻔 봤다.

"시간은 많으니까. 느긋하게 즐겨보자. 달링!"

울고 싶은 순간이었다.

한껏 구겨진 에던의 얼굴을 보던 셰릴이 슬쩍 시선을 돌려 연무장 주변을 훑었다.

평소라면 저 주변에 가득 펼쳐져 있었을 '시선'이 느껴지지 않았다.

정령!

레일라가 에던에게 붙여놓았던 '정령의 눈'이 사라진 것이다. 뿐만 아니라 드라필만 내부에 가득하던 '사람의 눈' 역시도 상당부분 흐려져 있었다.

그녀의 이야기처럼 시간은 많았다. 그렇게 되도록 직접 계획을 꾸몄다.

무려, 여왕의 그림자들을 움직여 만들어낸 틈이었다.

에던과 오붓하게 시간을 가지고자 해도, 드라필만의 기사들과 마법 트랩들 그리고 정령의 눈까지, 여러모로 시간적 여유를 방해하는 요소들이 많았다.

때문에 드라필만의 그림자라 불리는 흑사자 기사단에 그녀의 그림자를 드러냈다.

가주 직속의 기사단이니 만큼, 루드말에게 정통으로 통신이 올라갈 것임을 알기에, 의도적으로 그림자를 비친 것이다.

내부를 단단히 하고 있는 드라필만의 시선이 외부에 향하도록 하기 위함이었다.

물론, 그녀가 직접 모습을 드러낸 게 아닌 만큼, 저들에게도 작은 혼란이 있었을 것이다. 때문에 그 진실과 거짓을 분명히 가리고자, 저들은 드라필만 주변을 샅샅이 훑을 터였다.

당연하게도 그녀의 존재를 의식하며, 외부 탐색 이전에 내부를 한층 단단히 방비하는 시기가 있었지만, 그녀에게는 크게 문제될 게 아니었다.

'진짜는 그 정령들이니까.'

이곳 가주 전용 연무장을 배회하는 정령들의 시선이 밖으로 향하도록 하는 게 중요했다.

'정령술을 숨기고 있는 것 같았지만….'

그래도 레일라는 드라필만의 혈족이었고, 그녀 역시도 주변 경계에 한층 민감해질 거라고 여겼다.

예상했던 그대로 레일라는 정령의 활동 범위를 가주 전용 연무장에서 드라필만 전체로 넓혔고, 그만큼 셰릴은 여유를 얻을 수 있었다.

마법적인 트랩들이 한층 위협적으로 변했지만, 명문 검가라 불리는 드라필만의 마법적인 방비력은 그녀의 기준치에 미치지 못했다.

그렇게 드라필만의 시선이 내부가 아닌 외부에 집중할 때, 정령들이 가주 연무장이 아닌 드라필만 전체를 배회할 때, 그녀는 움직였다.

"어렵게 잡은 기회니까. 화끈하게 즐겨보자."

실로 오싹한 대사와 함께 셰릴의 채찍이 움직였다.

촤아아악…

그건, 마치 뱀처럼 요란한 몸놀림으로 춤사위를 벌이며 다가들었다.

보는 것만으로도 아찔해진다고 해야 할까?

'빌어먹을!'

욕지거리가 절로 나오게 만드는 '길'이 눈앞에 펼쳐졌다. 채찍 특유의 움직임에 셰릴의 현란한 기교가 더해지니, 무수히 많은 궤적들이 시야를 어지럽히며 판단력을 흩트리려 하고 있었다.

현기증이 일어날 만큼 현란한 궤적의 향연 속에서, 먼저 반응한 건 눈이 아닌 몸이었다.

파아아악!

발아래로부터 사타구니를 휘감듯 타고 올라오는 뱀의 독니에 남성의 존재감이 위협받는 기분이었을까? 전에 없이 쾌속한 몸놀림으로 에던의 신형이 날아올랐다.

'아오! 망할 년. 변함이 없구나.'

과거의 악몽이 재현되는 순간이었다.

쫘아아악!

허공이 찢겨나가는 그 오싹한 뱀의 울부짖음에 에던은 마른침을 삼켜야만 했다.

저기에 걸렸다면?

새 삶을 심각히 고려해야 하는 상황이 찾아왔을 수도 있었다.

촤촤촤착…

다시금 채찍이 어지러운 궤적을 그리며 쫓아오는 게 보였다.

'이…집요한 년!'

현란한 궤적이 눈을 어지럽혔으나, 그 중 무엇이 진짜인지 이제는 확연히 알 수 있었다. 그의 분신을 향해 뻗어오는 궤적이 유난스레 짙음을 눈치 챈 까닭이었다.

이는 앞서의 경험과 과거의 악몽으로 인한 덕분이었다.

파파팍!

에던은 스스로에게 박수를 쳐주고 싶을 만큼 날랜 몸놀림을 보이며 이리저리 바쁘게 채찍질을 피하고 흘려보냈다.

이곳에 오기 전, 루드말의 수련을 받기 전이라면 결코 보일 수 없는 그러한 움직임이었다.

게다가 세브렌과의 결전에서 작게나마 성장의 발판을 마련하기도 한 덕분일까? 그의 눈은 어지러운 궤적들 속에서도 필요한 정보를 정확히 잡아내고 있었다.

물론, 완벽히 피해낸다는 것은 무리인지, 조금씩 하체의 상처가 늘어가고 있었다. 하지만 분명한 건, 그가 채찍질을 피해내고 있다는 점이었다.

'피해?'

셰릴의 눈에 불이 들어왔다.

짜증이 확 일어났다. 그와 동시에 감탄하는 마음도 함께 솟구쳤다.

'저게 가능하다고?'

에던의 움직임은 오러홀이 없다는 게 믿기지 않을 정도로 날랬다.

물론, 실질적인 비교를 한다면, 오러의 괴력과는 견주기가 어렵겠으나, 그래도 분명 육신이 지닌 한계치를 넘어서고 있다는 건 틀림없었다.

오러홀이 없다는 걸 알기에, 과거 그의 몸놀림이 어떠했는지를 알기에, 그녀가 받는 놀라움은 클 수밖에 없었다.

'영감…. 대체, 무슨 마법을 부린 거야?'

새삼스레 드라필만과 루드말의 이름값을 실감하는 순간이었다.

'그 괴상한 재주도 없이, 이걸 피하다니.'

정확히 어떤 능력라고 정의를 내리기는 어려웠으나, 에던에게 특별한 힘이 있다는 것 정도는 알고 있었다.

그렇지 않고서야 밤의 여왕의 날카로운 가시를 피해낼 리가 없지 않은가. 무려 초인이라 불리는 존재의 공격이었다.

오러 못지않게 특별한 무언가가 그에게는 있다는 걸, 몇 차례에 걸친 마찰을 통해, 감각적으로 이를 파악할 수 있었다.

하지만 그 특별한 감각이 오늘은 느껴지지 않았다. 오래 전 일이라 잊혔다고 생각할 수도 있으나, 초인은 그 감각적 기억력 역시도 초월적이었다.

'아직까진 그 힘을 사용하지 않았어.'

말인 즉, 순수하게 육신의 능력만으로 그녀의 채찍질을 피하고 있다는 의미였다.

전력을 다하고 있는 건 아니었다. 손에 익은 무기도 아니다. 하지만 초월적 '여인'이 그 울분을 풀고자 던지는 채찍질이었다. 저처럼 쉬이 피해낼 만한 성질의 공격이 아닌 것이다.

'성장했어!'

발돋움으로도 넘을 수 없다 여겼던 벽의 꼭대기에 손끝이 닿아 있었다.

'어떻게?'

그 같은 의문이 채찍질에 실리며, 한층 매섭고 날카롭게 에던의 분신을 노려갔다. 진심이 실려 버린 것이다.

"악!"

에던이 단말마의 비명성을 내지르며 고꾸라졌다. 양 손으로 사타구니부분을 쓸어내리는 모습이 심상찮아 보였다.

결국, 최악의 상황이 벌어진 것일까? 바닥에 머리를 박고 바들바들 떠는 모습이 실로 처절하게 여겨졌다. 그 모습에 세릴도 조금은 놀란 듯, 눈을 동그랗게 뜨며 뱀의 독니를 거둬들이고 있었다.

'끄…어…어…….'

에던은 입 밖으로 토해내기도 어려운 고통을 느끼며 연신 바닥을 기어야만 했다.

그간 단련해온 눈과 육신의 능력을 극한까지 끌어낸 덕분일까?

다행스럽게도 최악의 상황은 면해, 정통으로 맞는 건 피할 수 있었다. 하지만 이 고통은 온전하지 않다는 증거였다.

궤적을 보았고 이를 피하고자 물러섰다. 하지만 생각 이상으로 빠르고 날카로운 채찍의 추격에, 결국 그 끝에 덜미를 잡혀버린 것이다.

끄트머리 살짝 스친 정도였다.

하지만 무려 별의 영역에 든 초월자의 '진심'이 섞여든 채찍질이었다. 상대가 상대인 만큼 그 통증은 어마어마했다.

에던 본인이 느끼기에는 분신의 머리가 통째로 날아가버린 것 같은 아득한 충격과 통증 그리고 공포였다.

어질어질한 정신의 끈을 가까스로 부여잡으며, 손끝으로 분신의 상태를 확인했다.

'부… 붙어있다!'

눈물이 나올 것 같은 감동의 순간이었다. 어마어마한 통증은 여전했지만, 소중한 남성의 상징이 살아있다는 건 어쩔 수 없는 기쁨을 동반했다.

하지만 끊임없이 이어지는 통증은 결국 감동과 기쁨을 넘어서며 다시금 감정을 밑바닥으로 끌어내렸다.

'빌어먹을….'

세릴이 특별한 여인이라는 건 이미 알고 있었다. 과거, 그의 주요 부위를 쥐어뜯는다며 난리를 치던 당시, 호되게 당한 경험이 있기에 모를 수가 없었다.

물론, 그 정체가 밤의 여왕이며, 대륙의 숨겨진 초인이라는 것까지 알아낸 건 아니었다. 그저, 특별하다는 정도만 짐작할 뿐이었다.

그리고 이 같은 과거의 정보가 그의 머리를 깨웠다.

드라필만에 들어와 루드말의 지원 아래 육신이 그 한계를 넘어 새로운 영역에 들어섰다.

덕분에 눈의 힘을 온전히 깨달아가고 있었다.

아직 그 전부를 활용할 수 있는 건 아니었으나, 무려 드라필만의 정예라고 불리는 세브렌을 격파했다.

발전했다!

때문에 놓치고 있었다.

각성!

그동안 그를 위기에서 수차례 구원해줬던 그 특별한 능력을 잊어버렸다. 전에 없던 성장에 흥분하여 그의 가장 큰 무기를 외면해 버린 것이다.

어쩔 수 없었다.

각성은 생사의 경계에서부터 발현된다. 말인 즉, 위기 속에서만 발휘할 수 있다는 뜻이었다. 하지만 눈의 능력은 언제나 사용이 가능했다.

안정감!

눈의 능력은 그로 하여금 죽음의 위기라는 상황을 잊게 해 주는 것이다. 때문에 외면하고 또 외면하며 잊어갔다.

기본적으로 그는 '모험'이 아닌, '안전'을 중심에 놓고 활동하는 용병이었다. 물론, 주변 환경에 의해 반대적 성향이 강해져 버렸지만, 분명한 건 안전제일을 모토로 삼고 있다는 것이다.

하지만 각성은 그에 반대되는 것이다.

특히, 생사의 경계에서만 각성상태에 빠진다는 게 문제였다. 게다가 목숨이 걸린 일이 아니라면, 깨어나지 않는다는 의미가 아닌가. 모험도 이런 모험이 없었다.

그 단편적인 예가 지금의 상황이었다. 남성의 상징이 뜯겨나갈 위기였건만, 전혀 발동의 기미가 없었다.

'분신은 내 목숨이라고!'

안타깝게도 그의 감각은 좀 더 극단적인 상황을 생사의 경계로 인정하는 모양이었다.

이 짜릿한 고통이 줄곧 외면해 오던 길을 자각시켜줬다.

'결국, 모험인가.'

그가 이 바닥에서 살아남기 위해서는 온전한 각성을 이뤄야만 한다는 걸 깨달았다.

'어쩌다 이렇게 욕심이 생겨버린 건지. 쯧!'

몰랐다면 모를까. 이젠 그 역시 발전할 수 있다는 걸 알아버렸다. 오러홀이 없어도 벽 너머의 세상이 허락된다는 걸 알아버린 것이다.

이제와 돌아가기에는 늦었다.

'게다가… 그 영감이 허락해 줄 것 같지도 않으니.'

드라필만에서 살아남기 위해서는 이 방법뿐이었다.

'하! 가능할지는 모르겠지만….'

그렇게 투덜거리던 그의 시선이 슬쩍 전방으로 향했다. 멀찍이서 싸늘한 눈빛을 보내오는 셰릴의 모습이 보였다.

씨익…

고통에 몸부림치던 그의 모습이 만족스러운 걸까? 시선이 닿자 그녀의 입가로 한 줄기 미소가 피어났다. 그런 그녀의 손아래로 공포스런 채찍이 매혹적으로 흔들거렸다.

'젠장!'

당장은 이곳에서 살아남는 것도 문제일 것 같았다.

손끝 너머로 점차 부풀어 오르는 분신이 느껴졌다. 그건 마치, 고통을 호소하는 절규의 몸부림처럼 여겨져, 실로 슬프고 또 아팠다.

'정말로….'

아팠다!

❖ ✣ ❖

밤이 깊었다. 슬슬 잠자리를 봐야 할 시간이건만, 그녀는 오히려 방문을 열고 밖으로 나왔다.

어둠이 짙은 이 시간이 '그'의 귀가시간이라는 걸 아는 까닭이었다.

'어쩌다….'

이리 되어버린 것일까? 거짓된 관계였건만, 어느새 그 속에 진심이 싹터버렸나. 기다림 속에 피어나는 설렘 그리고 불안감 등 복잡한 심경의 변화와 흔들림이 그 증거이리라.

"하아…."

나직하니 흘러나오는 한숨은 이 상황에 대한 심란함의 표출일까? 아니면 '님'을 기다리는 여인의 감정일까?

습관처럼 복도 끝자락으로 시선이 향했다.

'아직…인가.'

그의 귀가는 항상 늦다.

[공작가의 데릴사위.]

이 웃기지도 않는 소문을 시작으로, 드라필만은 하나의 거대한 무대이자 전장이 되어, 그에게 가혹한 배역을 맡겨 뜨거운 핏물을 흘리게 만들었다.

매일처럼 들려오는 대결소식에 마음 졸이던 자신의 모습이 실로 낯설었다.

하지만 뜻밖에도 그는 승리를 노래했고, 드라필만에 새 바람을 불러왔다. 비극으로 끝날 거라 여겼던 배역이건만, 매일처럼 극적 반전을 일으킨 것이다.

짜릿했다. 하지만 그럼에도 불구하고 가슴을 옥죄는 답답함은 더욱 커져만 갔다.

그의 성장만큼 대결 상대의 이름값도 커졌기 때문이다.

'…세브렌 네일.'

결국, 드라필만의 정예까지 나섰다. 그리고 에던은 이마저도 이겨냈다.

그 때문일까?

갑작스레 무대가 막을 내리고 전장에 침묵이 내려앉았다. 여전히 공기는 뜨겁다. 하지만 더 이상 열기가 겉으로 발산되진 않았다.

세브렌의 패배가 그만큼 충격적이었다는 의미였다. 덕분에 에던은 더 이상 상처입지 않았고, 조금이나마 귀가시간도 빨라질 수 있었다.

물론, 여전히 밤 깊은 시각이라는 건 여전했으나, 어쨌든 작게나마 변화가 있었다는 건 분명했다.

때문에 의문이 드는 것이다.

'올 때가 됐는데.'

최근 그의 귀가시간을 생각해 본다면, 어느새 귀가시간이 훌쩍 지나 있었다. 슬슬, 걱정이 되려 하고 있었다.

'설마….'

다시금 드라필만이 그 열기를 토해내기 시작한 것일까? 무대가, 전장이 열린 걸까? 걱정스런 마음에 복도 끝을 살피는 눈빛이 애처로웠다. 그러다 이내 자신의 행태를 깨닫고는 쓰게 웃었다.

자신에게 이 같은 모습이 숨어있을 줄이야. 여름, 아니 가을이 지나기 전까지만 해도 생각지도 못한 감정이고 광경이리라.

겨울 공기 서먹한 밤하늘에 하얗게 입김을 불어넣을 때였다.

"…끄…으…음……."

저 멀리 복도 끝자락에서부터 들려오는 한 줄기 신음성이 그녀의 시선을 잡아끌었다.

'에던!'

그가 오고 있었다. 헌데, 그 움직임이 기이했다. 비틀비틀 비척비척 흔들흔들, 정상적이라고 하기에는 어려운 걸음걸음을 보여주고 있었다.

'설마, 또?'

앞서 생각하던 '드라필만의 전장' 이 다시 열렸다는 확신이 한층 짙어지려 했다.

털썩!

그 순간 에던이 복도 한편에 기대어 주저앉는 게 보였다. 화들짝 놀란 라논이 바삐 그를 향해서 달려갔다.

"괜찮아?"

그러면서 에던의 상세를 살피는데, 하얗게 질린 안색과 수척해진 몰골이 전에 없이 지쳐보였다. 전장이 다시 열렸다는 확신이 커졌다.

"으음… 라논?"

에던이 흐릿하니 풀린 동공으로 그녀와 시선을 맞춰왔다.

"많이 아파? 어디가 어떻게 다친 거야?"

그녀의 물음에 에던이 신음성을 흘리며 고개를 휘휘 저었다. 그것외에는 마땅히 할 수 있는 행동이 없었다.

'어디가 어떻게?'

차마 말할 수 없는 부위며 고통이었기 때문이다. 이런 그의 사정을 아는지 모르는지, 라논이 그를 살피려 이리저리 흔들어 대는데, 그 때문일까? 육신의 진동 속에서 에던은 한층 진한 고통을 느껴야만 했다.

"그… 그만. 흔들지 마. 제발!"

힘겹게 입을 열지만 목소리가 너무 작았던 걸까? 라논은 여전한 모습으로 그를 흔들고 있었다. 오히려 살펴도 이렇다 할 상처가 보이질 않자 그 손짓이 더욱 거칠어지고 있었다.

당연한 일이었다. 상처 대부분이 하체에 쏠려있는데, 상체만 뒤집어서야 어찌 답이 나오겠는가.

하지만 집요한 라논의 관찰력은 결국 에던에게서 이상한 점을 발견해내고야 말았다.

'거기를… 왜?'

유난스레 민망한 부위에만 집중된 에던의 손짓이 기이했다.

'뭐지?'

의문을 느끼는 찰나, 기이한 냄새가 그녀에게로 넘어왔다.

'향수?'

아니다. 그것과는 다른 종류의 것이라는 걸 금세 알아챌 수 있었다. 마치 사람의 땀 냄새 같은 느낌이었다.

'…체취?'

에던의 것은 아니다. 그렇다면?

'여인?'

불현 듯 떠오르는 단어였다. 뒤이어 하나의 이미지가 머릿속에 그려졌다.

'레일라?'

왜 갑자기 그녀가 생각난 것일까? 어찌 보면 당연한 수순이었다. 최근에 가장 많이 들었던 그의 또 다른 여인이 아니던가.

생각의 관점이 바뀐 까닭일까? 에던의 모습이 이제는 다른 방향으로 보이기 시작했다.

작은 오해의 시작이었다.

부여잡은 사타구니, 창백한 안색, 홀쭉한 볼, 그리고 전신 가득 묻어있는 여인의 체취!

이내, 큰 오해가 탄생했다.

"끄으…음?"

신음하던 에던이 의문성과 함께 시선을 들었다. 라논에게서 전해지던 분위기와 공기가 돌변하는 걸 느낀 까닭이었다.

'어라?'

착각이 아니었던 것일까?

'싸늘하다….'

그녀의 눈빛이 차갑게 식어 있었다. 가슴에 비수가 꽂힐 듯한 날카로운 시선이었다. 마른침을 꼴깍 삼키는 찰나, 그녀의 발이 움직였다.

빠악!

동공이 튀어나올 것 같은 통증이 올라왔다.

"끄…끄…어…."

제대로 이어지지도 않는 신음성 속에서, 그는 시선을 내려 고통의 중심지를 바라봤다. 분신을 덮은 그의 손, 그리고 그 위를 덮은, 아니 덮친 그녀의 발!

에던이 고꾸라지듯 바닥에 머리를 박았다.

"흥!"

신음하는 그를 내버려두며 라논의 발길을 돌렸다. 아득해지는 정신 너머로 어렴풋이 들려오는 그녀의 혼잣말이 황당할 뿐이었다.

[바람둥이… 변태….]

눈물이 바닥을 적셨다.

'…왜?'

분신수난시대였다.

❖ ✣ ❖

그것은 고문이었다.

"하아아…."

귓가를 스쳐가는 아찔한 숨소리.

물컹…

등허리를 타고 건너오는 뜨거운 열기.

"좋아?"

던져오는 질문에 마땅히 할 말이 없었다. 난감하게도 육신은 전해지는 감각들에 착실히 반응하는 까닭이었다.

거기에 시야에 비치는 아슬아슬한 '그녀'의 자태가 자극적으로 정신을 어지럽히며 육신의 통제력을 흔들어놨다.

"끄으으음…."

평소라면 침을 흘리며 지켜볼 그녀의 '유혹'이었으나, 안타깝게도 이 순간만큼은 아니었다.

부상으로 신음하는 분신이 부풀어 오르려 할 때마다 새로운 통증이 뇌리를 헤집고 가는 까닭이었다.

그것은 고문이었다.

스쳐가는 손짓 발짓 그리고 숨결까지, 하나하나가 모두 자극제가 되어 분신에 기력을 불어넣고 있었다. 특히 온몸으로 비벼올 때는 그야말로 사신과 부비부비를 하는 기분이었다.

'성…고문….'

미칠 것 같은 악몽의 시간이었다.

❖ ✣ ❖

"끄으으음…."

에던은 힘겨운 신음성과 함께 두 눈을 번쩍 떴다. 불길하고 무서운 꿈을 꿨다.

뒤이어 그것이 한 차례 겪었던 과거라는 걸 깨닫고는 몸서리쳤다.

'악마 같은 년!'

다시금 몸서리를 치던 그는 이내 주변을 살폈다.

'회복실?'

이내 복도에서 기절했던 게 떠올랐다.

'끄응….'

정신을 잃어야만 했던 이유가 생각나자, 절로 신음성이 나왔다. 동시에 그 손이 하체를 쓸고 있었다.

'아아…!'

눈물이 나올 것 같았다.

'살아있었구나.'

목이 메는 순간이었다.

감동 감격의 격랑을 겨우 잠재운 뒤, 차분히 주변을 살피며 상황을 정리했다.

복도에 쓰러진 그를 누군가 회복실로 옮겨온 듯싶었다. 아쉬운 점이 있다면, 은은히 느껴지는 분신의 통증이었다. 아무래도 치료까지 이뤄진 건 아닌 모양이었다.

잠시 고민이 일었다.

'신관한테 찾아가?'

과연, 그들이 치료를 해 줄지, 사타구니가 빛을 발할지, 웃기지도 않는 상상들이 잠시간 머릿속을 헤집고 다녔다.

이내 고개를 휘휘 저으며 잡념들을 털어냈다. 아무래도 부위가 부위인 만큼, 최대한 알려지지 않게 자력회복으로 마무리 하는 게 좋을 듯싶었다.

그러며 앞서의 전투를 되새겨본다.

'어쨌든 살아남았다!'

실로 중요한 대목이었다. 분신이 무사했다. 이는 셰릴의 공격들을 피해냈다는 결론으로 이어졌다. 말인 즉,

'또 성장했다!'

이유는 간단했다. 채찍질을 피하던 그의 육신은 '구속'되어 있던 까닭이었다. 그 상태에서 셰릴의 채찍들을 피해낸 것이다.

그것도 '각성'의 능력도 없이, 그저 육신의 능력만으로 피해냈다. 물론, 눈의 도움이 있었지만, 과거였다면 결코 불가능했을 일이었다.

이는 밧줄에 묶인 상태에서도 과거의 육체 능력을 넘어섰다는 의미이기도 했다.

입가에 한 줄기 미소가 그려졌다. 새삼 '각성'의 중요함을 깨달았다고는 하나, 그래도 육신의 성장은 기쁠 수밖에 없었다.

하지만 기쁨도 잠시, 이번 전투에서 깨달은 주요한 부분을 되새기며 표정을 굳혀야만 했다.

'…각성이라.'

이를 어떻게 꺼내야 할지, 그 시작부터 문제였다. 물론, 답은 알고 있었다.

생사의 경계!

그 위태로운 외줄타기에 발을 올리면 되는 것이다.

"끄응…."

때문에 신음성을 멈출 수가 없었다.

"돌아버리겠네."

"뭐가?"

머리를 벅벅 긁어대는 그의 귓속으로 음성 하나가 날아들었다. 어느새 들어온 것인지 창가 쪽에 레일라가 서 있는 게 보였다.

잠시 그녀를 바라보던 에던이 쓰게 웃으며 물었다.

"어디로 들어온 거야?"

습관처럼 존대가 나오려 했지만, 이미 그녀의 허락을 얻었던 까닭에, 맘 편히 말을 놓았다. 애초에 존대 같은 건 그의 성격과 맞질 않았다.

레일라가 등 뒤를 가리켰다. 창을 넘었다는 의미였다. 쓰게 웃은 에던이 재차 입을 열었다.

"고맙다."

뜬금없는 한마디였다. 하지만 레일라는 그 의미를 알고 있었다. 그녀가 에던을 이곳 회복실로 네려왔기 때문이다. 거기에 대한 감사인사였다.

"좋은 구경했으니까. 됐어."

그러며 슬그머니 시선을 분신에게로 보내는 그녀의 행동이 기이했다.

'설마….'

느낌이 왔다. 복도에 기절해있는 그의 모습에, 어디가

어떻게 아픈 것인지 직접 확인한 것이다.

'봤구나!'

그간 겪어온 그녀의 성격상 의심할 여지 같은 건 없었다.

"이…."

차마 말을 잇지 못하는 에던의 모습에 레일라가 한 쪽 입꼬리를 올렸다. 그 미소로 확정이었다.

'제정신이냐?'

말만한 처자가 이 무슨 황당무계한 행동이란 말인가. 도리어 에던의 얼굴이 붉어지고 있었다. 이런 그의 모습을 잠시 지켜보던 레일라가 최초의 질문을 언급하며 입을 열었다.

"뭐가, 돌아버리겠다는 거지?"

그녀의 물음에 에던 역시도 그녀와 같은 시점으로 돌아가, 잠시간의 고심 끝에 입을 열었다.

"밧줄에 매듭 좀 늘려줘."

이는 구속력이 한층 더해진다는 의미였기에, 레일라의 눈가에 이채가 스쳤다.

"하긴…그동안 바빠서 매듭 관리를 안 해줬지."

드라필만의 혈족으로 많은 혜택을 받은 만큼, 가문에 사건이 발생했을 때는 그 뛰어난 마법실력으로 한팔 거들어야만 했다.

밤의 여왕의 그림자들과 관련된 소식으로 인해 그녀 역시도 드라필만 주변을 살피다 보니, 어쩔 수 없이 에던에 대한 집중력이 떨어질 수밖에 없었다.

요 근래 매듭수가 늘어나질 않았던 걸 떠올린 레일라가 고개를 끄덕이며 물었다.

"또 부탁하고 싶은 건?"

잠시 생각하던 에던이 결심을 굳힌 듯, 한껏 굳은 얼굴로 입을 열었다.

"한동안 마법을 고정시켜줘."

"…그대로 생활하겠다고?"

"그래."

"대결 때도?"

"…그래."

잠시 갈등이 있기는 했지만, 에던은 각오를 다진 음성으로 힘껏 답했다. 그의 눈빛을 차분히 마주하던 레일라가 재차 물었다.

"이유는?"

생각하고 있는 걸 고스란히 말하는 게 좋을지, 짧은 고민 끝에 에던의 입이 열렸다.

"죽기 위해서."

이 무슨 뜬금없는 대답이란 말인가. 레일라가 그녀답지 않게 벙찐 얼굴로 에던을 바라봤다.

하지만 그것도 잠시, 마법학으로 발단된 그녀의 두뇌는 빠른 속도로 저 황당한 대답 속에 숨겨진 의미를 파헤쳤다.

떠오르는 게 있던지, 다시금 눈에 불을 밝힌 그녀가 고개를 끄덕이며 물었다.

"각성인가?"

에던이 쓰게 웃으며 고개를 끄덕였다. 신체적 능력이 올라가면서, 무려 드라필만의 정예에게도 한 방 먹여줄 만한 능력을 갖출 수 있었다.

하지만 그만큼 각성에서는 멀어진 감이 있었다. 생사의 경계가 멀어진 것이다. 때문에 스스로의 능력치를 낮춘 뒤, 위기를 조작할 수밖에 없었다.

그 모습을 잠시 보고 있던 레일라가 입 꼬리를 말아 올리며 물었다.

"도와줄까?"

무슨 의도로 하는 소리일까? 에던이 의문 가득한 얼굴로 레일라를 바라봤다.

"구속력을 높여도, 덤벼드는 도전자가 없으면 각성이고 뭐고 의미가 없잖아."

맞는 말이었다. 확실히 최근 들어 에던에게 대결을 신청하는 기사들이 없기는 했다. 정확히 세브렌과의 승부 이후로부터 발생된 상황이었다.

"어떻게?"

다시 드라필만이 움직이기 위해서는 뭐가 필요할까?

"불씨를 살려야지."

세브렌의 패배 이후 흔들리는 드라필만의 수뇌부들을 자극하면 되는 것이다.

"방법은 있고?"

그의 물음에 레일라가 웃으며 한 마디를 입에 올렸다.

“공작가의 데릴사위.”

소문이 떠올랐다.

“불확실성에 의미를 부여하면 되는 거지.”

그러더니 대뜸 로브를 벗어던지며 다가오는 것이 아닌가.

“…어?”

당혹스러운 그녀의 말과 행동에, 앞으로 이어질 상황들이 머릿속으로 그려졌다.

‘이런, 미친!’

로브 속에도 제법 넉넉한 옷을 입고 있었는데, 그럼에도 불구하고 진한 굴곡이 일렁이며, 선명한 볼륨감이 전해질 정도로 자극적인 몸매가 눈에 띄었다.

‘아… 안 돼!’

어째서? 왜? 하필, 지금이란 말인가.

“흐흥….”

무표정한 얼굴 끝자락에 비릿한 미소 한줄기와 함께, 옅은 코웃음을 치며 다가오는 그녀의 모습이 보였다.

‘…아!’

분신이 요동을 치기 시작했다.

희극이면서 비극인 무대의 막이 열렸다.

❈ ✣ ❈

어둔 하늘을 가르며 그림자들이 모여들기 시작했다. 마치, 달그림자가 내려앉은 듯, 짙은 어둠이 지상에 내려앉는다.

그 속에서 오로지 한 존재만이 빛을 발하고 서 있었다.

밤의 여왕!

드라필만의 시선을 어지럽히던 그녀의 그림자들이 제 역할을 마치며 그녀에게로 돌아온 것이다.

찬찬히 그림자들을 내려다보며 나직하니 한 마디를 던졌다.

"돌아간다."

그 말과 동시에 그림자들이 갈기갈기 찢겨지고 갈라지더니 사방으로 흩어져 날아갔다.

이곳에서 할 일들이 끝났기에 새로운 임무를 위해 그림자들을 움직인 것이다.

'뭐, 볼 일은 다 봤으니까.'

오래도록 찾던 '그'를 만났고, 거기에 더해 그간 쌓였던 울분을 토해내며 화풀이도 했다. 가슴 한편이 개운해질 정도로 시원한 시간이었다.

다시 거리를 벌린다고 해서 걱정이 되지는 않았다.

'마킹도 끝냈으니까.'

오래도록 여왕들에게만 전해지는 비법을 통해, 이미 '그'의 육신에 그녀의 흔적을 묻혀 놨다. 괜히 몸을 비비적

대며 그를 자극한 게 아니었다. 나름 고문의 의미도 있었으나, 실제로는 비기를 위해 여왕의 체취를 새겨 넣기 위함이었다.

이젠 그가 어디를 가더라도 얼마든 찾아낼 수 있었다.

달그림자!

그녀가 부리는 정보원들을 칭하는 용어가 아니라, 여왕만이 만들 수 있고 사용할 수 있는 '추적술'의 이름이었다.

과거에 일찌감치 이 방법을 썼더라면, 이렇게까지 고생할 일은 없었겠으나, 그때는 설마 그의 도주실력이 이토록 뛰어날 줄 생각도 못했던 까닭에, 생각지도 못한 부분이었다.

무려, 레드문의 시선을 피할 정도였으니, 충분히 '능력'이라고 불러도 부족함이 없었다.

오래도록 수많은 '그'의 잔재를 찾아냈다. 하지만 그 어느 것도 진실한 '그'와는 멀었다.

지금 사용하고 있는 '에던 운트'와 마찬가지로, 수많은 거짓들이 널려있었다. 때문에 더욱 '그'를 찾기가 어려웠던 것일지도 모른다.

하지만 이제는 달랐다.

'얼마든지 도망쳐 보라고.'

이제는 결코 놓치지 않을 디였나. 일정 흐름으로 오러를 돌리며, 마치 연공을 하듯 복잡하게 내부를 움직여야 하는 귀찮음까지 감수했으니, 그만큼 톡톡히 받아낼 생각이었다.

드라필만의 성을 바라보는 셰릴의 입가에 여유만만한

미소가 떠올랐다.

'맘 같아서는 좀 더 괴롭혀주고 싶지만.'

상황이 이를 허락하지 않았다. 에던과의 진득한 만남의 시간을 얻기 위해, 의도적으로 여왕의 그림자를 내비치고 루드말을 불러들였다.

덕분에 쾌속한 질주로 드라필만의 주인이 복귀 중이었다. 에던과의 만남을 마친 지금, 더 이상 이곳에 머물 이유는 없었다.

'괜히, 영감에게 덜미를 잡힐 필요는 없겠지.'

스승이자 전대 여왕을 떠올린다면 더더욱 루드말과의 만남은 피하고 싶을 뿐이었다.

게다가 루드말이 여기저기 들쑤시고 다니며 주변국의 반응을 살핀 결과, 놀랍게도 전쟁의 불씨가 타오르려 하고 있음이 드러났다.

레드문 역시 어느 정도는 에벨린 왕국 주변의 분위기를 알고는 있었지만, 아직 '확신'을 얻진 못하고 있던 상황이었다.

루드말을 통해 공기변화를 확실시 했으니, 이제는 그에 발맞춰 움직여야 할 때였다.

전쟁은 즉 돈이다.

전문적으로 운영하는 상단을 통해 청과 무기 등 전쟁과 관련된 물자와 군수품들을 사고팔 준비를 해야 했고, 거기에 더해 레드문 특유의 움직임도 보여야 했다.

전쟁지역은 유난스러울 정도로 남성들의 비율이 높은 장소였다.

그만큼 여성들을 찾는 상황이 많아지고는 했다.

특히, 전장의 열기에 취한 사내들은 마치 짐승처럼, 본능적으로 변하는 경우가 많았고, 자연스레 그 열기를 식힐 여인들의 체취를 바라는 상황이 필요했다.

'철저하게 준비를 해야겠지.'

특히, 여인들이 전장의 마성에 휩쓸리지 않도록 하기 위해서라도, 그 준비에 만반을 가해야 했다.

맘 같아서는 최대한 통제해서, 전장과는 거리를 두고 싶었으나 그러기도 어려웠다.

레드문!

이는 유흥과 윤락을 대표하는 이름이기 때문이다. 게다가 그녀가 막아선다고 해도 전장을 찾는 여인들은 많았다.

-전쟁은 돈이 된다.

바로 그 이유 때문에 전장으로 향하는 것이다. 마이너스에 마이너스를 기울여 플러스가 되고자 하는 그녀들 나름의 마지막 도박이었다.

"다음에는 웃으며 만나…."

저 멀리 보이는 드라필만의 성을 향해 가벼운 눈웃음을 넌진 그녀가 이내 발길을 돌렸다.

하지만,

채 하루도 지나기도 전에 그녀는 다음 만남을 위한 칼을 갈아야만 했다.

❖ ✣ ❖

공작가의 데릴사위!

이미 그 소문에 살을 붙여주는 '그'와 '그녀'의 만남은 자주 발각되었다.

헛소문일지도 모른다는 이야기도 한편에서는 나오고는 했다. 은연중에 레일라를 마음에 품고 있는 검가의 젊은 기사들이 그 중심에 있었다.

하지만 그것도 이젠 끝이었다. 결정적인 장면이 드라필만의 젊은 기사들에게 목격된 까닭이었다.

소문의 중심에 있는 3급 용병, 에던 운트가 머물고 있는 회복실에서 레일라 드라필만이 나오는 걸 발견한 것이다.

이게 무슨 문제가 있겠나 싶겠지만, 당시의 상황이 그렇지가 않았다.

이른 아침.

헝클어진 머릿결. 들뜬 얼굴. 단정치 못한 복장 등등…

하나하나 설명을 하고 있자면, 절로 붉은 빛 격정 로맨스를 연상시키는 구도가 젊은 기사의 입에서 흘러나온 것이다.

잠시간 주춤하는가 싶던 드라필만의 공기가 다시금 뜨겁게 달아올랐고, 젊은 기사들의 눈에 독기가 차오르기 시작했다.

"이 정도면 본격적으로 움직이겠는데."

루드말은 실실 웃으며 가문의 보고서를 넘겼다. 그러다 슬쩍 뒤를 돌아보며 물었다.

"네 생각은 어때?"

그의 뒤에는 검은 사자탈을 쓰고 있는 사내가 따르고 있었는데, 바로 흑사자 기사단의 단장 '드람'이었다.

"아마도 지금까지와는 비교도 안 되는 위협을 가할 거라고 생각합니다."

"역시, 그렇지?"

"예. 선임 기사들이 움직일 겁니다."

"크… 재밌겠어."

게다가 마침 루드말의 복귀 소식도 전해진 상황이었다. 당연하게도 그가 가문에 도착하기 전, 최대한 에던을 마무리지으려 할 터였다.

루드말이 직접적으로 제재를 가하지 않은 이상, 드라필만의 움직임이 소극적으로 변할 이유는 없었다.

게다가 어느 정도 사건이 발생할지라도, 저들을 대놓고 처벌하기도 어려웠다.

일단 그 사건 발생의 주범들이 '가족'이라는 문제가 있었고, 거기에 더해 문제를 일으킬 이들 모두가 만만찮은 힘과 세력을 지니고 있기도 했다. 드라필만을 받치고 있는 기둥들이기 때문이다.

물론, 그럼에도 불구하고 처벌을 할 수는 있었다.

초인!

드라필만의 주인이며 동시에 그 절대적 위치에 있는 루드말이기에, 얼마든 칼을 뽑아 들어도 부족함이 없었다.

하지만 그 같은 일을 벌이기에는 상황이 좋질 못했다.

전쟁!

그 불씨가 본격적으로 피어나는 시점이었다. 당연하게도 내분으로 전력을 갉아먹을 수는 없는 것이다.

게다가 애초에 저들에게 칼을 뽑은 생각도 없었다. 에던을 궁지로 몰고 있는 소문, 그 시작은 애초부터 그가 아니던가.

오히려 저 위협적인 가문의 독니가 반가울 뿐이었다.

'뭐, 내가 당하는 것도 아니고.'

상당히 무책임한 생각이었다.

'게다가 이 상황도 나름대로 써먹으면 되니까.'

그 나름의 계획이 있었다. 때문에 사건이라면 얼마든지 환영이었다.

결산은 철저히 해 줄 생각이었다.

4. 소통

4. 소통

제대로 불을 질렀다고나 할까?

"리버위트 기사단의 엘펀 렌디만. 그대에게 도전하겠다."

다시금 시작된 드라필만의 전장이 에던을 향해 손짓을 시작했다.

"죽갔구만!"

나직한 감상평과 함께 그는 주저 없이 무대에 뛰어들었고, 가혹한 배역을 받아들였다.

매듭의 수가 늘어난 만큼, 한층 갑갑해진 전신의 구속력으로 인해, 그 신체적 한계적은 다시 바닥까지 떨어진 상황이었다.

당연하게도 눈과 육신에 의존해서는 답이 없었다.

게다가 엘펀은 앞서 세브렌과 달리 드라필만의 선임 기사들 중 한명이었다. 당연하게도 그 실력과 경험은 세브렌 이상이었다.

그 때문일까?

빠악!

강렬한 타격음과 함께 밀려드는 통증. 그리고 아득해지는 정신. 그 혼미한 시야를 담으며 눈이 감겼다.

패배였다.

이른 아침, 연무장으로 가는 길목에서 벌어진 일이었다.

다시금 눈을 뜬 건, 배고픔이 극에 달할 점심 즈음이었다. 에던은 주변을 둘러보고 회복실이라는 걸 알 수 있었는데, 아침을 거르고 점심마저 걸렀다는 걸 깨닫고는 식사를 할 생각으로 밖으로 향했다.

그리고,

"트레비안 기사단의 스켄 리우드라고 한다!"

식사는커녕 칼 밥만 먹고 다시금 회복실로 복귀해야만 했다.

이렇게 이날 하루에만 무려 세 번의 대결을 치렀고, 무려 세 번이나 입실하는 기록을 세울 수 있었다.

"어때?"

새벽이 되어서야 겨우 깨어난 에던은 눈을 뜨기가 무섭게 던져오는 물음에, 그 음성의 주인을 바라보며 한숨을 쉬어야만 했다.

'레일라.'

이 모든 사태의 주범이 곁에 있었다.

에던 역시도 그녀의 계획에 동의했던 까닭에 탓하기는 어려웠지만, 어쨌든 웃으며 반기기에도 어려운 건 사실이었다.

이런 그의 기색을 읽었을까? 질문을 던졌던 레일라가 대답을 듣기도 전에 재차 말문을 열었다.

"지난밤에 아빠가 통신을 보내셨어."

내용은 길지 않았다.

[할 땐 팍!]

각 기사단의 단장들에게 날아든 그 짧은 메시지는 많은 생각을 하게 만들었다.

"설마…."

어느새 침상에서 몸을 일으킨 에던이 딱딱하게 굳은 얼굴로 레일라를 바라봤다.

"뭐, 해석은 자유지만. 대부분의 기사단이 같은 결론을 내놨지."

그 답을 굳이 물을 필요는 없었다. 오늘 하루 충분히 몸으로 겪었기 때문이다.

"알려나 모르겠지만, 드라필만에서 벌어지는 모든 사건이나 사고는 가주의 귀에 들어가."

"…그렇겠지."

"당연히 네 소식도 꾸준히 전해졌어."

그럼에도 불구하고 별 다른 제재조치가 없었기에, 지금껏 에던은 대결이란 명목의 위기를 겪어야만 했다.

"이번에 아빠가 소식을 보냈을 때, 모두 깜짝 놀랐을 거야."

설마 하던 가주의 메시지가 날아들었다. 그간 침묵을 지켰던 만큼, 그 내용이 만만찮을 것이라 여긴 것이다. 하지만 이게 웬일?

"막상 뚜껑을 열었더니, 웃기지도 않는 내용이 적혀있었다?"

에던의 물음에 레일라가 고개를 끄덕였다.

"굳이 각 기사단의 단장들에게 직접 보냈지."

도발이었다.

"그렇게 결론 내렸으니. 제대로 판을 벌이려는 거지."

골머리가 아픈 이야기를 듣고 나자, 정말로 두개골이 뻐근해지는 느낌이었다.

"어때? 덕분에 얻은 건 좀 있어?"

너무도 태연한 레일라의 질문에 에던은 일순 울컥하는 기분을 맛볼 수 있었다. 그녀가 묻는 게 무엇인지 알고 있기 때문이다.

각성!

세 번의 패배를 통해, 그에 대해 조금이라도 깨달은 게 있느냐는 의미였는데, 그 세 번의 패배에서 생명의 위협을 느꼈던 만큼, 저 태연한 모습이 곱게 보일 수가 없었다.

하지만 그 감정을 고스란히 배출하기에는 상대가 나빴다. 결국, 한숨으로 화를 달랜 에던이 나직하니 답했다.

"그럭저럭…."

상황이 상황이고 상대가 상대였던 만큼, 세 번의 대결 모두 각성할 수 있었다. 그럼에도 불구하고 바닥까지 내려간 육신의 한계선으로 인해, 패배라는 결론으로 이어진 것이다.

하지만 그게 끝이었다.

'끄응….'

여느 때와 다름없이, 목숨이 경각에 달한 순간 각성했고 위기를 헤쳐 나왔다. 지금 이렇게 회복실에 누워있는 것 역시도 각성의 힘이었다. 각성의 능력이 없었더라면 이미 숨이 끊겨 관 뚜껑을 덮고 누워있었을 것이다.

육체적인 한계가 명확했던 까닭일까? 승부는 짧았고, 그만큼 각성의 시간은 길지 않았다. 당연히 뭔가를 알아낼만한 시간도 없었다.

오랜만에 각성했다.

딱, 그 정도의 의미를 둘 수 있는 하루였다.

"흐음…."

찬찬히 승부와 각성의 순간들을 되새기는 에던의 시야 한편에 어지러운 일렁거림이 있었다.

레일라의 정령이었다.

어린 아이를 닮은 반투명의 바람과 물결이 시야 한편을 흔들며 뒤척이는 게 보였다. 두 정령들의 놀이를 잠시 지켜보던 에던의 머릿속에 불현 듯 스쳐가는 생각이 있었다.

'그러고 보니, 그걸 처음 봤던 게…….'

최초, 각성을 하던 순간이 떠올랐다. 눈앞의 정령과 마찬가지로 전장에 간혹 피어나는 죽음의 그림자들이 있었다.

언뜻 정령과 닮아있었지만, 전혀 상반되는 성질을 내뿜는 거뭇한 덩어리들이 생각났다.

아무래도 '설마' 싶은 마음이 있었지만, 그러면서도 왠지 모르게 신경이 쓰이는 건 어쩔 수가 없었다.

잠시 고민을 하던 그가 결심을 굳힌 듯, 레일라를 바라보며 입을 열었다.

"정령술 가르쳐주라."

실로 무례하다 해도 부족하지 않을 소리였다.

그도 그럴게, 기사에게 연공법을 마법사에게 마법서를 달라고 하는 것과 같은 수준의 이야기인 까닭이었다.

말 그대로 '비기'를 알려달라고 하는 것과 다를 게 없어서, 당장 칼을 뽑거나 마법을 쏟아내도 이상하지 않을 상황이었다.

특히, 그 무엇보다도 신비롭다는 정령술이었다.

[기사가 천명이면 마법사는 한명이다. 하지만 정령사는 그 한명에게도 허락되지 못한다.]

이런 소리가 있을 정도로 특별한 게 바로 정령술이었다.

하지만 에던은 그 대단한 것을 너무도 태연하게, 거기 반찬 좀 집어주라는 식으로 달라하고 있었다.

"그래. 그러지 뭐."

여기서 또 레일라의 반응이 의외였다. 그녀 역시도 반찬 여기 있다. 하는 식으로 대답을 하는 것이 아닌가.

'허….'

못해도 따귀 한 대 정도는 생각하고 있던 에던이었기에, 오히려 벙찐 표정으로 레일라를 바라봐야만 했다.

짜악!

그 순간 눈앞에 별이 떠오르며 왼 얼굴이 뜨거워졌다.

'…왜?'

갑작스럽던 만큼 당혹스런 감정을 숨기지 못한 채, 화끈거리는 볼을 부여잡고 레일라를 바라보니, 그 대답이 또 황당했다.

"맞고 싶은 것 같아서."

"…하?"

분명, 그렇기는 했다.

'하지만….'

왠지, 억울한 기분이 드는 이유는 뭘까?

❖ ✣ ❖

루드말 드라필만의 전언이 날아들었다.

[전쟁!]

짤막한 한 마디였으나, 그것만으로도 상황을 이해하기는 충분했다.

"젠장!"

라발던 백작은 거칠게 책상을 내리치며 이를 갈았다. 설마, 이 급박한 순간에 전쟁이라니.

물론, 아직까지는 그 실체가 드러난 건 아니었다. 하지만 무려 드라필만의 주인이 보낸 경고였다.

그만큼 가능성이 높다는 의미인 것이다. 당연하게도 에벨린 왕국 전역에 비상이 걸렸을 게 분명했다.

루드말의 전언은 그 뿐만 아니라, 왕국의 고위 귀족이라 불리는 이들에게는 필히 전해졌을 것이기 때문이었다.

"으드득…."

연신 이를 갈아마시던 라발던 백작이 의자 깊숙이 몸을 묻으며 숨을 몰아쉬었다. 부글부글 끓어오르는 속을 진정시키기가 쉽지가 않았다.

'다 잡은 것이건만….'

루드말의 개입으로 인해 마정석 광산에 대한 절대적 권한을 놓쳐버렸다. 최소한의 가능성이라도 잡고자, 귀족가의 수장인 발턴 공작까지 끌어들였다.

알려지진 않았으나, 이미 수도 내부에서는 발턴 공작이 발 빠르게 움직이며 말룬 자작가에 관한 권한을 통제 조치를 하고 있었다.

영지전의 결과에 대한 이야기가 다시 언급되며, 에몰란

남작가의 권한이 다시 우선순위에 서려는 찰나였다.

드라필만의 주인이 기지개를 켰다.

'빌어먹을 영감탱이!'

대륙이 인정하는 초월적인 무력을 과감히 선보이며, 왕국 내에 뻗어있는 주변국의 거점과 요원들을 무참히 해체하기 시작한 것이다.

절대적인 무력시위였다.

이는 귀족파의 수장이라는 발턴 공작마저도 잠시간 주춤하게 만들기에 충분한 위력이었다.

당연히 이때다 싶은 왕족파는 다시 영지전과 관련된 사항들을 뒤집기 시작했다. 아차 싶었던 발턴 공작이 바쁘게 움직이며 으름장을 놓았으나, 두 파벌간의 실질적인 힘겨루기는 누가 먼저 움직였나에 따른 선제권 정도뿐인지라, 이미 발턴 공작이 점하고 있던 고지는 빼앗긴 것이나 다름없었다.

불리한 상황이었다. 하지만 들인 노력을 생각한다면, 쉬이 물러나기도 어려운 상황이었다.

그 때에 루드말이 재차 폭탄발언을 한 것이다.

'망할! 전쟁이라니.'

라발던 백작의 두 눈에 독기가 차올랐다. 이미 판은 깨져버렸다. 드라필만이 비록 중립적 위치를 고수하며 얌전을 떨고 있다고는 하나, 전쟁이라는 명분을 앞세우는 순간, 그들은 사나운 맹수로 돌변하고는 했다.

'양의 탈을 쓴 늑대가 본성을 드러내는 건가. 으득!'

더 이상 마정석 광산은 중요하지 않았다. 하지만 그럼에도 불구하고 라발던 백작은 그곳을 향한 욕심을 버리기가 어려웠다.

손을 쓰지 않았다면 모를까. 이미 그곳을 얻고자 너무 많은 희생을 치렀다.

거기에 더해 이미 발턴 공작에게 손을 내밀면서, 2차적인 피해까지 입었다. 발을 빼기에는 너무 멀리 와 버린 것이다.

'자칫… 잘못 했다가는 내가 먹힐 수 있다!'

발턴 공작이 움직이고, 귀족파는 그들 나름대로 힘을 써야만 했을 것이다. 그에 합당한 대가가 필요했고, 마정석 광산이 그 대상이었다.

하지만 전쟁이 나면 그 모든 판이 깨질 것이다. 희생양이 필요했다. 당연하게도 이 모든 사건의 주범에게로 시선이 쏠릴 수밖에 없었다.

라발던 백작!

어찌어찌 살아남을 수는 있을 것이다. 하지만 겨우 살아남고자 움직인 게 아니었다.

'게다가… '그걸' 놓칠 수는 없지.'

우연찮게 발견한 마정석 광산의 또 다른 '비밀'을 떠올렸다. 광산 역시도 그것을 숨기기 위한 미끼였다.

그 때문에 이리도 치열하게 광산을 물고 늘어지는 것이 아니던가.

"이미 판은 깨졌다."

거기에 더해 어질러지기까지 했다.

"그렇다면 아주 제대로 흔들어 줘야겠지."

라발던 백작의 두 눈이 얇아졌다.

'라카타루. 마르센.'

광산을 중심으로 미묘하게 한 발씩 걸치고 있는 두 왕국이 떠올랐다.

절묘하다고 할까?

'얼마든 이용당해주마!'

그들에게서 연락이 온 것이다.

❖ ✣ ❖

갑작스러운 루드말의 전언으로 고위 귀족들 사이에 적잖은 소란이 일어나고 있을 때, 유난스러울 정도로 침착함을 유지하는 이가 있었다.

발턴 공작!

귀족파의 수장이라 불리는 사내였다.

"허! 결국, 이렇게 되는 건가."

명색이 에벨린 왕국의 한 축을 담당하고 있는 만큼, 그 정보력도 남다른 수준에 있었다.

전쟁과 관련된 흐름 역시도 읽고 있었다.

"루드말. 그 친구 덕분에 해야 할 일이 명확해졌군."

마치, 이야기속의 대마도사들 마냥, 길게 늘어진 수염을 가볍게 쓸어내린 그의 입가에 잔잔한 미소가 걸렸다.

"쓸데없이 많은 피를 흘릴 필요는 없겠지."

적당한 희생양을 건네주고 마무리를 짓도록 판을 짤 생각이었다.

"초인 한 명의 목숨 값이면 충분하겠어."

허허로운 웃음과 달리, 그 내용은 실로 싸늘하기 그지없었다.

그간 알게 모르게 드라필만의 기지개에 몸서리를 쳤던 경험이 많았다. 이번 마정석 광산 사태 역시도 마찬가지였다.

슬슬, 그도 주름이 깊어 허리가 휘는 나이가 되었다. 때문에 자리에서 물러나기 전에 확실히 마무리를 짓고 싶었다.

"기왕이면 옛 동기의 은퇴식은 직접 마련해 주는 게 예의겠지. 허헛!"

오래 전, 함께 아카데미를 다니며 툭닥 거리던 동기의 젊은 시절을 떠올렸다.

루드말 드라필만!

과거, 그 팔팔하던 모습과 크게 달라지지 않은 모습으로 여전히 뜨겁게 활동하는 동기의 모습도 함께 그려졌다.

그 때문일까?

"…자넨 너무 변함이 없어. 예나 지금이나."

여유롭던 미소 끝자락에 옅은 균열이 일었다.

❖ ✣ ❖

배꼽에서 아래로 손가락 두 마디 정도.

오러 홀의 위치였다.

그곳에 오러를 모으는 이유?

"음식들이 배에 저장되는 것과 같다고 생각하면 돼."

레일라는 그리 말하며 자신의 배를 두드렸다.

"한껏 담아둘 수 있으니까."

게다가 정말 식사를 하는 것 마냥, 나름대로 소화도 가능했다.

"그렇게 소화하고 걸러내서 쌓는 게 가능하기 때문에, 여기에 오러를 쌓는 거지."

하지만 가장 결정적인 이유는 따로 있었다.

"여기, 오러홀이 몸의 중심이기 때문이야."

검술이나 체술을 사용하는 기사들에게 가장 기본이 되는 몸의 무게중심은 바로 오러홀이 자리하는 곳에 있었다.

중심이 안정될수록 행하는 동작에 안정감이 실리는 것이다. 때문에 육신의 중심이 되는 위치에 오러홀을 열어 그 중심을 세우는 것이기도 했다.

"알겠어?"

거기까지 설명을 마친 레일라가 에던을 바라보며 물었다. 에던의 고개가 위아래로 끄덕여졌다.

레일라의 두 눈에 불이 들어왔다.

짜악. 짝!

그리고 에던의 눈가에도 불이 튀었다.

갑작스런 따귀에 별이라도 보는 듯, 눈알을 빙글빙글 돌리는 에던을 향해, 레일라가 싸늘하니 한마디를 던졌다.

"졸지 마!"

미인여교사의 짜릿한 처벌에 눈물이 찔끔 새나왔다.

이미 알고 있던 내용들을 시작으로 몇몇 복잡한 이야기들까지 번갈아 나오면서, 쉴 새 없이 귓불을 자극한다. 이러니 잠이 안 오고 배기겠는가.

에던은 화끈거리는 양 볼을 부여잡은 채 애써 웃어보였다. 무표정한 얼굴 속에서도 유달리 싸늘한 레일라의 눈빛을 본 까닭이었다.

잠시간의 침묵 끝에 다시금 레일라의 강의가 이어졌다.

"가장 원초적인 마법은 마정석과 같은 마도구를 이용해, 세상으로 하여금 이적을 행하도록 '바람'을 불어넣었지. 간단히 설명하자면, 성직자들의 '기도'와 같다고 생각하면 돼."

하지만 이는 실로 오랜 시간을 통해야 했고, 체계적이질 못하여 때때로 원치 않은 결과로 이어지는 경우도 많았다.

"그렇지만 오랜 역사 속에서 마법사들은 길을 모색했고, 수많은 도전과 실패 끝에, 나름대로 체계라 할 만한 하나의 '법'을 완성시켰지."

주 '술' 적 의미가 강했던 옛 모습에서 탈피해, 새로운 영역으로 발돋움 한 것이다.

본격적인 마 '법' 의 탄생이었다.

"심장은 그 수많은 도전과 실패 속에서 찾아낸, 가장 이상적인 마력 저장소라고 할 수 있지."

과거, 한 미치광이 흑마법사가 무수히 많은 인체실험을 통해 알아낸 사실이 있었다.

"사람의 육신에 담긴 혈관을 하나로 연결하면, 이 넓은 대륙을 횡단하고도 남는다는 거지."

왕복을 하기에도 충분했다.

"허…."

놀라운 이야기에 잠이 달아난 듯, 에던이 두 눈을 동그랗게 뜨며 귀를 기울였다.

"심장은 그 정도로 어마어마한 거리에 피를 전달해낼 정도의 '힘' 이 있지."

동시에 섬세한 통제력 역시 지니고 있었다.

"오러홀은 그 위치의 특이성으로 인해서인지, 그릇으로써 '담는' 능력이 탁월해. 하지만 심장은 전신에 피를 내돌려야 하는 탓인지, '발산' 하는 능력이 특출나."

그 특별한 힘을 하나의 '신호' 로써 사용하는 것이다. 대상은 육신이 아니고 세상이며, 그 내용물은 피가 아닌 마력이었다.

"하지만 오러홀에 비교한다면 '소화' 하는 능력이 부족해."

그런 이유로 마법사들은 많은 양의 마나를 축적하지는 못했다.

"자칫 잘못 했다가는 심장이 폭발할 수도 있기 때문이지."

실제도 과거 수많은 마법사들이 그 같은 사고로 생을 달리한 경우가 많았다. 이는 하나의 체계가 완성된 이후로서 자주 발생하는 일이기에, 주의 또 주의를 해야 할 사항이었다.

그래도 발산하는 능력은 탁월해서, 그 심장의 '서클'에서 발산하는 신호를 통해서 수많은 이적들을 행할 수 있게 되었다.

"사실, 이적이라고 불리는 건, 생각보다 많은 힘이 필요한 건 아니야. 갈매기의 날갯짓이 저 멀리 바다 너머의 세상에서 거대한 폭풍우가 된다는 이야기가 있지."

확인된 건 아니지만 과거에 '현자'라고까지 불렸던 고위의 마도사가 했던 이야기인 만큼, 많은 마법사들이 이 내용을 머릿속에 담아두며 정진하고 있었다.

"실제로 마법이라는 현상을 발현하는 건, 작은 힘이면 충분해."

때문에 심장에 많은 양의 마나를 쌓을 필요는 없었다.

"마법현상에 필요한 신호를 세상에 보낼 정도의 힘이면 충분하지."

그 신호는 수식이라는 이름을 지닌 채, 하나의 의미를

세상에 재현시킨다. 불 또는 물 때로는 천둥과 벼락을 동반하며, 말 그대로 기적과도 같은 이적을 탄생시키는 것이다.

"그런 이유로…."

처음에야 낯선 이야기에 귀가 열리며 눈이 번쩍 뜨였지만, 알 수 없는 이야기가 연달아 이어지니 다시금 눈꺼풀이 무거워지려 했다.

쫘자자작!

그 덕분에 에던은 또 다시 별빛을 볼 수 있었다.

'끄응….'

두 눈이 번쩍 뜨였다. 싸늘하다 못해 오싹하기까지 한 레일라의 시선이 비수처럼 파고들었다.

주륵…

그 순간 후끈한 열기가 코끝을 타고 흘러내렸다.

'이런, 염병!'

코피였다. 마법사라고는 하나, 명색이 드라필만의 혈족이었다. 그 육체능력은 일반적인 마법사들과 전혀 다른 위치에 있었다. 얼얼한 볼의 통증과 뜨거운 코피가 그 증거였다.

열기가 확 치솟았지만, 시선은 얌전히 바닥으로 깔렸다. 비수처럼 파고드는 눈빛을 느낀 까닭이었다.

"훌쩍!"

침묵 속에서 조심스레 코를 닦아낼 뿐이었다.

"그렇다면 정령사는 어디에 그들의 힘을 모을까?"

다행스럽게도 이야기가 재개되었다. 안도의 한숨을 내쉬며 이번에는 진심으로 귀를 기울였다.

정령력, 즉 '영력'이라고 불리는 정령사의 에너지원에 관한 설명이었다. 그가 바라던 이야기가 드디어 나오고 있는 만큼, 집중하지 않을 수가 없었다.

"어디에 모을까?"

재차 이어지는 물음에, 그녀가 답을 원하고 있음을 깨닫고 깊이 고민해야만 했다. 그러다 겨우 한 마디 내뱉을 수 있었다.

"…머리?"

뱉고 나서도 무슨 소리를 했나 싶을 정도였다. 배에서 심장으로 올라왔으니, 이제 머리로 가면 되는 건가? 하는 아주 단순한 생각으로 내놓은 답변이었다. 그 때문에 자신감이 부족했던지 목소리도 적잖게 흔들리고 있었다.

"얻어걸린 것 같지만… 맞아. 정답이야."

'정말?'

하마터면 외쳐 물을 뻔 봤다. 힘겹게 이를 삼켜내며 레일라를 응시했다. 그녀의 이야기가 이어졌다.

"정령은 자연과 같아. 세상과 닿아있다는 소리야. 그리고 세상은 '신'과 이어져있지."

그리고 사람은 '기도'로써 신과 소통한다.

"하늘과 가장 가까이 닿아있는 곳이 어딜까?"

바로 머리다.

레일라는 정수리 부근을 손으로 짚으며 이야기를 이어갔다.

"여기서 중요한 건 소통이야."

눈으로 보고 귀로 듣는다. 입으로 말하고 코로 맡는다.

"소통. 즉, 순환하는 거다. 머리는 그걸 위해 최적화되어 있는 창구지."

그러며 정수리를 가볍게 두드린다.

"영력은 바로 이곳에 둥지를 튼다."

듣다보니 의문이 하나 떠올랐다.

"왠지… 오러홀이나 서클링하고는 느낌이 다른 것 같은데?"

"감이 좋네. 그래. 모으는 게 아니라. 그냥 창구로써의 역할만 하기 때문이야."

이유는 간단했다. 정수리는 심장보다 더욱 기운을 모으기 어려운 장소인 까닭이었다.

앞서 언급했듯, '소통'을 위한 장소일 뿐이었다.

"뭐, 아주 텅 비어있는 건 아니야. 소통을 위한 최소한의 기운은 필요하니까."

굳이 기운의 축적량을 비유하자면, 삼각형에 비유할 수 있었다. 가장 밑 부분이 오러홀이고 그 위로 서클링 마지막으로 영력을 담고 소통의 창구 역할을 하는 '포탈(Portal)'이었다.

문득, 강의가 멈추고 레일라가 에던을 조용히 응시했다. 이 갑작스런 침묵과 눈빛에 에던은 또 졸았나 싶어 괜스레 시선을 내리깔았다. 하지만 다행스럽게도 그런 건 아니었던 듯, 아무런 마찰 없이 이야기가 다시 시작되었다.

"그런 의미에서, 넌 이미 '포탈'이 열렸다고 할 수 있어."

뜻밖의 이야기에 에던이 눈을 동그랗게 뜨며 레일라와 시선을 맞췄다. 그런 그의 시야 한편으로 정령들이 '꺄르르' 웃으며 날아들었다. 저도 모르게 그쪽으로 눈길이 가는데, 이 모습에 레일라가 입을 열어 물었다.

"보이지?"

이에 고개를 끄덕이는 에던을 향해 레일라가 말했다.

"포탈을 열면 세상의 이면에 존재하는 영적 존재들과 '소통'할 수 있어."

말인 즉, 에던은 이미 포탈이 열렸다는 뜻이다.

"확실히 네 눈은 특별해. 하지만 눈의 특별함만 가지고서는 결코 영적 존재를 눈에 담을 수 없어. 머리가 깨어있기 때문에 정령을 보게 된 거지. 나도 이걸 깨닫는데 제법 많은 시간이 걸렸을 정도니까. 분명, 네 눈이 특별한 건 사실이야."

작게 고개를 끄덕이던 에던이 조심스레 입을 열었다.

"그럼… 혹시, 나도…"

"정령술은 아직 무리고."

무슨 소리를 할 줄 알았다는 듯, 레일라가 에던의 말을 끊으며 이야기를 이었다.

"보는 것하고 소통하는 건 또 다른 이야기니까."

와락 구겨지는 에던의 표정이 재밌었을까? 레일라가 한쪽 입 꼬리를 가볍게 올리는가 싶더니, 그대로 자리에서 일어나며 말했다.

"따라 와."

그러더니 대뜸 회복실 밖으로 향하는 것이 아닌가. 그 모습에 에던이 깜짝 놀라서는 외쳐 물었다.

"밖으로 나가자고?"

드라필만이라는 전장을 무대로 수많은 배역들이 저 밖에서 기다리고 있건만, 피로감에 찌든 육신을 이끌고 그곳으로 다시 뛰어들라니. 에던의 격한 반응에 레일라가 슬쩍 돌아보며 말했다.

"걱정 마. 내가 같이 있으면 아무도 안 건드릴 테니까."

그 말에 잠시 주저하는가 싶던 에던이 할 수 없다는 듯, 자리에서 일어나 레일라를 좇았다.

과연, 그녀의 이야기가 틀리지 않았던지, 밖에서 몇몇 대기하고 있는 듯 보이던 기사들이 레일라의 모습에 급히 허리를 숙여 보이며 자취를 감추는 게 보였다.

그들의 모습에 레일라가 에던을 돌아보며 어깨를 으쓱였다. 마치, 내 말이 맞지? 하고 묻는 것 같은 태도에, 에던이 쓰게 웃으며 고개를 끄덕이고는 그녀의 뒤로 바짝 붙었다.

만에 하나라는 게 있기 때문에, 최대한 조심하려는 본능적 움직임이었다.

얼마나 걸었을까? 드라필만을 한껏 가로지른다 싶던 레일라가 저 멀리 성벽이 보인다 싶은 부분에 도착했을 즈음, 돌연 그녀가 양 손뼉을 가볍게 두드렸다.

짜악, 짝!

그 순간 공간이 일렁인다 싶더니, 그들 앞으로 기이한 철문 하나가 나타났다.

'설마?'

에던이 의문을 느끼는 찰나, 레일라가 그 문을 열어제끼며 말했다.

"내 실험실에 온 것을 환영할게."

철문의 등장에 작게나마 예상을 했던 까닭에, 그 놀람을 최대한 통제할 수 있었다. 하지만 그럼에도 완전히 감정을 추스르기 어려웠던 듯, 제대로 확장된 동공이 바쁘게 철문 주변을 살피고 있었다.

아무리 생각해봐도 별 다를 것 없는 공터였다. 주변에 유난스러울 정도로 잡초가 많다는 게 특징이라면 특징이었다.

"뭐 대단한 건 아니야. 그냥, 간단한 착시마법 정도? 실제 건물을 가벼운 환상으로 가려놓은 것뿐이야."

확실히 그 말을 듣고 보니, 공터의 영역이 미묘하게 넓다 싶은 느낌이 있었다. 그나마도 이야기를 들어서 깨달은 것이지, 듣지 못했더라면 생각하지 못할 만큼 분위기가 이상한 건 아니었다.

그녀의 손에 이끌려 철문을 넘고 나자, 이건 또 뜻밖의 세상이 펼쳐져 있었다.

'꽃? 나무?'

그리고 넘쳐나는 풀내음.

마치, 산 속에 들어온 듯, 혹은 숲을 거니는 것 같은 공간이 철문 너머에 펼쳐져 있었다.

그가 생각하던 '마법사의 실험실'과는 너무도 다른 분위기에, 또 한 번 동공의 확장을 경험해야만 했다.

대개 마법사의 실험실이라고 하면, 어둡고 음습하며 무겁고 칙칙한 분위기를 상상하는 게 보통이었다. 실제로 대부분의 마법사들이 그런 공간에서 다양한 실험들을 하고 있다고도 알려져 있었다.

워낙 기괴한 실험들을 하다 보니, 공간 자체에 마이너스적인 에너지가 짙게 남아나는 경우가 많은 까닭도 있었고, 거기에 더해 그들 스스로가 실험에 집중하느라 청소를 등한시하는 이유도 제법 작용했다.

실제로 몇몇 마법사들의 실험실을 경험해 본 기억이 있던 까닭에, 더더욱 이 뜻밖의 분위기가 낯설게 느껴지는 것일지도 몰랐다.

"왜? 마법사의 실험실이 정원처럼 꾸며져 있는 게 이상해?"

에던의 고개가 조심스레 끄덕여졌다. 레일라가 웃으며 손을 펼쳤다. 그 위로 정령들이 날아와 안착했다.

"이 아이들이 좋아하니까. 이렇게 꾸며놓은 거야."

전에는 레일라의 실험실도 여타 마법사들과 다를 것 없는 분위기를 형성하고 있었다. 하지만 정령술을 익히고 난 뒤, 자연스레 정령들이 원하는 환경을 조성하게 된 것이다.

"너를 실험실로 데리고 온 이유는 이곳을 보여주고 싶기 때문이야."

직접 눈으로 보고 깨닫기를 바란 것이다.

"아무리 네가 포탈을 열었어도, 정령술을 익히는 건 또 다른 이야기야."

회복실에서 멈췄던 이야기가 다시금 이어졌다.

정령들과의 계약을 위해서는 그에 맞는 영력을 받아들여야만 한다.

"뜨겁고 차가운 기운, 밝고 어두운 기운처럼 오러나 마나에도 다양한 성질이 있듯이, 영력이란 테두리 안에서도 수많은 성질들이 존재해."

땅과 불 그리고 물 또는 바람처럼, 각 정령들에 맞는 영적 에너지가 따로 있었다. 그리고 이런 의미에서 에던의 영력은 정령술에 합당한 것은 아니었다.

앞서 이야기한 것처럼 포탈은 '소통'을 위한 창구일 뿐이었다. 그리고 영력은 그 소통을 원활히 하기 위한 일종의 '언어'와도 같았다.

각 지역마다 언어의 특색이 다른 것처럼, 정령들과 원활한 소통을 위한 영력 역시도 그에 합당한 성질이 존재하는 것이다.

"네가 각성을 깨우치려면 뭐가 필요할까? 나름대로 고민을 해 봤어."

그리고 하나의 결론을 내렸는데, 이는 에던이 정령술을 가르쳐달라는 제안을 한 덕분에 도달할 수 있는 결론이었다.

레일라가 손가락을 들어 손바닥 위의 정령들을 가볍게 쓰다듬으며 말했다.

"내 실험실은 이 아이들과 만나고 '계약'을 했던 공간을 재현한 거야."

"설마…."

이 즈음, 무언가를 예상한 듯, 에던의 표정이 한껏 굳어졌다. 그의 딱딱해진 얼굴에, 레일라가 고개를 끄덕이며 그녀 나름의 결론을 내놓았다.

"각성 당시의 공간이나 분위기를 재현해 보는 게 좋은 거라고 생각해."

"으음…."

신음성이 절로 나왔다. 어찌 안 그렇겠는가.

'…각성 당시의 공간? 분위기?'

딱 한 단어로 일축할 수 있었다.

전쟁!

레일라는 지금 그곳에 길이 있다고 이야기를 하고 있는 것이다.

"미친!"

저절로 튀어나온 거친 욕지거리가 정원을 뒤흔들었다.

"그거… 나 들으라고 한 말이야?"

이어지는 레일라의 물음.

실험실의 공기가 영점까지 내려갔다.

5. 계약

5. 계약

냉정하게 생각했을 때, 드라필만 내부에서 '전쟁' 이라는 상황을 연출하기란 쉽지 않았다.

아니, 불가능에 가까웠다.

[반란이라도 일어나야 되는데, 아빠가 있어서 무리.]

레일라의 말을 빌리자면 참 간단한 이유였다.

초인!

절대적인 억제력을 지닌 존재가 가문의 주인이었다. 어찌 딴 생각을 품는 자가 나올 수 있겠는가.

하지만 온전한 각성을 위해서는 생사의 경계에 뛰어드는 것 정도로는 부족했다. 고민하는 그에게 레일라는 또 간단한 해결책을 던져줬다.

[곧 전쟁이 발생할 것 같던데.]

이건 뭐, 절벽에서 밀어트리는 것 야생의 성장 스토리도 아니고, 대뜸 사지로 안내를 하려하고 있었다.

"전쟁이라…."

그것도 무려 국가 간에 발생하는 전쟁이라고 들었다.

[아직 발표된 건 아니니까. 비밀로 해.]

드라필만의 그림자들이 알아낸 비공식 정보라고 했다.

'끄응! 규모가 너무 크잖아.'

영지전에 참여했던 경험은 많아도, 국가 간에 발생하는 전쟁은 경험이 적었다. 그나마 있는 경험도 약소국이라 할 만한 국가들 사이의 다툼 정도라서, 영지전과 크게 다를 것 없는 수준이었다.

'뭐… 별 차이야 없겠지만.'

그래도 심적 부담감이 생기는 건 어쩔 수가 없었다.

'하! 미치겠네!'

거기까지 생각하던 에던은 이내 헛웃음을 터트리며 표정을 구겼다. 그의 생각이 '전쟁'을 향해 기울고 있다는 걸 깨달은 까닭이었다.

그렇지 않고서야 전쟁에 관한 내용을 이리도 심각하게 되새기고 있을 이유가 없기 때문이다.

각성!

어떻게 보면 그의 유일한 생명줄이자 '능력'이라고 할 수 있는 것으로써, 오러홀의 파괴에도 불구하고 업계에

끈질기게 발붙이고 있을 수 있던 '희망' 이기도 했다.

물론, 끊임없는 부정을 통해 자신이 멀쩡하다는 최면효과도 적잖게 작용한 것 역시 사실이었다.

어찌 되었건 이 각성이라는 녀석은 여러 가지 의미로 특별했다. 그의 희망이며 동시에 고문이기도 한 까닭이었다.

마치, 반딧불마냥 깜빡이며 듬성듬성 위기의 순간에만 모습을 드러내기 때문에 제대로 통제를 할 수가 없으니, 그야말로 희망고문이나 다를 게 무엇이란 말인가.

하지만 그로 인해서 작게나마 꿈을 꿀 수 있었다는 것 역시 부정할 수 없었다.

때문에 그저 꿈일 거라고만 여겼던 희망이 가능성이라는 이름으로 다가오는 이 순간, 그걸 놓칠 수가 없었다.

그런 이유로 레일라의 웃기지도 않는 해결책에 고민하는 것이 아니겠는가.

"후우…."

나직한 한숨과 함께 자리에서 일어났다. 슬슬, 연무장을 나설 시간이 된 까닭이었다.

최근에는 전과 달리, 꼬박꼬박 식사시간에 맞춰 밖으로 향하고 있었다. 그렇게 하루 평균 세 차례의 대결에 임하는 중이었는데, 당연하게도 그 상대는 하나같이 드라필만의 선임기사들로 이뤄진 실력자들이었다.

조금이라도 더 각성에 대해 파고들기 위한 그 나름의 발악이었다. 게다가 레일라의 조언 역시도 적잖게 작용했다.

[드라필만의 정예들을 제대로 경험해 봐.]

오랜 밑바닥 생활 때문일까?

진창을 벗어나기 위한 몸부림을 통해, 수많은 체술과 검술 그리고 연공법들을 익혀왔다. 나름대로 열정적으로 공부를 했다. 하지만 굳이 비유를 하지만 그의 배움은 정공법과는 멀었다.

어설피 쌓은 기초위에 얼기설기 엮어 만든 오두막과 같았고, 뿌리 얕은 나무에 잔가지만 무성한 격이었다.

때문에 레일라는 이 기회를 통해 '드라필만의 검'을 제대로 체험하라고 제안했다. 당연하게도 아슬아슬한 생사의 경계와 각성은 필히 따라오는 선택사항이었다.

끼이이익…

연무장의 문을 열고 밖으로 나서는 순간, 전신을 억압하던 구속력이 날아가며, 진한 해방감이 밀려드는 걸 느꼈다. 전신을 꽁꽁 옭아매던 밧줄이 느슨해지는 게 전해졌다.

[제대로 경험해 봐!]

이 역시 레일라의 제안이었다. 온 몸을 옭아맨 채, 어설피 드라필만의 검을 받아내는 건, 온전한 체험이라고 하기 어렵다는 이유에서였다.

게다가 각성에 대한 부분도 함께 생각한 제안이었다.

[선임 기사들이 나선 이상, 결국 각성은 하게 될 거야.]

물론, 각성에 빠져드는 시간에 차이는 있겠지만, 괜히 육체에 제한을 두는 건, 오히려 각성시간 역시도 제한을 두는 것과 같다고 이야기를 했다.

실제로 육체적 한계로 인해, 각성을 한 이후에도 채 몇 호흡을 버티질 못했던 걸 기억해낼 수 있었다.

'기왕 하는 거 제대로.'

드라필만의 검을 체험할 생각이었다.

"크라이실 기사단의 라븐 렌이라고 한다!"

기다렸다는 듯 길목을 가로막는 기사의 등장에 에던의 입 꼬리가 살짝 올라갔다.

엘튼, 바르만, 크라이실!

명문 검가 드라필만을 대표한다고 알려진 3대 기사단이었다. 드디어 그곳의 일원, 정예 중의 정예가 찾아온 것이다.

"푸후우우…."

가볍게 숨을 고르며 숙달된 조교를 향해 냅다 뛰어들었고, 이내 생사를 건 가혹한 체험 삶의 현장이 펼쳐졌다.

❖ ✣ ❖

[복귀!]

갑작스럽게 날아든 통신과 함께 일정이 꾸려졌다.

이 단어가 주는 의미를 알기에, 순순히 자리에서 일어나 여행을 준비했다.

"말룬!"

앞으로 자신이 짊어져야 할 무게를 조심스레 입에 올렸다. 자연히 눌리는 어깨와 답답해지는 가슴의 아찔함이 무릎을 흔들었으나, 꼿꼿이 바로 세우며 스스로를 다잡았다.

'라논….'

그건 자신의 본명이었다. 후계자로 살던 당시에는 다른 이름을 사용했다. 물론, 그 역시 본명이었다.

베논 말룬!

부친이 아들을 바라며 지은 이름으로써, 후계자의 삶을 살면서 자연히 사용하게 된 것으로써, 굳이 분류를 하자면 베논은 부친에게 받은 것이고, 라논은 모친에게 받았다고 할 수 있었다.

때문에 지금 이 여정은 그녀에게 특별할 수밖에 없었다.

라논 말룬!

그 이름으로 본인의 '성'을 찾아 생활을 했다. 처음 의도나 계획이 어찌되었건, 분명한 건 여인으로서의 삶을 살아봤다는 것이다.

아쉬운 게 있다면 오로지 하나였다.

'에던….'

그녀로서, 라논으로서 존재할 수 있었던 '의미'와 이젠 헤어져야 한다는 것이다.

'또… 다시 만날 수 있을까?'

마지막으로 한 번 더 그와 이야기를 나누고 싶었지만, 안타깝게도 지금은 태양이 떠 있는 시간이었다.

언제나 그렇듯, 그는 밤이 깊어서야 복귀하고는 했기에 타이밍이 맞질 않았다.

게다가 무려 드라필만의 주인이 직접 보낸 통신이었다. 지체할 시간 같은 게 허락될리 없었다.

"도련님!"

스승이자 호위인 데피안의 부름에 입가에 쓴웃음이 걸렸다. 어느새 '아가씨' 란 호칭이 사라져버린 까닭이었다.

갑작스런 호칭의 변화는 복귀를 위한 여정준비가 끝났다는 뜻이었고, 이는 즉, 다시금 그가 '후계자' 로 돌아갈 시간이 되었다는 의미였다.

두 눈을 감고 호흡을 고르며 재차 스스로를 다잡았다. 그러길 잠시, 그녀가 잠들고 그가 눈을 떴다.

"출발하죠."

다시금 베논 말룬의 시간이었다.

❖ ✣ ❖

루드말 드라필만!

가을에서 겨울로 계절을 건너, 드디어 검가의 주인이 돌아왔다.

허나 그 복귀는 결코 화려하지도 요란하지도 않았다. 그저 조용히 평상시의 일과가 흘러가듯, 그렇게 아무런 변화 없이 이뤄졌다.

당연히 그 자리에 있어야 할 사람이 있다는 듯, 가주의 업무실에 그가 존재할 뿐이었다.

그리고 응당 그래야 한다는 듯, 달아올랐던 드라필만의 공기가 가라앉았고, 가을 초입의 그 묵직한 분위기를 한껏 웅장하게 재현해내며, 성내 구석구석을 무겁게 내리눌렀다.

'하… 역시!'

감탄이 절로 나온다고 할까?

크라우말은 고개를 절레절레 흔들며 검가의 공기를 폐부 깊숙이 들이마셨다.

이것이야말로 드라필만의 깊이였고, 동시에 초인 루드말의 의지라는 걸 새삼스레 깨닫는 순간이었다.

공작가라는 이름에 걸맞게, 검가의 성채는 실로 넓고 방대했다. 하지만 루드말은 그 존재감만으로 그 너른 공간을 자신의 영역으로 삼아버린 것이다.

이 묵직한 초인의 터전에서 감히 그 누가 불순한 마음을 품을 수 있겠는가.

'어림도 없지.'

재차 고개를 절레절레 흔들던 그의 입 꼬리가 살짝 떴다. 전과 다를 것 없는 가문의 분위기를 떠올린 까닭이었다.

변화가 없다고 할 수 있지만, 동시에 격한 변화라고도 할 수 있었다.

의도적으로 에던의 존재를 배제하며 활동하는 검가의 모습이 그러했다. 덕분에 갑작스레 찾아온 평온에 오히려 당황한 듯, 연신 복도를 서성이는 에던의 모습 역시도 볼 수 있었다.

'크….'

당황한 에던의 표정을 떠올리자 절로 웃음이 나왔다. 하지만 애써 감정을 다스렸다.

지금 그는 가문의 주인을 만나러 가는 길이기 때문이다.

'휘유….'

이 긴장감은 오랜만에 마주하는 까닭일까?

'그럴 리가.'

한때는 내놓은 자식이란 소리까지 들었던 그였다. 아무리 부친과의 만남이라지만 긴장감은 어울리지 않았다.

[믿음.]

환청마냥 아스라이 스쳐가는 막내의 한마디가 떠올랐다. 무표정한 얼굴과 무미건조한 음성으로 내뱉는 성의 없어 보이는 한마디건만, 도통 외면할 수가 없었다.

'끄응….'

뒷머리를 벅벅 긁으며 전방을 바라봤다. 어느새 도착한 것인지 부친 루드말의 업무실이 코앞이었다. 주변 호위들을 통해 이미 그의 방문은 알려졌을 것이기에, 이제와 돌아가긴 늦었다.

"후우우우…."

가벼운 한숨과 함께 그가 방문을 두드렸다.

똑. 똑…

❖ ✣ ❖

드라필만에는 오래도록 이어져온 전통이 하나 있었다.

실전연습 혹은 생존훈련!

사실 검가라 불리는 가문이라면 대부분 이 같은 훈련을 하고는 했다. 때문에 드라필만의 전통이라고 하긴 어려웠다.

그럼에도 전통이라 칭하는 건, 여타 검가의 경우에는 간혹 가문의 기대주를 보호하고자, 이 같은 훈련을 제외시키며 흐름을 끊고는 하지만, 드라필만의 경우에는 그 역사가 이어지는 내내 단 한 번도 이 흐름을 끊어먹은 적이 없기 때문이었다.

그렇기에 전통이란 단어를 쓰는 것이다. 당연하게도 전통이라 불리는 만큼 드라필만의 혈족이라면 누구나 피해갈 수 없는 하나의 약속과 같았다.

레일라 드라필만!

그녀 역시도 가문의 전통을 거부하기는 어려웠다. 어찌 되었건 루드말이 그녀를 받아들이며, 혈족의 정통성을 지니게 되었고, 거기에 더해 루드말의 막내딸로서 그만큼 많은 혜택 역시도 받아왔기 때문이었다.

특히, 그녀를 눈엣가시처럼 여기는 가문의 정통 후계자들과 그 일족들은 더더욱 그녀를 밖으로 쫓아내고 싶어 했고, 그런 이유로 기사가 아닌 마법사로 자란 그녀로서도,

결국 검가의 전통을 이행해야만 했다.

하지만 여기서 한 가지 변수가 발생했다.

레일라를 눈엣가시로 여기게끔 만든 존재, 루드말이 움직인 것이다.

물론, 직접적인 개입은 아니었다.

간단한 조언 정도로써, 레일라로 하여금 길을 개척할 여지를 준 것이다.

그리고 이걸 계기로 레일라는 자신을 세상에 드러내게 된다.

드라필만의 마법사!

20대에 4서클에 오른 천재라고 불리며, 세상을 한 차례 놀라게 만들었던 게 바로 이 시기였다.

그녀 스스로의 능력을 증명하여, 그녀가 '특별' 하다는 걸 가문에 알린 것이다. 아무리 검가라고 하나 미래가 기대되는 뛰어난 마법사가 품 안에 있었다.

섣불리 손댈 수 없게 만든 것이다.

더군다나 기사가 아닌 마법사, 그것도 아주 뛰어난 재능이 있는 마법사라는 점이 더욱 중요했다. 검가에서 그녀가 후계사로서 그 권한을 발휘할 확률이 낮다는 걸 증명하는 계기가 되는 까닭이었다.

당연하게도 그녀를 향한 불길한 손길이 상당부분 거둬졌다.

게다가 일부에서는 그녀를 감싸고자 하는 움직임마저

발생하면서, 가문의 전통을 일부 단축시키는 쾌거까지 이뤄냈다.

단, 1년!

그녀에게 부여된 전통이행의 기간이었다. 그간, 가문의 혈족들이 최소 3년은 버텨왔던 걸 생각한다면, 실로 놀라운 결단이라고 할 수 있었다.

중요한 건, 이런 결정이 내려졌음에도 별다른 반발이 나오지 않았다는 점이었다.

마법사로서 그녀가 지닌 재능의 무게감이 가문을 제대로 흔들었다는 증거였다. 이후, 은밀하게 누구도 알지 못하게 1년간 전통이행이 실시되었다.

비밀유지가 철저히 이뤄지는 전통실행과정에, 실험실에서만 지내는 레일라의 부족한 활동성까지 더해지며, 소수의 인원만이 그 사실을 알고 있을 뿐이었다.

"뭐, 대충 이런저런 이유로 막둥이에게 가해질 위험요소들을 전부 제거했다. 너라면 그 이유를 잘 알고 있겠지?"

부친, 루드말의 물음에 크라우말은 마른침을 삼키며 고개를 끄덕였다.

수많은 조건들을 붙여가며, 막내 레일라를 보호했다.

그 이유는?

딱 한 단어면 충분했다.

'팔불출!'

가문에서 보기 어려운 여아라는 이유만으로도 그 보살핌

이 극진할 것이건만, 과거에 애지중지 하던 여동생이 남긴 단 하나의 혈육이기까지 하니, 어찌 아끼지 않을 수 있겠는가.

크라우말은 새삼 자신의 들고 온 제안의 위험수위가 높다는 걸 실감했다.

"그렇다면 내가 조금 전에 들은 건 환청이겠지? 그렇지? 그럴 거야? 그래야 할 걸?"

집요한 부친의 물음에 크라우말은 저도 모르게 고개를 끄덕일 뻔 봤다. 부친의 눈빛과 표정 그리고 기세는 잔혹한 1대1의 대련을 떠올리게 만들고 있는 까닭이었다.

초인의 가르침이라면 환영해야 할 것이지만, 부친의 표정은 가르침이 아닌 갈굼의 느낌을 강하게 내포하고 있었다.

하지만 여기서 물러선다면야 한때 드라필만의 문제아라 불리던 그의 이름값이 울었다. 이를 악 물며 의지를 불태웠다.

"레일라를 전장에 데려가고 싶습니다."

기어이 튀어나온 그의 이야기가 업무실의 공기를 달궜다.

화아아악…

아찔할 정도로 매서운 루드말의 기세가 정면으로 쏘아져 왔다. 피하고 싶지만 여기서는 받아야 했다.

'젠장! 지리겠네.'

어째선지 방광이 무거워졌다.

"이유는?"

과할 정도로 묵직한 공기 속에서, 루드말이 짧게 물었다. 잠시 호흡을 고른 크라우말이 힘겹게 입을 열었다.

"쥬리를 위해서입니다."

그 순간 업무실의 공기가 돌변했다. 묵직하게 짓누르던 무게감이 날아간 것이다. 물론 여전히 호흡을 거칠게 만드는 답답함은 남아있었다.

쥬리 드라필만!

루드말에게 레일라가 있다면, 크라우말에게는 쥬리가 있다. 이런 소리가 암묵적으로 돌아다닐 만큼 특별한 존재.

올해 5살이 되는 크라우말의 딸아이였다. 드라필만에서는 유독 보기 어려운 여아인 만큼, 루드말도 적잖게 아끼고 살피는 손녀이기도 했다.

'끄으으응….'

그 귀한 손녀딸의 이름이 나오는 순간, 루드말은 이 모든 상황의 주최자가 누구인지 깨달았다.

'레일라!'

크라우말이 웃기지도 않는 제안을 하던 순간, 이미 어느 정도는 짐작하고 있었다. 그게 쥬리의 이름이 언급되면서 짐작에서 확신으로 바뀐 것이다.

머리끝까지 솟구치던 열기가 한 꺼풀 사그라든 게 그 증거였다.

"이유는?"

또 한 번 같은 질문이 흘러나왔다. 하지만 앞전과 다른 의미를 품고 있다는 걸 알았다. 앞서의 것이 레일라와 관련되어 있다면, 이번 것은 딸아이 쥬리와 연관된 물음이리라.

"쥬리에게 영력이 있다고 하더군요."

크라우말의 대답에 루드말의 눈에 불이 들어왔다. 그도 그럴게 막내딸의 숨겨진 능력인 '정령술'은 그 말고는 아직 아무도 아는 사람이 없는 까닭이었다.

'…그러고 보니 그놈이 있었지.'

슬쩍 에던을 떠올린 루드말이 눈살을 찌푸렸다. 에던을 통해 흘러간 걸까? 아니면 크라우말이 정령들을 존재를 인지할 만큼 실력이 늘어난 것일까? 그도 아니면?

'끄응… 레일라군.'

마지막 짐작에서 즉각 확신으로 넘어갔다. 딸아이가 직접 말한 것으로 여겨졌다. 이유는 알 수 있었다.

[레일라를 전장에 데려가고 싶습니다.]

크라우말이 들고 온 웃기지도 않는 제안을 떠올리는 걸로 충분했다. 잠시 생각을 정리하던 루드말이 아들을 향해 물었다.

"정령술이냐?"

"…예."

"망할! 팔불출 같은 놈!"

그 말에 부친을 바라보는 크라우말의 얼굴이 기괴하게 일그러졌다. 이를 본 루드말이 눈살을 찌푸렸다.

"쯧! 뭐 묻은 놈이 뭐 묻은 놈 보는 표정이다?"

그 말에 재차 안면을 구긴 크라우말이 슬쩍 눈을 깔았다. 부친의 날카로운 시선을 본 까닭이었다.

"그래서 거래 조건으로 뭐라든?"

"별건 아니고… 정령술을 가르쳐 준다고 하더라구요."

루드말의 눈이 얇아졌다. 크라우말의 대답에서 딸아이에 대한 의심 같은 건 찾아보기 어려운 까닭이었다. 그렇다면 답은 간단했다.

'보여줬군.'

그 능력을 온전히 드러냈기에 저 같은 믿음이 나오는 것이다.

하필이면 미끼가 너무 좋았다.

정령술!

전 대륙을 돌아봐도 그 수는 극히 소수밖에 없으며, 그나마도 자연과 더불어 살아가는 까닭에, 마치 이종족들처럼 운이 좋아야 마주할 수 있을 정도로 희귀하고 드문 게 바로 정령사였다.

그 때문에 정령술과 관련된 서적도 드물었고, 그런 만큼 제대로 된 가르침을 받는다는 것 역시 어려운 일이었다.

크라우말의 저 같은 반응과 행동들이 이해 될 수밖에 없었다. 그토록 애지중지하는 딸아이에게 정령술의 재능이 있다는데, 어느 부모가 꽃피워주고 싶지 않겠는가.

더군다나 가까운 곳에 정령술을 익힌 존재가 있으니,

어떻게든 가르침을 청하고 싶은 심정일 터였다.

또 다시 생각에 빠진 부친의 모습에 크라우말이 조용히 침묵을 지켰다.

'쥬리가 정령사의 재능이 있었을 줄이야.'

눈이 번쩍 뜨일 정도로 놀라운 이야기였다. 그런 그의 머릿속으로 하나의 이야기가 떠올랐다.

'여아는 필히 보배라고 했던가.'

가주들이 가볍게 써내려온 일지에 우스갯소리마냥 적혀 있는 글이라고 여겼다. 하지만 그가 겪어온 가문의 여인들은 하나같이 보물과 같은 재능을 보여주었다.

애지중지 아꼈던 여동생은 놀라울 정도로 영특하여, 하나를 가르치면 열을 깨닫는 정도였다. 오죽하면 그 공부를 높이 사서 아카데미에 주기적으로 강의도 나갈 정도가 아니던가.

아카데미에서 바라기로는 정식 교수로서 일하기를 원했으나, 그 즈음 레일라의 부친을 만나 그 날갯짓을 거두고 집안에 안착해버렸다.

'그 아이도 마법을 익혔더라면….'

은연중에 그 같은 생각을 하지 않은 적이 없었다. 레일라의 놀라운 재능을 보고 있노라면, 모친의 영향을 크게 받은 것 같아서 더욱 그런 생각이 들었다.

여기서 손녀딸 쥬리마저도 특별한 재능을 보여주려 하고 있었다.

'정령사라….'

분명, 특별했다. 그 희소성 때문이기도 하지만, 그보다는 자연과 소통하는 능력이 특별한 것이다.

대정령사라고 불리는 존재들의 경우, 하루아침에 성을 세우고 허물 수 있다고 할 정도로 평가되면서, 마치 '기적' 같은 존재들로 여겨지기도 했다.

이는 대마도사라 할지라도 이룰 수 없는 신기며 신비였다.

"끄응…."

미간의 골이 깊어지며, 결국 루드말의 입술을 비집고 앓는 소리가 새나왔다. 레일라를 아낀다고는 하나, 쥬리 역시도 귀하고 귀여운 손녀딸이었으니, 고민이 깊어질 수밖에 없었다.

'됐다!'

그리고 이 같은 부친의 모습에 크라우말은 조용히 주먹을 쥐었다. 저처럼 고민하는 것 자체가 이미 흔들리고 있다는 의미인 까닭이었다.

분명, 부친이 레일라를 아끼는 건 틀림없었다. 하지만 쥬리 역시 아끼고 있었다. 굳이 둘을 비유하자면, 레일라는 슬슬 저무는 태양이었고, 쥬리는 활짝 떠오르는 아침 햇살과 같았다.

실험실에 들어앉아 얼굴 한 번 내비치지 않는 딸아이와 매번 웃으며 다가와 안기는 손녀딸을 비교하자면, 슬쩍 고개가 기울 법도 했다.

'아무렴! 우리 쥬리가 얼마나 천사 같은데. 마녀 같은 막둥이하고 비교를 해.'

그의 역할은 딱 여기까지였다. 부친에게 먼저 운을 떼고, 적당히 미움 받은 것이다. 안타까운 게 있다면, 그 감정적인 자극제는 필히 실체화를 이뤄 다가올 터였다.

대련 혹은 구타라는 이름을 통해.

'쥬리야. 나중에 꼭 효도해야 한다!'

상은 차려놨다. 칼질을 하는 건 레일라의 역할이었다.

똑똑…

문밖에서 들려오는 기척이 익숙했다.

'왔구나!'

슬슬 이 아찔한 상황의 주최자가 등장할 차례였다.

❖ ✣ ❖

갑작스레 찾아온 평온에 당황하는 한편, 빠르게 적응하며 육신의 안정을 맞이하려는 찰나, 또 다시 급작스럽게 혼란의 불씨가 찾아들었다.

"오랜만이군."

에던은 여느 때처럼 아침 일찍 연무장을 찾았다가 거기서 뜻밖의 존재를 맞이했다.

"오랜…만에 뵙습니다. 공작 각하."

어느새 복귀한 것인지, 연무장 중앙에 서 있는 루드말의 모습에 깜짝 놀랄 수밖에 없었다.

'표정이 어째….'

기이할 정도로 날 선 루드말의 눈빛과 표정에 긴장해야만 했다. 상황파악을 위하여 바삐 머리를 굴리고 있는 찰나, 루드말이 대뜸 거치대의 목검을 집어드는 게 보였다.

"어디 얼마나 늘었는지. 좀 볼까?"

그러더니 뜬금없이 돌진해 들어오는 것이 아닌가. 하필이면 밧줄의 구속력을 풀어두지 않은 상태인지라, 갑작스러운 대면과 대결은 처절한 구타 및 가혹행위로 변할 수밖에 없었다.

짧은 화풀이 혹은 대련시간이 끝나고, 루드말은 목검에 묻은 핏물을 가볍게 털어내며 너부러진 에던을 바라봤다.

'고놈, 참….'

당장이라도 숨이 넘어갈 듯 헐떡이는 에던의 모습에 눈살을 와락 찌푸렸다.

'때리는 맛이 있단 말이지.'

칠 때마다 검끝을 타고 전해지는 손맛이 제대로였다. 그럼에도 차오르는 이 뜨거운 감정은 아직 화가 덜 풀렸다는 증거리이라.

[바람 좀 쐬고 올게요.]

전날, 딸아이가 내던진 충격발언이 연신 뇌리를 흔들어 댔다.

그것이 셋째 크라우말이 이야기했던 '전쟁터'와 관련된 내용이었기에, 더더욱 속이 쓰리고 그만큼 열불이 나는 것이었다.

때문에 눈앞의 에던이 더욱 얄밉게 느껴지는 것이다.

'이놈이란 말이지!'

딸아이가 이야기했던 '바람'의 실체가 눈앞에 있었다. 어느새 깨끗해진 목검이 새로운 피를 원하는 듯 바르르 떨리기 시작했다.

"끄으으응…."

앓는 소리를 내며 꾸역꾸역 신형을 일으키는 에던의 모습이 보였다. 가슴이 팔팔 끓는 와중에도 그의 놀라운 회복력에 눈이 동그래졌다.

'어떻게 되먹은 몸뚱인지.'

새삼스레 감탄이 다 나올 정도였다. 초월적 경지에 이르러 신체적인 변화를 이룬 그의 육신이라면 모를까, 저처럼 오러홀도 파괴되어 오러라는 괴력을 쌓지도 못하는 몸을 지니고서, 저 말도 안 되는 회복력은 무엇이란 말인가.

조금은 과하다 싶을 정도로 손을 썼다. 그럼에도 불구하고 에던은 숨을 고르며 자리에서 일어나고 있었다. 당연히 놀랄 수밖에 없었다.

게다가 레일라의 마법 밧줄에 메인 상태로 전과 다를 것 없는 움직임을 보여주던 것도 놀라웠다.

'확실히 투자할 가치가 있단 말이지.'

좀 더 정확히는 '연구' 겠으나, 어쨌든 여러모로 높은 값어치를 지녔음은 확실했다. 때문에 최대한 가문에 두고 살필 생각이었다.

하지만 딸아이, 레일라는 에던을 밖으로 내몰자고 했다.

'그 괴상한 능력의 완성이라.'

예측을 넘어 예지라고까지 여겨질 정도로 특별한 에던의 능력이었다.

그 끝을 보기 위해서는 전장이 필요하다며, 그를 내보내자고 주장하던 딸아이의 모습이 떠올랐다.

거기까지는 문제없었다.

'나도 저놈이 성장하는 건 보고 싶으니까.'

기왕이면 드라필만에 잡아놓고, 찬찬히 살피고 싶었으나, 그래서는 답이 안 나온다는데 어찌 붙잡고 있을 수 있겠는가.

한 가문의 주인이면서, 동시에 그는 초인이기도 했다.

경지에 오르는 이를 앞장서서 방해할 정도로 쪼잔하진 않았다. 가문에 도움이 될 것이기에 곁에 두고자 했으나, 거기에는 에던 역시도 얻는 것이 있기에 내릴 수 있는 선택이었다.

특히, 한 명의 초월자로서, 전혀 다른 방식으로 새로운 초월의 길을 걷는 에던의 성장이 어디로 향하는지 보고 싶은 마음도 상당히 컸다.

'얼마든지 놓아줄 수 있단 말이지.'

이미 나름의 관계는 구축해 놓은 상황이기 때문이다. 게다가 무조건적으로 주기만 한 것도 아니었다.

'얻을 건 얻었으니까.'

물론, 예지에 가까운 에던의 그 특별한 능력을 얻기는 어려웠다. 그와 같은 성장과정을 겪지 않고서야 불가능하다고 여겼다.

그렇다면 무엇을 얻은 것일까?

'검!'

명문 검가 드라필만은 에던이라는 한 용병을 통해, 한층 날카롭고 예리한 검을 품 안에 거둘 수 있었다.

그것은 예지에 가까운 에던의 그 독특한 능력에 기반한 것이 아니었다.

평상시에도 얼마든 깨어있는 '눈' 에 닿아있었다.

부족한 육신으로도 오러를 익히고 나름 경지를 이룬 이들에게 대항할 수 있는 기적을 선사하는 독특한 눈이었다.

'그건 충분히 '능력' 이라 부르기에 부족함이 없지.'

무수히 많은 검의 길을 보고, 그 안에서 최단거리를 뽑아내어 가장 적절한 경로로 안내하는 것이다.

초인이라고 불리는 루드말 역시 에던의 눈이 보여주는 최단의 경로에 한 차례 당하며, 그 심장 어림에 붉은 꽃을 피웠던 적이 있지 않은가.

물론, 그저 가벼운 터치 정도였지만, 어쨌든 간격을 허락했다는 게 중요했다.

이를 간단히 설명하자면, 그가 전투 중에 에던에게 '틈'을 허락했다는 것과 같았다.

'초인이니 뭐니 떠들어도, 결국 아직은 부족하다는 뜻이지.'

그 순간을 떠올리면 절로 고개가 저어지고는 했다. 하물며 그의 휘하에 있는 다른 기사들은 어떠하겠는가.

무수히 많은 틈을 허락하였을 것이고, 그만큼 깊고 짙은 무력감을 느낄 수 있었을 거라 여겼다.

말인 즉, 성장의 밑거름이 되었을 터였다.

'이놈에게 당한 건, 일반적인 패배하고는 다르지.'

앞서 이야기했듯, 에던은 검의 틈을 노리고 친다. 그것은 검의 흐름을 읽힌다는 의미와 같았다. 검의 결에 새 숨결을 불어 넣는 계기가 되는 것이다.

즉, 깨달음의 실마리가 된다고 할 수 있었다.

그 때문에 에던을 향한 불씨를 잡지 않았다. 오히려 더욱 자극하며 그 불씨를 키웠다.

모르긴 몰라도, 에던과 대결을 했던 드라필만의 기사들은 하나같이 성장의 단초를 얻었을 터였다.

'뭐… 자괴감에 빠지면 어쩔 수 없는 거고.'

거기까지는 그도 판단하기 어려운 부분이었다.

가주 전용 연무장의 오러 집적진이나 레일라의 마법 밧줄

그리고 몇 가지 연공법과 검술 및 체술 등등, 에던에게 제공한 것들이 분명 많기는 했으나, 짧은 시간 검가의 젊은 기사들이 얻은 걸 생각한다면, 오히려 준 것 이상으로 받아냈다고 해도 과언이 아니었다.

그런 만큼 얼마든 값을 치를 생각은 있었다.

'하지만….'

딸아이로 값을 치를 생각까지는 없었다. 물론, 애초에 둘을 엮어보려 했던 계획을 떠올린다면, 그들이 깊은 관계로 발전하는 것까지는 말릴 생각이 없었다. 어느 정도 욕심이 없었다고는 못하겠으나, 동시에 순수한 마음 역시도 함께 한 계획이었다.

'그래도 역시… 노처녀 소리 듣게 하는 건 싫으니까.'

맘 같아서는 평생 끼고 살았으면 싶으면서도, 딸아이가 가정을 꾸리는 모습 역시도 보고 싶은 건 어쩔 수가 없었다. 그의 여동생인, 레일라의 모친이 그러했듯 말이다.

그 같은 이유로 만남을 주선했고 지켜봤다. 하지만 그 교제의 장소가 전쟁터로 변경된다면 이야기도 달라질 수밖에 없었다.

눈살을 찌푸리는 그의 머릿속으로 한 단어가 연신 맴돌았다.

'계약이라.'

겨우 호흡을 되찾은 듯, 조금은 편안해진 얼굴로 그를

올려다보는 에던의 모습이 보였다.

레일라는 에던에게 의뢰를 넣으라고 했다.

[그가 용병이니까요.]

당연하다면 당연한 수순이었으나, 과연 받아들일지가 문제였다.

전쟁!

그 뜨거운 불가마 속으로 뛰어드는 의뢰였다. 하지만 에던의 각성을 완전하게 하기 위해서는 그곳, 그 치열한 죽음의 장소가 필요했다.

딸아이의 설명을 찬찬히 들어보았고, 하나같이 납득할만한 이유였기에 고개를 끄덕일 수밖에 없었다.

'끄응….'

머리가 아픈 건, 레일라가 '밖' 으로 나가겠다는 이유 역시도 너무나 타당하여 반박하기가 어려웠다는 점이었다.

이미 가문의 칼날이 그녀에게로 향하기 시작했다. 에던을 내보낸다고 해서 그 혼란의 불씨가 잦아들리는 없었다. 전쟁이 코앞이건만, 내부에 불똥을 안고 달려가는 건 위험했다.

레일라는 이 같은 이유들을 조목조목 꺼내놓고, 거기에 더해 왕국의 분위기까지 한꺼번에 언급해 들며, 착실히 '드라필만의 주인' 을 설득해버렸다.

아침 일찍부터 연무장을 찾은 건, 이 끓어오르는 가슴 속 열기를 발산해 주기 위함이었다. 그리고 에던 운트라는 훌륭한 제물 덕분에 작게나마 개운함을 느낄 수 있었다.

그럼에도 조금 부족함이 있었던지, 여전히 속쓰림이 남아있었다. 하지만 이제야 겨우 숨을 고른 에덴의 모습에, 선뜻 손을 쓰기가 꺼려졌다.

"쯧!"

결국, 불퉁하니 혀를 차며 목검을 내던졌다. 그러자 마치 묘기라도 부린 듯, 저 멀리 거치대의 원래 자리에 안착하는 것이 보였다.

"들어 보니까. 이야기는 다 됐다고 하던데. 어떠냐?"

뜬금없는 루드말의 물음에 에덴이 지친 와중에도 바삐 머리를 돌렸다. 그리고 이내 그 의미를 깨닫고는 인상을 구겨야만 했다.

'전쟁….'

레일라가 했던 제안이 떠오른 까닭이었다.

안전제일!

그것이 험난한 용병 업계를 구르며 얻은 교훈이었다. 일개 3급 용병으로서, 신체적 결함이 있다는 '욤병'으로서, 그가 이 바닥에서 살아남을 수 있는 진리이기도 했다.

하지만 지금 그의 밑바닥 삶에 한 줄기 서광이 비치려 하고 있었다. 그럼에도 불구하고 고민되는 이유는 간단했다.

[각성하고 싶다면, 전장으로 가.]

레일라에게 들은 조언 혹은 제안 때문이었다.

'아니… 저주인가.'

사지로 기어들어가야 하는 팔자라니. 눈시울이 절로 붉어지는 이야기였다.

슬슬 한계를 느끼고 일선에서 물러난 뒤, 적당한 안전지대를 골라 다니며 밥벌이만 해먹고 살려 했더니만, 뜬금없이 일선 복귀라니.

'…때려 쳐?'

짧은 갈등. 하지만 그는 알고 있었다. 이 유혹은 거부할 수 없었다. 그가 오래도록 갈망해왔던 길이기 때문이다.

"하아…."

나직하니 새나오는 그의 한숨이 대답이라도 되는 마냥, 기다렸다는 듯 루드말이 행동을 개시했다.

"옛다."

뭔가를 던져주는데 받고 보니 익숙한 물건이었다.

'계약서.'

그의 밥줄이 날아든 것이다.

"…염병!"

툭 튀어나온 욕지거리가 참으로 구성졌다.

빠악!

호쾌하게 뻗어 나온 발차기가 시원하게 에던의 머리를 치고 지나갔다. 겨우 허리를 세웠다 싶었더니, 다시금 땅바닥에 드러눕는 순간이었다.

그런 그의 곁으로 루드말이 조용히 다가왔다. 그러더니 대뜸 에던의 품을 뒤져 용병패를 꺼내드는 것이 아닌가.

거기에 에던의 핏물을 조금 묻히고, 이내 계약서 하단에 찍어 넣었다. 그리고 마지막으로 에던의 엄지에 한 번 더 핏물을 묻힌 뒤, 그 지문을 용병패가 찍힌 자리 옆으로 새겨 넣었다.

"끄…으…."

아직 정신이 남아있던 것일까? 에던이 신음성을 흘리며 시선을 던져왔다. 그의 흐릿한 눈빛을 마주한 루드말이 하얗게 웃으며 입을 열었다.

"잘 부탁한다."

힘겹게 들어 올렸던 에던의 눈꺼풀이 내려가고, 의식이 끈이 끊어졌다.

◈ ✣ ◈

눈을 떴을 때, 에던은 자신의 드디어 절망의 구렁텅이에 떨어졌음을 깨달았다.

'계약서!'

잠깐 눈을 감고 일어났더니, 별 웃기지도 않는 계약서가 그의 손아귀에 쥐어져있는 것이 아닌가.

그 내용이 더욱 황당했다.

분명, 기본적인 부분은 일반적인 용병 계약서와 다를 게 없었다.

'다를 게 없다고?'

이미 이 첫머리 부분에서부터 문제 제기를 하고 싶었다.

3급 용병!

확실히 용병패에 찍힌 그의 위치는 밑바닥이 맞았다. 하지만 감히 자신하건데, 못해도 1급 용병과 같은 등급의 가격은 책정해야 한다는 게 그의 생각이었다.

'특급까지는 바라지도 않는다고.'

헌데, 계약서를 보라.

3급 용병. 에던 운트!

떡 하니 찍혀있는 용병패의 등급이 비참했다. 당연하게도 그 계약금 역시도 거기에 합당한 가격으로 책정될 수밖에 없었다.

문제는 이뿐만이 아니었다.

'뭐? 최전방?'

바닥. 그 중에서도 가장 밑바닥을 뒹구는 최하급 용병들이나 발을 비비는 전쟁의 극악지대를 무대로 잡아놓은 것이다.

"아… 빡친다."

나직한 그의 중얼거림에 끼어드는 음성이 있었다.

"뭐가?"

어느새 다가온 것일까? 그의 곁으로 레일라가 모습을 드러내고 있었다. 화들짝 놀란 에던이 급히 주변을 살폈다. 루드말에게 호되게 당한 까닭에, 회복실에서 휴식 중이었다. 당연하게도 안정을 위하여 창도 문도 닫혀있었다.

'어떻게 들어온 거야?'

비록, 오러를 익히지는 않았다고는 하나, 그 감각만큼은 남다르다고 자부할 수 있었다. 그래서일까? 언제나 최소한의 위협공간 안에서만큼은 타인의 침입을 허용하지 않고는 했다.

헌데도 불구하고 레일라는 그의 공간 안으로 발을 들인 것이다. 그것도 이처럼 가까운 위치라니. 절로 입술이 마르는 느낌이었다.

"무서워?"

연달아 던져오는 레일라의 물음에 정신이 든 듯, 에던이 손 안의 계약서를 그녀에게 던지며 답했다.

"장난하냐?"

한껏 성난 그 음성에 레일라가 고개를 저었다.

"원하던 거 아니었어?"

그리고는 뚫어져라 쳐다보는데, 어째서일까? 그 말에 반박을 하기란 어려웠다.

'원했다고?'

전장을?

'어쩌면….'

그래. 바라고 있던 걸지도 모른다. 각성에 대한 실마리가 풀리는 느낌에, 그도 모르게 전장으로 시선이 향한 것이다.

'하지만… 이건 너무 과하잖아.'

고민 갈등 속에서 오만상을 찌푸리는 에던의 모습에 레일라가 재차 입을 열었다.

"할 거면 확실히 해."

각성! 그 아련한 환상을 잡기 위해서는 철저히 죽음으로 무장을 해야만 했다. 당연히 무대 역시도 전장의 가장 어둔 장소에 마련될 수밖에 없는 것이다.

생각보다 갈등은 길지 않았다.

'에라, 모르겠다!'

시원하니 계약서를 품 안에 갈무리했다. 이미 그의 마음 한편은 전장으로 향하고 있다는 걸 인정하고 나자, 결정을 내리는 건 순간이었다.

"간다. 가! 빌어먹을, 전장!"

영지간의 마찰에서 국가 수준으로 판이 커졌다고는 하나, 어차피 이 바닥에 들어온 뒤, 제집처럼 들락거리던 곳이 전장이고 전쟁터였다.

"잘 선택했어. 그러면 준비를 해야겠네."

레일라가 그 말과 함께 회복실의 문을 열었다. 그러자 익숙한 사내 한명이 보였다.

'크라우말?'

그가 웃으며 손을 흔들고 있었다.

❖ ✣ ❖

이미 잘 알고 있었다. 모를 수가 없었다.

'그렇게 당했는데, 모르는 게 이상하지.'

크라우말은 루드말이 언급했던 에덴의 틈을 보는 눈과 감각 그리고 '깨달음의 단초'로 연결되는 흐름을 이미 알고 있었다.

가문의 전통을 이행하고자 용병으로 활동하던 당시, 에덴을 통해 수차례 겪은 경험이 있던 까닭이었다.

'그 덕분에 실력도 많이 늘었지.'

어느 정도냐 묻는다면, 가문의 '후계자'로 인정받을 수준까지 올라왔다고 하면 충분한 대답이 될 것이다.

오러에만 빠져있던 그로 하여금 검을 깨닫게 만들어준 결정적 계기가 바로 에덴과의 만남이었다.

긴 세월을 전념해온 오러라는 충만한 힘에 검이라는 기예가 더해지니, 한순간에 가문 내에서도 손꼽히는 자리에 오른 것이다.

'뭐… 바란 건 아니었지만.'

수련의 참맛을 알아버린 이상, 후계자라는 위치는 오히려 거추장스럽고 불편한 느낌이 강할 수밖에 없었다.

뒷머리를 긁적거린 크라우말이 전방을 바라봤다. 연공에 빠져있는 에덴의 모습이 보였다.

문득, 궁금증이 일었다. 그들이 서 있는 곳은 가주 전용 연무장이었고, 여기에는 오러 집적진이 설치되어 있었다.

'오러홀 없이 행하는 연공이라….'

그 부분에 대한 호기심을 머릿속으로 굴리고 있을 때, 에던의 연공이 끝나는 게 보였다. 잠시 상념을 한편으로 치운 크라우말이 다가가며 물었다.

"준비는 마쳤습니까?"

그의 물음에 연공을 통해 신체점검을 한 에던이 만족스런 미소와 함께 입을 열었다.

"당장 시작해도 될 것 같아."

새삼스레 자신의 치유력에 놀랐다고나 할까? 에던은 분명 루드말에게 당했던 게 생각보다 심각하다 여기고 있었다. 물론, 회복실을 통해 치료를 했다고는 하나, 그래도 은연중에 쌓여있는 내상들까지 제압된 건 아니었다.

연공은 이를 다스리며 동시에 신체 능력을 최상으로 끌어올리기 위함이었는데, 몇 차례 연공을 하며 살핀 결과, 이미 모두 회복되어 있다는 걸 확인할 수 있었다.

에던의 대답에 고개를 끄덕인 크라우말이 병기 거치대로 향하며 말했다.

"이미 선배도 잘 알고 있겠지만, 3급 용병으로 너무 오랜 세월을 보내서 그런 건지, 배우고 익힌 것들이 하나같이 정석에서 벗어나 있어."

동감한다는 듯 에던이 고개를 끄덕였다.

"나는 그 '정석'이라는 놈을 선배한테 가르쳐 줄 거야."

좀 더 정확히는 때려 박는다는 표현이 맞았다. 전쟁은 코앞으로 다가오고 있었고, 그런 만큼 시간은 부족했다. 하나하나 가르치기 보다는 강제적으로 체득시킬 생각이었다.

앞서, 레일라의 조언에 의해 드라필만의 전장에서 실력자들을 상대로 정통의 검을 몸으로 겪어, 하나의 경험으로 육신에 새겨 넣으려던 것과 비슷한 방법이었다.

[각성에 관해서는 전장에서 다시 생각하고, 지금부터는 배우는 것에 집중하도록 해.]

레일라는 그리 말하며 에던의 선생으로 크라우말을 붙였다.

이 모든 상황의 시작점인 루드말이 해결을 봐야겠으나, 다가올 전쟁에 대비하여 드라필만의 주인으로서, 에벨린 왕국의 공작으로서, 그가 해야 할 일들이 너무도 많았다.

특히, 말룬 자작가와 에몰란 남작 그리고 라발던 백작까지 엮인 영지전을 해결하는 것 역시 시급한 까닭에, 이미 지난 밤 조용히 드라필만을 떠난 상황이었다.

아침이 되어 모두가 알게 되었지만, 기이하게도 에던을 압박하는 드라필만의 전장이 다시 열리지는 않았다. 이에 대한 레일라의 설명은 간단했다.

[곧 전쟁이니까. 한동안은 소란을 자제해야지.]

루드말이 개입했다는 의미이기도 했다. 때문에 크라우말을 끌어들인 것이다. 가문 내에서 에던을 제대로 가르쳐 줄 법한 기사가 없는 까닭에, 어찌 보면 필연적인 선택이었다.

'뭐, 선배 덕분에 검에 눈을 뜬 거니까. 이건, 은혜 갚기라고 생각하면 되겠지.'

그야 말로 적절한 선택이었다고 해야 할까?

에던 덕분에 검을 깨닫고, 크라우말은 이전의 과거가 거짓처럼 느껴질 만큼, 검이라는 공부에 전념하게 되었다.

덕분에 가문이 보유하고 있는 검술들을 상당히 체득한 상태였다. 물론, 그 전부를 깊게 파고든 건 아니었다. 하지만 대략의 흐름 정도는 파악하고 있기에, 에던에게 다양한 공부를 경험시켜 주기에 충분했다.

루드말이 따로 가르침을 내리기는 했으나, 그것과는 또 별개로 크라우말이 전할 것들은 에던의 피와 살이 되어 줄 터였다.

특히, 루드말이 전한 것들은 기본적으로 먼 미래를 내다보는 경향이 강하지만, 크라우말이 가르칠 것들은 당장 눈앞의 '전쟁'에 목적지를 두고 있기에, 더더욱 실용적인 부분이 강하다고 볼 수 있었다.

후웅…훙…

시원하니 목검을 휘두르며 점검을 마친 크라우말이 에던을 향해 물었다.

"각오는 됐지?"

일순, 에던의 눈에 의문의 빛이 어렸다. 묻는 말투나 표정 그리고 눈빛 등에서 뭔가 이상하다는 걸 느낀 까닭이었다.

'뭐지?'

그는 몰랐다.

크라우말이 여동생, 레일라에게 엮여서 부친과 진득한 면담을 나눴다는 걸, 그래서 찐득한 독기를 가득 쌓아두고 있었다는 걸…

"이건, 은혜를 갚는 거야. 선배!"

자기최면은 최소한의 양심이리라.

❖ ✣ ❖

겨울은 생각보다 길지 않았고, 허락된 시간은 그보다 더욱 부족했다.

전쟁!

설마싶던 사건이 발생한 것이다. 그나마 다행이라면 아직까지는 국지전 수준이라는 점이었는데, 머지않아 전면전으로 번질 확률이 높다는 것이 문제라면 문제였다.

당연하게도 그 무대는 은연중에 말썽의 소지가 다분히 높았던 장소, 바로 그 마정석 광산을 중심으로 마르센 왕국과 라카타루 왕국의 개입이었다.

의외라고 한다면, 광산을 무대로 억지주장을 펼치며 난입을 할 거라 여겼던 예상과 달리, 두 왕국은 그럴듯한 명분을 내어놓으며 판을 벌였다는 점이었다.

각자, 에몰란 남작과 말룬 자작의 귀화와 그에 관련된 영지 소유권을 주장하며 발을 들인 것이다.

생각지도 못한 사건이며 상황이었다.

6. 구르고 기어서

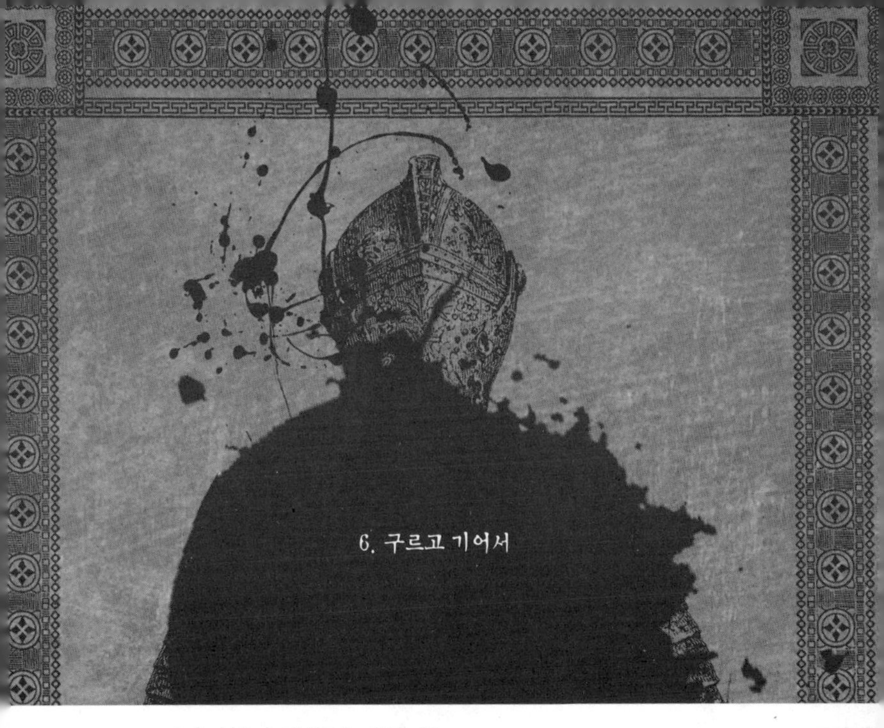

6. 구르고 기어서

어디서부터 잘못된 것일까?

짐작 정도는 가능했다.

라논의 궤적에서 대략적인 구도가 그려졌을 것이다.

이미 전쟁이라는 시나리오가 쓰이기 시작한 이상, 그 배역들에 대한 관리 감독은 철저할 수밖에 없었다.

특히, 그 비중이 높은 존재에게는 더욱 많은 신경을 쓰는 게 당연했다.

루드말 드라필민!

대륙 초인의 일인으로써, 에벨린 왕국에서 가장 중요도가 높은 인물이었다. 그를 향한 집중도는 이루 말할 수 없을 정도였다.

하지만 안타까운 건, 상대가 초인이다 보니 그 행동을 온전히 눈에 담기가 어렵다는 점이었다.

때문에 상당부분을 '추측'으로 해결해야 하는 문제점이 있었다.

그런 의미에서 라논은 루드말의 행동반경을 짐작하기 좋게 만들어주는 지침과 같았다.

애초부터 말룬 자작가의 일을 계기로 루드말이 행동을 개시했으니, 더욱 그녀에게 집중했을 것이다. 실질적으로 그녀의 역할은 그리 크지 않았으나, 드라필만과 엮이며 적잖은 비중을 얻게 된 것이다.

"그렇다고는 해도 대응이 너무 신속했단 말이지."

루드말은 전쟁 이면에 존재하는 움직임들을 하나하나 추리해 나갔다.

한 계절을 투자해가며 왕국 내에 존재하는 타국의 요원들을 처리했다. 당연하게도 지금 전쟁의 주역이라고 할 수 있는 마르센과 라카타루 왕국의 요원들을 집중적으로 파헤쳤다.

전부는 아니겠으나, 최소한 그 정보력의 절반 정도는 공중분해 시켜버렸다고 자부했다.

그럼에도 이처럼 신속히 움직이며, 말룬 자작가와 에몰란 남작가를 끌어들였다는 점이 의문이었다. 라논에게 시선을 집중했다고 해도, 저들이 지닌 정보의 부재를 생각했을 때, 지금의 움직임은 이해한도를 넘어섰다.

다행인지 불행인지 짐작되는 게 있었다.

"쯧! 너무 오래 쉬었나."

그저 존재하는 것만으로도 무시할 수 없는 억제력을 지닌 초인이라고는 하나, 그것도 능력을 선보였을 때나 발휘되는 이야기였다. 가문에 들어앉아 오랜 시간을 침묵해 왔던 것인지, 그의 억제력이 상당부분 풀어졌음을 새삼 깨달았다.

지난 가을에서 겨울로 넘어오는 사이, 타국의 요원들을 섬멸하며 능력을 보였다고는 하나, 잠시 잠깐 반짝이는 정도로는 긴 침묵의 무게감을 전부 걷어내지 못한 모양이었다.

'아닌가. 오히려 자극을 한 것이려나.'

알게 모르게 세대교체가 이뤄지거나, 진행 중인 가문들이 많았다.

그래서일까?

이 참에 그와 드라필만의 존재를 배제하려는 드는 것이다. 마르센과 라카타루의 이 발 빠른 대응은 이 같은 자국 내부의 고발자들에 의한 것이있다.

'새 시대에 새 바람이라… 큭!'

거기까지 생각하던 루드말의 입 꼬리가 살짝 올라갔다.

"옛것을 소중히 해야지. 썩을 놈들!"

웃고 있으나 제법 열이 받았다. 어찌 안 그렇겠는가. 드라필만을 위협하는 움직임도 맘에 안 들건만, 에몰란과 말룬, 그들 두 귀족들을 제물로 바치기까지 했다.

오랜 세월, 주변국에게 제법 강렬한 발언권을 지녀왔던 까닭일까?

'감히….'

전쟁이라는 단어 앞에서 오만하고 오판하고 있었다. 애초에 그 발언권의 시작점이 어디에서, 누구로부터 왔던 것인지, 그새 잊어버린 것일까?

'자국 영토를 타국에 바치면서 시작되는 전쟁이라니.'

미소가 짙어졌다.

"크…크크크크…."

흘러나오는 웃음성과 달리, 그 눈빛은 싸늘하게 식어가고 있었다.

❖ ✣ ❖

가만히 앉아서 뭐가 잘못된 것인지 생각해봤다. 그 순간 꽂혀든 날카로운 비명성이 답을 대신해줬다.

"끄아아악!"

뜨끈한 핏물이 머리 위로 쏟아져 내렸다.

'염병!'

슬쩍 시선을 들어보니, 어디선가 날아온 화살에 가슴을 꿰뚫린 듯, 비틀대며 넘어가는 사내가 보였다.

짧게 혀를 차며 자리를 옮겼다. 넘어가는 방향이 바로 머리 위였던 까닭이었다.

에던은 바닥에 납작 엎드려 이동을 시작했다.

쓰러진 사내가 눈 먼 화살에 노출된 게 아니라, 노리고 떨어진 화살에 저격당한 것임을 직감한 까닭이었다.

'여긴 어디?'

난 누구?

잠시간 현실부정을 위한 골빈 사고를 해 봤지만, 사방 가득한 피비린내가 정신을 빠르게 현실로 복귀시켰다.

전장!

한숨이 절로 나왔다.

'새해 첫날부터 전쟁터라니. 하아….'

검가에서 출발하던 당시, 아직까지는 국지전이라고 들었다. 하지만 그 소식에도 긴장감을 풀지는 않았다. 만에 하나, 어쩌면, 설마 하는 생각 때문이었다.

전면전과 달리, 어느 정도는 눈치를 보는 단계인 국지전이라고 하지만, 엄연히 전쟁의 영역에 닿아있는 상황이었다.

자그마한 영지들간의 국지전은 말 그대로 눈치만 보며, 실질적인 전투는 별달리 벌어지지 않는 게 평균적이었다.

불필요한 전투로 각자의 병력을 낭비하지 않기 위한, 그들 나름의 대처방법 혹은 몸부림이었다. 이때까지는 육체적 다툼보다 말다툼이 더 현란해지는 시기라고 할 수 있었다.

하지만 조금 규모가 커지는 순간, 국지전의 범위도 커지며 그 위험도 역시 달라지는 것이다.

육체적인 다툼이 발생하는 것이다. 즉, 실질적인 전투가 벌어진다는 의미였다.

가장 기본적인 전투를 예로 들자면, 각 영지간의 거점이 될 법한 위치를 먼저 사수하는 다툼이 기본으로써, 대개 영지 사이사이에 존재하는 산자락의 산적 혹은 몬스터들의 산채를 치고 점령하는 게 그 시작점이었다.

물론, 산채점령의 경우에는 그 자체적으로도 위험도가 높기 때문에, 최소한 대귀족들 간의 영지전 정도는 되어야지 볼 수 있는 광경이었다.

때문에 국지전이라는 소리에도 마음의 준비를 단단히 하고 있었다.

덕분이랄까?

파파팍…

귓전을 스쳐가는 화살촉의 매서운 칼바람에도 침착히 바닥을 기어갈 수 있었다.

'영지전하고 크게 다를 건 없네.'

그가 있는 전장은 앞서 언급한 대귀족들의 국지전에서 빈번히 발생하는 점령전이었다. 조금 더 규모가 커지고 피비린내가 짙어진 정도였다.

'아… 어떻게든 하루만 더 버텼더라면.'

검가에서 어떻게든 늑장을 부렸어야 했다. 그랬더라면 지금의 이 지랄 같은 새해맞이는 피할 수 있었을 것이다.

검가를 나온 뒤, 그가 지정된 장소에 도착하는 날, 하필

이면 상황에 변화가 생기면서, 다급히 급습부대가 편성되고 있었다.

하루만 늦게 도착했더라도, 후발대로 빠지며 작게나마 여유를 가질 수 있었을 것이다. 하지만 그런 행운은 오지 않았고, 발바닥에 땀나게 산길을 걸어 목적지인 거점에 도착해야만 했다.

파파파파파팍…

무수히 쏟아지는 화살비 너머로 아련히 떠오르는 새해 첫 날 새아침의 햇살이 떠오르는 게 보였다.

"아…."

짙은 어둠이 내려앉은 새벽부터 시작된 임무였건만, 결국 이 비릿한 장소에서 아침 해를 보고야 말았다.

짧게 혀를 차며 쓰러진 시체 하나를 등 뒤로 짊어졌다.

퍽… 퍼퍽…퍽. 퍽…

묵직하니 느껴지는 충격이 등판으로 전해져왔다. 모르긴 몰라도 짊어진 시체는 고슴도치처럼 변해있을 것이다.

슬쩍 화살비의 시작점으로 시야를 보냈다. 거대한 산채 하나가 보였는데, 마르센 왕국의 병사들이 점령하고 있는 장소였다.

'확실히 규모가 크긴 크네.'

일반적인 산채가 아닌, 몬스터들의 부락을 통째로 활용하는 점령지였다. 대귀족들의 영지전에서도 선뜻 보기 어려운 거점이었다.

투입된 병력의 수도 무려 네 자릿수를 넘어섰다. 이 자체로 소규모 영지전 수준은 되는 것이다.

고개를 절레절레 흔들면서도 몸은 빠르게 땅바닥을 기어서 이동하고 있었다. 여전히 화살이 쏟아지고 있는 까닭이었다.

산이라는 무대를 중심으로 펼쳐지는 전장이다 보니, 은연중에 몸을 숨길 장소들이 많았다.

앞으로 전진하는 것만 피한다면, 얼마든 숨을 장소는 널려있었다. 부락의 전면으로 다가갈수록 개활지가 펼쳐지는 까닭이었다.

여기서 한 차례 갈등이 이어졌다.

[지켜보겠어.]

임무를 나서기 전, 레일라가 했던 이야기였다. 말인 즉, 그녀는 이 전장 어딘가에서 그를 '보고' 있다는 뜻이었다.

짐작하기로는 마법사들의 무리에 끼어있을 거라 여겼다. 그녀가 감시하고 있다는 생각에, 뒤로 물러나기가 어려웠다.

물론, 굳이 빠지고자 한다면 빠지겠으나, 애초에 이 전장에 뛰어든 목적을 떠올린다면, 결국 전진만이 답이었다.

"후우우우우우…."

길게 호흡을 고른 그가 빠르게 시체더미 사이로 몸을 던졌다.

퍼퍼퍼퍽…

시체 너머로 전해지는 충격을 느끼며, 전진에 전진을 거듭했다. 그러자 오히려 화살비의 무게감이 줄어들기 시작하는데, 이를 통해 아군과 적군이 교차된 난전지역에 돌입했음을 알 수 있었다.

목책을 쌓아서 완성시킨 부락이라고는 하나, 한 개 부족이 생활을 하던 터전이었다. 목책의 완성도는 생각이상으로 훌륭했고, 일정부분은 성벽수준의 견고함도 자랑하고 있었다.

하지만 그 높이와 목책으로써의 한계치 때문일까? 기본적으로 목책 주변에서 직접적인 전투가 펼쳐지는 건 어쩔 수가 없었다. 때문에 후방에 빠져있을수록 화살에 노출될 확률이 높은 것이다.

'뭐, 자리만 잘 잡으면 문제도 아니지만.'

돌연 섬뜩한 느낌이 들어 훌쩍 몸을 옆으로 굴렀다.

푸욱!

그 순간 내리꽂힌 날카로운 칼날이 흙더미를 파헤치는 게 보였다. 적당히 시체들 사이사이를 타고 가며 시선을 잘 교란했다고 여겼건만, 결국 들킨 모양이었다.

다행스럽게도 난선지역이었고, 그를 발견한 병사 역시도 한 개인에게 집중할 만큼 여유가 없었기에, 후속공격까지 이어지진 않았다.

하지만 한 번 모습을 드러낸 까닭일까?!

다른 방향에서 새로운 검격이 뻗어오고 있었다. 빠르게 몸을 빼내며 손을 털었다.

"컥!"

단말마의 비명성과 함께 검격이 비틀리고 숨이 넘어가는 게 보였다. 에던이 던진 암기에 당한 것이다.

하지만 이 한 번의 공격으로 어설프게라도 감추고 있던 육신이 온전히 전장 위로 드러났고, 그를 향한 시선의 수가 대번에 늘어나기 시작했다.

"젠장!"

나직한 욕지거리와 함께 그의 신형이 바쁘게 움직였다.

파파팍!

현란하게 사방으로 뻗어나가는 암기들이 꽂혀드는 시선을 하나하나 감겨줬다.

비록, 전면전이 아닌 국지전 속의 점령전이라고는 하나, 그 무대 규모가 워낙 컸던 까닭일까? 몇 걸음 이동하기도 전에 소매가 가벼워지는 걸 느꼈다.

자연히 눈살이 찌푸려질 수밖에 없었다. 그의 전신에는 무수히 많은 암기들이 숨겨져 있었다. 특히, 과거에 비해 비약적으로 힘과 체력이 늘어난 지금, 과하다 싶을 정도로 전신에 두르는 건 당연한 수순이었다.

이는 완전무장을 한 기사들에 버금갈 정도의 무게감을 감당하는 것과 다를 게 없을 정도였는데, 그런 무게감이 빠른 속도로 날아가고 있었다.

검!

한때는 그 찬란하고도 매력적인 무기에 흠뻑 빠져들었던 시절도 있었다. 하지만 스스로의 한계를 깨닫고, 좀 더 현실적인 부분으로 시선을 돌렸다.

암기나 단검술 그리고 박투 같은 것으로써, 부족한 실력일지라도 그 간격을 줄이고 시야를 좁히는 순간, 작게나마 더 많은 기회를 잡을 수 있다는 걸 알기 때문이었다.

특히, 암기의 경우에는 일정거리 이상에서도 공격이 가능한데다, 단검술과 박투술이 더해지면 근거리에서도 훌륭한 공격력을 발휘할 수 있기에, 더더욱 매력적인 무기였다.

등 뒤에 차고 있는 검의 경우에는 암기가 전부 떨어졌을 때를 대비한 것으로써, 사실 그의 상태를 생각한다면 초반부터 뽑아들기는 어려웠다.

이미 소매에 검 하나에 버금가는 무게의 암기들이 숨겨져 있었는데, 거기에서 다시 검을 들라는 건, 마치 레일라의 밧줄을 팔뚝 가득 휘감는 것과 다를 바 없는 행동이었나.

평소, 박투술을 중점으로 체술로써 전투를 이끌어가는 건, 검보다 단검 그보다는 암기를 선호하는 성장과정의 발로였다.

게다가 기사들뿐만 아니라, 용병들 역시도 기본적으로 검을 주무기로 삼는 까닭에, 에던의 근접전은 결정적 순간일수록 회생의 한 수로써 빛을 발하는 경우가 많았다.

감히 자신하건데, 지하격투장과 같은 전문적인 박투술의 달인들과에게도 밀리지 않을 거라 자부했다.

게다가 레일라와 루드말의 지원 덕분에, 이미 그가 지닌 괴력은 일반적인 성인 남성 수준을 벗어난 상황이었다.

오러홀이 없다는 게 거짓처럼 느껴질 괴력을 품게 된 것이다.

'뭐… 그래봤자 겨우 2급이려나.'

잘 쳐준다면 1급 수준까지는 될 거라 여겼다. 하지만 그것만으로도 그는 과거와는 비교를 할 수 없는 영역까지 발돋움을 할 수 있었다.

"끼랴아압!"

날카로운 기합성과 함께 칼날이 파고들었다. 과거였다면 피하는데 전념해야 할 정도로 쾌속한 일격이었으나, 지금은 거기서 한 걸음 더 생각을 내딛는 게 가능했다.

피하는 게 아니라 흘린다. 그리고 뻗어 찌른다.

푸욱!

손끝을 타고 전해지는 감각을 통해, 암기가 생각보다 깊이 박혔다는 게 전해져왔다. 회수는 불가능하다는 결론을 내림과 동시에 손을 놓고 발을 내질렀다.

죽음의 그림자에 뒤덮여가는 사내의 신형이 그 발길질에 뒤로 넘어가는 게 보였다. 그 반동을 타고 훌쩍 뒤로 신형을 던졌다.

서 있던 자리에 검격이 떨어지는 게 보였다.

'칠까?'

잠깐의 고민. 하지만 고개를 저으며 시선을 다른 곳으로 던졌다. 이곳은 전장이었다. 사방에 널린 게 적이었다. 한 명에게 얽매이는 순간, 사신이 등 뒤를 따라오는 장소였다.

검격을 날렸던 상대 역시도 실패에 연연하지 않은 채, 멀어지는 에던이 아닌 가까운 새 목표물을 향해 검을 날리고 있었다.

그렇게 한 명 떠나보내지만 허전해 할 필요는 없다. 이미 새로운 시선이 등 뒤로 쏟아지고 있는 까닭이었다.

한 호흡에 한 명씩, 칼이 튀고 죽음이 구르는 곳.

이곳은 전장이었다.

"죽엇!"

쏟아지는 칼날과 사나운 외침이 어둔 죽음의 그림자를 품고 하늘하늘 떨어져 내리고 있었다.

훌쩍. 간격을 줄이며 그 품 안으로 뛰어들었다. 검격은 궤적을 완성하지 못한 채, 반깅제적인 절제 상태에 빠져들고, 그 사이 빠르게 팔꿈치를 찔러 넣었다.

"꺼허어…억…."

명치에 제대로 찔러 넣은 일격에 숨넘어가는 소리와 함께 동공이 풀리는 게 보였다.

'좋았어!'

눈에 불이 들어왔다. 제대로 각을 잡은 까닭이었다.

박투술의 장점이 바로 여기에 있었다. 분명, 검이라는 병기가 주는 장점은 무수히 많았다.

암기와 달리 조금 날이 상한다고 해도, 충분히 적은 격살할 수 있다던가, 급소를 정확히 찔러 넣지 않아도 그 자체적인 무게감과 일정 체중만 실어줘도, 충분히 치명상을 남기기에 충분하다는 점 등등, 다양한 장점들이 존재했다.

하지만 분명한 단점 역시도 있었다. 특히, 지금과 같은 난전에서 더더욱 빛을 발하는 단점으로써, 검은 그 길이만큼의 간격을 낳는다. 그리고 간격은 그 너비만큼의 시선을 허용하기 마련이었다.

말인 즉, 검의 간격만큼 검격에 노출되기도 쉽다는 의미였다.

허나 근접전을 선호하는 박투술의 경우, 그 거리와 간격이 좁아지는 만큼, 허용하는 시선 역시도 극단적으로 줄어들기 마련이었다.

지금처럼 상대의 품 속 깊숙이 파고드는 경우, 등 뒤를 제외한다면 어지간한 시선은 그를 찾아내지 못하는 것이다.

푸욱!

일순간 짜릿한 통증과 함께 옆구리에 핏물이 튀었다.

'크흡!'

이를 악물며 신음성을 참았다. 기뻐할 틈도 없이 박투의 단점이 드러났다. 주변 시야에서 외면되는 대신, 그 역시도 시야가 제한되며 주변을 살피가 어려워지는 까닭에, 뜻밖의 공격에 노출되는 경우가 제법 있었다.

옆구리의 통증은 그의 일격에 잠시 호흡이 끊긴 적군 병사 너머에서 날아온 것이었다. 날카로운 칼날 하나가 정확히 등판을 꿰뚫고 복부에서 솟아나와 있었다.

섬뜩한 감각에 급히 몸을 틀었기에 옆구리의 부상 정도로 끝난 것이지, 자칫 잘못했다가는 한데 꿰뚫렸을지도 모를 위협적인 일격이었다.

슬쩍 시선을 넘겨 칼의 주인을 살펴보니, 역시나라고 할까? 아군의 복장이었다.

난전에서 자주 발생하는 상황 중 하나였다. 나름대로 적군과 아군을 구별시켜 놓는다고는 하나, 광기와 혼란에 점철되어 있는 전장이니 만큼, 적아의 구분이 어긋나는 경우가 자주 발생하고는 했는데, 이번 역시도 그런 경우였다.

특히, 에던은 적군의 품속에서 주변 시선을 차단하고 있던 만큼, 아군의 칼날에도 노출될 확률이 더욱 높았다.

'썩을!'

일순간 열이 확 오르며 보복을 할까 싶었으나, 어렵게 잡은 기회를 놓쳐서는 안 되기에, 무시하며 이젠 숨이 넘어가 버린 적군 병사와 함께 그대로 무너져 내렸다.

그렇게 하나의 죽음을 덮어쓴 채, 그 역시 시체를 연기했다. 자연스레 그의 시야는 바닥으로 떨어졌고, 난전의 소용돌이는 더 이상 그를 향해 몰아치지 않았다.

'휘유….'

잠시 숨을 고르고, 다시금 전진을 시작했다. 어느새 난전 지역까지 돌입했으니, 목표물은 멀지 않았다.

오싹!

파고들 시체들이 점차 줄어들기 시작할 무렵, 주변 공기가 무겁게 전신을 옭아매는 걸 느꼈다.

'왔다!'

조심스레 시체 너머로 목표물을 찾았다. 난전 속에서 유난스러울 정도로 너른 공간을 허락받은 존재가 보였다.

주변 가득 흩뿌려진 죽음의 잔재들 역시 눈에 들어왔다. 저 공간에 들어서는 순간, 사신의 낫이 번뜩이며 사자의 세계로 인도하리라.

에던은 정확히 그 공간, 사신의 영역을 코앞에 두고 정지해 있었다. 마른침을 꼴깍 삼키며 상대를 살폈다.

이곳, 부락 전면의 사기를 책임지는 존재가 저 사신의 정체였다. 지휘를 하는 자가 아니라, 전면에서 전장의 분위기를 유도하는 존재였다.

사내 주변의 공기와 기세 그리고 휘두르는 검과 태도를 종합하여, 상대가 동류라는 걸 알 수 있었다.

용병!

그것도 특급으로 분류해야 할 정도의 실력자였다. 언뜻 사나운 듯 보이는 검격과 행동을 통해, 전장에 대한 경험치도 가볍지 않다는 걸 짐작하게 해 줬다.

'후우….'

잠시 호흡을 고르면서 사내의 주변을 살폈다. 너부러진 시체들 대부분의 사내가 만들어낸 결과물들일 것이다. 그 상흔들을 통해 그 능력을 세세히 추측했다.

'난놈이네.'

특급 용병 중에서도 상당히 수가 높다는 걸 알 수 있었다. 부락과의 거리를 계산하면 사내의 위치 정도는 짐작가능 했다.

저 뒤의 본진을 지키기 위한 최후방어선이리라.

'어차피 백부장이겠지?'

기사들도 무시할 수 없는 게 특급용병이라고 하나, 그래봤자 결국 용병이었다. 그들이 전장에서 맡는 역할에도 한계가 있는 것이다.

'그나저나… 보통 놈은 아니겠네.'

얼핏 봐도 사내의 연령대는 20대 후반이나 될 법 했다. 저 나이에 저만한 실력이라는 건, 한 단어로 일축할 수 있었다.

'젠장! 재능인가.'

잠시간 사내를 지켜보던 에던이 좀 더 시야를 넓히며 부락 전면을 살폈다. 일정간격을 두고 나름의 영역을 확보하고 있는 또 다른 사내가 보였다.

눈앞의 사내와 마찬가지로 전장의 통제를 위한 백부장급의 특급용병으로 여겨졌다. 아마도 저 같은 실력자들이 일정간격으로 부락의 전면을 방어하며, 난전을 통제하고 있을 것이다.

어찌 보면 사지라고 할 수 있는 위치였건만, 저만한 실력자를 내보내는 걸 아끼지 않는 이유는 간단했다.

용병!

그들은 말 그대로 돈과 계약에 의해 움직이는 '소모품'이기 때문이었다.

'지랄 같은 일이지.'

씁쓸하니 입맛을 다신 에던이 빠르게 전면을 향해 솟구쳐 올랐다. 전면에 있던 20대로 보이던 특급용병이 그를 향해 시선을 던져온 까닭이었다.

더 넓게 주변을 살피고자 고개를 들었을 때, 그의 흔적이 일부 드러난 것이다.

'선수필승!'

드라필만에서 한껏 쌓은 괴력으로 마치 전력질주를 하는 듯한 속도로 튀어 올랐다. 그러며 오른손을 뒤로 돌려 등 뒤로 묶여진 검을 손에 쥐었다.

실로 찰나간의 움직임이었고, 사내는 이에 대한 반응을 하기에 충분한 실력자였다.

"컥!"

그리고 단말마의 비명성과 함께 무너져 내렸다. 검을 쥐는 동작은 왼손과 그 안에 담긴 암기를 감추기 위한 속임수였다.

의도적으로 만들어낸 큰 동작과 한 순간 오른손에 묶인

시선으로 인해, 왼손의 은밀한 외도를 놓친 것이다.

믿을 수 없다는 듯, 무릎을 꿇은 채 자신의 목에 박힌 암기를 손으로 잡으며, 마지막 의식의 끈을 움켜쥐려는 사내의 모습에, 에던이 속삭이듯 중얼거렸다.

"왼손이 하는 일을 오른손이 모르게 하는 건 기본이다. 알았냐?"

푸욱!

박혔던 암기를 더욱 깊이 쑤셔 넣으며 에던이 뒤로 몸을 던졌다. 마지막 순간 눈을 까뒤집으며 사내가 검을 휘두른 까닭이었다.

생의 마지막 일검이라고 해야 할까?

"쯧!"

복부에서 올라오는 짜릿한 통증이 상처가 제법 깊다는 걸 전해왔다.

'실수했네!'

냉정히 상황을 판단하고 자신의 잘못을 인정했다. 사내는 분명 특급 용병으로써 20대에 그 정도 위치에 올랐을 만큼 남다른 재능을 지니고 있었다.

하지만 그와 동시에 그 재능으로 인해 '바닥'을 깊이 경험해보지 못한 존재였다.

주변에 너부러져 있는 시체들을 통해, 그 상흔에 새겨진 검격들을 읽으며, 사내의 검에 역사가 있음을 알았다.

말인 즉,

'몰락귀족인가.'

제법 반반한 사내의 얼굴을 내려다보며 쓰게 웃었다.

'상처가 좀 있긴 하지만, 확실히… 귀티가 나긴 하네.'

흔한 일이었다. 가문의 부활을 꾀하고자 업계에 뛰어들어 돈에 검을 팔며, 그와 동시에 실력과 경험을 쌓는 이들의 이야기는 생각보다 많았다.

사내의 수준으로 추측컨대, 가문의 연공법 역시 멀쩡했을 거라 여겼다. 그렇기에 저 젊은 나이에 특급용병이라 할 만한 수준에 오른 것이리라.

아마도 3급과 2급에 머문 시간은 극히 짧았으리라. 순식간에 1급이 되고 그곳에서 경험을 쌓아 특급용병이라 불리게 되었을 거라 판단했다.

'경험상, 그런 놈들이 잔기술에는 약하지.'

이런 추측아래 검을 잡았고 속임수를 걸었으며, 보기 좋게 먹혀들었다.

집착이라고 해야 할까?

목에 박힌 암기를 잡으며 살고자 발악하던 모습에서, 일순간 방심해버렸다.

'설마, 거기서 공격을 할 줄이야.'

죽음의 문턱에서 복수심 가득 담아 휘두른 일격이었다. 복부에 새겨진 상처에서 느껴지는 이 짜릿한 감각은 익숙했다.

상처도 상처지만, 그 안에 담긴 '독' 같은 통증이 느껴졌다. 그건 마치, 흑마법사들의 저주와 같은 악의적 감정의 파편이었다.

가문의 부흥을 위해, 외로이 싸워 온 그간의 독기 혹은 집념 또는 미련의 잔재이리라.

과거에도 몇 차례 겪어본 경험이 있기에 확신할 수 있었다.

'쯧!'

실수라는 걸 인정하지 않을 수 없었다.

'본진 쪽에 신관이 있었나?'

원한이 묻어나는 검격은 특히 저주의 속성이 강해, 신관의 축복이 없는 한, 그 치유 속도가 느린 경우가 많았다.

한동안 이 지긋지긋한 전장의 막장에서 멀어져, 드라필만이라는 명문 검가에서 예의바른 검사들만 상대한 덕분인지, 감이 조금 무뎌진 모양이었다.

실력 자체는 늘었을지언정, 죽음을 대하는 자세에 일부 빈틈이 생긴 것이다.

'그것도 이젠 끝이다!'

복부에서 느껴지는 짜릿한 통증이 새삼 그의 정체성을 깨닫게 만들어줬고, 이곳이 어딘지도 확실히 인지시켜줬다.

"푸후우우우…."

그는 용병이었고, 이곳은 언제나 그렇듯 숨 막히는 전장이었다.

❖ ✣ ❖

예상 그대로랄까?

레일라는 멀찍이서 에던을 지켜보고 있었다.

물론, 그냥 보고 있는 건 아니었다. 중급 정령사는 되어야 겨우 발만 들이는 게 가능하다는 감각의 일체를 통해, 그 시야를 공유하고 있는 중이었다.

이는 마법으로 펼치는 시야 확장보다 압도적이라 할 정도로 뛰어난 것으로써, 실질적으로는 상급 정령사는 되어야 온전히 이룰 수 있는, 일종의 초월적인 영역에 가까운 능력이었다.

이제 겨우 중급 정령사의 문턱을 넘으려는 그녀가 이 특별한 능력을 사용할 수 있는 건, 정령과 만나게 된 계기가 마법에 있는 까닭이었다.

그녀의 정령술은 어찌 보면 선천적 능력이 아닌, 후천적으로 개발된 능력이라 할 수 있었다.

기존의 마법 체계를 벗어나, 새로운 마법적인 길을 탐구하려던 계획이 영력과 함께 머리를 깨우며, 정령과의 만남을 성사시킨 것이다.

당시, 그 장소가 유난스레 영력이 높은 산속이라는 점도 우연의 한 부분을 담당했다.

남다른 시작점을 겪은 까닭일까? 레일라는 여러모로 마법과 정령의 조합을 연구하고 발전시켜왔는데, 그 중 하나가 바로 지금 이루고 있는 정령의 감각을 공유하는 것이었다.

이를 통해서 보는 시각은 인간의 영역을 아득히 뛰어넘는 무언가가 존재했다.

눈으로 보이는 건 외에도 감각적으로 느끼는 것들 역시도 일부 시각의 영역 속으로 물결치듯 밀려들고는 했는데, 에던 주변에서도 이 같은 감각적 영역의 흐름이 비쳐지고 있었다.

'역시!'

이 흐름을 통해, 그녀는 자신의 추측이 들어맞았다는 걸 알았다.

정령의 눈으로 본 에던 주변은 그 '색' 이 달랐다.

얼핏 회색빛 안개 같은 것들이 그의 주변을 뒤덮고 있었는데, 명문 검가의 여식으로써 살아온 세월 덕분이랄까? 한 눈에 그것이 에던의 '영역' 이라는 걸 알았다.

영역이 어디로부터 온 것인지도 짐작할 수 있었다.

'…각성이겠지.'

눈에 남지 않은 등 뒤의 공격도 마치 본 것처럼 인식하며, 너무도 자연스레 피해내고 반격을 하는 걸 봤다.

또한, 난전 속에서 차단된 시야 너머의 존재에게 암기를 날리는 모습들도 여러 차례 나왔다. 그녀의 추측들에 확신을 더해주는 광경들이었다.

에던 자신은 인지하지 못하고 있는 듯하나, 이미 그는 각성의 능력을 일부 발현시키고 있었다.

'굳이 표현하자면… 반각성? 그 정도려나.'

저 자연스런 반응들로 봤을 때, 이미 오래 전부터 저 상황에 발을 담가왔을 것으로 짐작됐다.

드라필만에서는 1대 1의 대결이다 보니, 에던의 눈이 그 특별함을 발휘하면서 각성으로의 길을 방해했겠으나, 이곳은 전장이었다.

그것도 무려 사방이 적으로 가득한 난전이었다. 눈만으로는 쫓기 어려운 상황들이 무수히 많은 장소였다. 아무리 에던의 눈이 특별할지라도, 난전의 소용돌이를 전부 담는 건 무리였다. 이를 받쳐주는 게 반각성에 의한 '영역' 이었다.

사실, 저 같은 상태를 처음 본 건 아니었다.

드라필만에서도 몇 차례 저 비슷한 흐름을 비친 적이 있었다. 단지, 그녀가 인지하기도 전에 그 흐름이 사라지거나, 대결이 끝을 보는 경우가 많아서, 제대로 확인을 하진 못했었다.

'너무 짧았지.'

하지만 오늘 드디어 전장에서 그가 뿌리는 선명한 각성의 징조를 '정령의 눈' 으로 볼 수 있었다.

'내 생각이 맞았어!'

에던이 온전한 각성을 이루기 위해서는 필히 전장을 통해야 한다는 걸, 지금 이 순간 확신했다.

'그나저나….'

정령의 눈은 에던을 살피기 위한 것이었으나, 워낙 방대한 정령의 감각 때문일까? 전장 전반에 걸친 상황들이 그녀의 눈에 들어왔는데, 그 안에 뜻밖의 풍경이 비쳐졌다.

'빛?'

이곳과 어울리지 않는 빛 무리가 전장 한편에서 비쳐지고 있었다.

'설마, 성력?'

일순, 신관이라는 단어가 떠올랐다. 하지만 이내 고개를 저으며 전장과 맞물려서 새로운 결론을 내렸다.

'…성기사?'

동시에 새로운 의문이 이어졌다.

'그럴 리가?'

부상자들을 치료하기 위한 도움 정도라면 모를까. 성국에서 직접적으로 전장에 관여를 한다?

'말도 안 되지.'

허면, 저 전장에 한편에 피어나는 빛 무리는 무어란 말인가. 정령의 눈을 그쪽으로 집중시키려는데, 문득 빛의 물결이 회색빛 안개가 흩뿌려진 지역으로 향하는 게 보였다.

'에던!'

그에게 위험이 다가들고 있었다.

❈ ✣ ❈

기겁했다. 경악했다. 정말, 소스라치게 놀랐다.

'저… 저년이 왜 여기에?'

에던은 저도 모르게 뒷걸음질을 치다 다급히 시체더미 속으로 몸을 날렸다.

난전의 소용돌이 속을 바쁘게 구르고 기어가며 빠르게 '그녀' 로부터 멀어졌다. 하지만 마치 추적마법이라도 펼치는 듯, 올곧게 그를 향해서 다가들고 있었다.

'미친!'

오래전, 그로 하여금 전신마비에 비견될 정도의 고통을 선사했던 '특급 용병' 이 무섭게 쫓아오는 게 보였다.

'써… 썩을!'

정말, 무서웠다.

그녀는 악몽 그 자체였다.

달려드는 순간 반격을 넣는다. 치고 잡고 꺾고 부러트린다. 말 그대로 찰나라고 할 수 있는 순간에 사지를 봉쇄했었다.

'…각성 상태였으니까.'

무려, 특급용병을 상대로 한 까닭인지, 시작부터 각성에 이르렀고 즉각 이를 활용하며 상대를 제압했다. 분명히 제압이 되었어야 옳았다.

'으으….'

옛 기억을 떠올리니 그도 모르게 몸서리가 쳐지며 오금이 저려왔다. 방광이 살짝 가벼워지려는 기분마저 들었다.

'악마 같은 년!'

다시 생각해도 치가 떨리는 기억이었다.

한 순간 부러졌다 여겼던 팔목이 제자리를 잡고, 부어오르던 볼이 가라앉았으며, 거칠게 뜯어냈던 상흔이 사라지는 걸 봤다. 마치, 초자연적 현상을 본 것 같다고나 할까?

굳이 표현을 하자면 '초' 치유?

그렇게 이름을 붙이는 게 합당하다고 여겨지는 그런 종류의 것으로써, 얼핏 기적의 한 편린을 엿보는 기분마저 들 정도였다.

'좀비가 따로 없었지.'

시작부터 각성상태에 돌입한 덕분에, 특급용병이라 불리는 존재와 그럭저럭 대등한 결투를 벌일 수 있었다. 사실, 내용을 놓고 본다면, 그의 손을 들어줘도 부족하지 않았을 거라 여겼다.

냉정하게 판단했을 때, 당시 그녀의 실력은 겨우 1급을 벗어난 정도였다. 1급까지는 얼마든 감당할 수 있다고 여기던 시절이니 만큼, 더더욱 자신만만한 상태였다.

하지만 결론은 실로 비참했다.

'반년이었나. 끄응….'

그의 괴물 같은 회복력으로도 무려 6개월이란 시간을 회복실에 누워만 보냈던 기억이 지금도 생생하게 남아있었다.

'주머니 사정이 넉넉해서 신관의 치료를 받았더라면 어찌되었을지 모르겠지만.'

그래도 제법 실력이 있는 치료사를 통하고도 반년이었다. 상황이 이러니 그녀의 존재 자체만으로도 몸서리를 치며 꽁무니를 뺄 수밖에 없는 것이다.

분명, 시체 사이를 파헤치며 빠져나가는 그의 도주실력은 평지를 걷는 수준에 육박했다. 그 와중에도 나름 몸을 잘 숨겼기에, 난전 속에서도 그를 향한 칼질은 전혀 없었다. 중간중간 발길질에 차이는 건 신경 쓸 부분이 아니었다.

그렇게 문제없이 이동을 하고 있음에도 불구하고 저리 올곧게 다가오는 건 무어란 말인가.

'미치겠네!'

욕지거리를 토해내고 싶을 정도로 숨 막히는 순간이었다.

❖ ✣ ❖

신이 존재하고 이를 믿고 따르는 사제들이 있으며, 이들이 모여 만든 신의 나라, 즉 '성국'이라 불리는 국가 역시도 존재했다.

그 때문일까?

대개 성력을 깨우친 이들은 자연스레 성국으로 모이기 마련이었다.

평민이라 할지라도 배움에 대한 기회가 제공되는 까닭이었다. 뿐만 아니라 신분 도약의 발판도 마련할 수 있으니, 성력을 품은 이들은 하나같이 성국으로 모이는 게 '보통'이었다.

그녀 역시도 어린 나이에 '빛'을 품게 되었다.

하지만 당연한 수순을 밟지 않았다. 성국으로 향하지 않은 것이다. 그리고 내딛은 장소와 머문 터전이 의외였다.

전장!

그리고 용병!

이유라면 다양하겠으나, 굳이 하나를 꼽으라고 한다면 아주 간단했다.

자유!

당연하게도 성직자에게는 극도의 제한적인 생활규칙이 존재할 수밖에 없었다. 그녀의 성격과는 맞질 않았다.

때문에 냅다 세상에 뛰어들었고, 그렇게 이리저리 들이받다 용병계로 흘러들었으며, 자연스레 전장에 발을 들이게 된 것이다.

생각 이상으로 뛰어난 성력 덕분일까?

밑바닥에서 정점까지 올라가는 건 그리 어렵지 않았다. 물론, 나름대로의 고생이 있긴 했으나, 그 모든 어려움은 결국 성력을 통해 해결되었다.

일단, 그 시작점을 놓고 본다면 여성으로써의 육신은 분명 남성들보다 불리하다 할 수 있었다.

하지만 성력은 이 같은 문제를 해결해줬다.

마치, 오러를 익힌 것 마냥 성력이 전신가득 흐르며 괴력을 내게 만들어줬고, 자체적인 신체 능력도 발전시켜줬다.

별의 영역에 이르러야 도달할 수 있다는 일종의 '바디체인지'를 겪는 것과 같다고나 할까.

육신의 진화였다.

성력이라는 특별한 능력이 아니더라도, 순수하게 육신의 능력만으로도 괴력을 낼 수 있게 된 것이다.

당연하게도 스스로의 실력에 자신만만했다.

폭풍의 마녀라고 불리며, 업계의 기대주로 떠오를 정도로 인정받았다. 물론, 그녀 자신은 항상 '신녀'라고 주장했다.

그렇게 틀린 이야기는 아니었다. 전쟁의 신에게 선택받았으니, 당연하게도 신녀라는 단어가 어색할 이유는 없었다.

단지, 그녀의 조금, 아니 많이 특별한 성격 덕분에 '마녀'라는 단어가 좀 더 어울릴 뿐이었다.

어쨌든 그녀는 업계 내에서도 이처럼 특별한 위치에 있었다.

그리고 이 기세등등하던 시기에 '그'를 만났다.

'젝크 브라운!'

황당했다. 밑바닥을 허우적거리는 일개 3급 용병 따위가 건방지게 그녀와 눈높이를 맞춰오는 것이 아닌가.

'감히!'

그리고 결국 판이 벌어졌다.

특급용병대 3급 용병!

웃기지도 않는 매치였고, 당연하게도 그 결과는 그녀의 승리였다.

하지만!

그 '내용'은 전혀 당연하지 못했다.

가벼운 대결 그리고 여유있는 승리!

이런 모양새가 나와야 했건만, 황당하게도 그녀는 시작부터 일방적으로 두드려 맞았다.

팔이 부러졌고, 손목이 나갔으며, 안면이 박살났다.

압도당했다.

별명까지 붙으며, 그 어린 나이에 업계의 미래라고도 불린 그녀가 아니던가. 상대는 흔하디 흔한 3급 용병이었다. 헌데, 그럼에도 불구하고! 무릎이 꺾였다.

굴욕이었다!

동시에 인상적이기도 했다.

그는 사비가 없었다. 진정 치열하게 결투에 임했다. 그녀를 여인이 아닌 '용병'으로 대하고 있었다.

물론, 다른 이들이 그녀를 용병으로 대하지 않는다는 게 아니었다. 그저 우연찮게 드러나는 몇몇 행동들 속에서 여인을 향한 배려가 일부 담겨있었을 뿐이었다.

굳이 대표할만한 걸 뽑자면, 결투 중에 가슴을 공격하는 걸 주저하는 부분이었다.

하지만 '그'는, 젝크 브라운은 그런 게 없었다.

주저 없이 가슴을 공격했고, 마치 사내를 상대하듯 사타구니도 주저 없이 올려쳤다. 심지어 침도 뱉었다. 그것도 농도가 찐한 놈이었다.

물론, 이건 화를 제대로 돋우던 행동이기도 했다.

'으드드득… 젝크 브라운!'

하필이면 재수 없게도 그 걸쭉한 무언가가 그녀의 입 안으로 파고들어버린 것이다.

'죽여버린다!'

언제나 생생한 분노를 자극하는 기억이었다.

아마도 '그'가 전장에 서는 순간, 이미 그 존재를 느끼고 있었던 것 같다. 그녀의 성력이 자극이라도 받은 듯, 일렁이며 이상 징후를 알려온 까닭이었다.

단지, 그 흐름이 왠지 모르게 흐릿하여 한 번에 그 정체를 알아내지는 못했다. 하지만 오래전, 그와 대결을 벌이던 당시에 지긋지긋하게 느꼈던 흐름인 만큼, 점차 과거의 소름끼치는 기억을 떠올릴 수 있었다.

혼돈과 광기가 어우러진 전장의 어지러운 흐름 때문에; 이를 깨닫고도 그를 찾아내기는 쉽지가 않았다. 하지만 어쩐 일인지, 점차 그와의 거리가 가까워지는 걸 느꼈고, 오래지 않아 그를 발견할 수 있었다.

'찾았다!'

그 즉시 걸음을 옮겼다. 그녀에게 맡겨진 역할이 있긴 했지만, 애초에 개별적으로 움직이는데다가, 향하는 장소 역시도 그녀 역할에서 크게 벗어나지 않는 장소였기에, 주저 없이 걸음을 옮겼다.

'드디어 찾았다!'

오래 전, 비참하다 싶을 정도로 그에게 당했다. 결과는 분명 그녀의 승리였으나 내용은 상처만 남았다.

넘쳐흐르는 성력 덕분에 외부로 그 상처가 남진 않았으나, 내부 깊숙이 그 상흔이 새겨졌다. 이를 하나하나 곱씹고 또 곱씹으며 스스로의 부족함을 깨달았다.

기본기의 부족!

너무도 뛰어난 성력으로 인해 개발 진화된 육신은 그야말로 특별했다. 때문에 별다른 노력 같은 게 필요하지 않았다.

전장에서 싸우는 그녀의 몸놀림을 굳이 비유하자면 야생의 짐승과도 같다고 할 수 있었다.

물론, 적잖게 쌓은 경험 덕분에 나름대로 손짓 발짓에 요령이라 할 만한 것들이 새겨지긴 했다. 하지만 거기에 깊이라고 부를 법한 건 없었다.

그저 요령일 뿐이었다.

때문에 처음으로 배움을 청했고, 가르침을 받았다.

몽크!

지금이야 그 존재감이 희박해졌으나, 한 때는 성기사와 함께 성국의 무력을 담당하던 양대산맥과 같은 존재가 바로 몽크라 불리던 수도사들이었다.

오로지 자신의 육신만을 무기로 삼은 채, 단련을 거듭하여 어지간한 병장기도 맨손으로 으스러트릴 정도로 단련해내며, 한 때는 육체적 진화의 결정판이라고도 불리기도 했던 게 바로 몽크라 불리던 수도사들이었다.

하지만 워낙 폐쇄적인 성격을 지니고 있던 까닭에, 점차적으로 성기사들에게 그 세가 밀리며, 이제는 그 존재감이 희미해져가는 이들이기도 했다.

그들의 단련법 중 일부가 성기사단의 수련과정에 포함되면서, 성국 내부에서나마 그 존재감이 유지되고 있을 뿐, 대륙적인 관점에서는 잊혀져가는 존재들일 뿐이었다.

외면 받고 사라져가는 이들의 이 독특한 공부를 그녀는 전수받았다. 그것도 비전이라 할 정도로 특별한 걸 배움으로써, 스스로의 부족함을 깔끔히 해결한 것이다.

텅 비었던 알맹이를 채우고, 다시금 그에게 도전하려했다.

하지만 이게 웬일?

'감히! 도망을 가?'

그렇게 당했으면서 가만히 있는 게 이상한 일이었다.

"젝-크 브라운!"

마치 성난 야수가 울부짖기라도 하듯, 그의 이름을 부르짖으며 사납게 전장을 가로질렀다.

기다리고 기다리던 복수전이었다.

❖ ✣ ❖

[이번에 좋은 스승을 찾았어!]

[오늘, 드디어 기본과정을 전부 마스터 했지.]

[조금만 기다려. 정식으로 다시 도전할 테니까.]

오랜 과거, 에던이 회복실에서 전신이 넝마가 된 몰골로, 매 하루하루 저승의 사자와의 만남을 고심하던 시절, 겨우 '사자' 대면을 외면했다 싶었을 즈음, 돌연스레 면담을 신청해오던 여인이 있었다.

프레이 에클라우!

일명 '폭풍의 마녀' 라고 불리는 업계의 '꼴통' 이었다.

회복실에 누워, 사신의 방문을 걱정하게 할 정도로 부상을 입힌 장본인이기도 했다.

앞서 언급했듯, 그녀는 수시로 에던을 찾아오며 그날그날의 수련 성과를 늘어놓고는 했는데, 그 와중에 꼭 입버릇처럼 늘어놓던 이야기가 있었다.

[도전할 테니까!]

왜? 어째서? 그녀의 도전을 받는 입장이 돼야 하는지는 모르겠지만, 중요한 건 그녀에게 제대로 찍혔고, 몸이 다 낫는 순간 또 다시 몸져눕거나 관을 짤지도 모른다는 점이었다.

그녀를 굳이 설명하자면, 힘도 좋고 체력도 좋은데다가 몸도 좋다.

'…육감적이지. 꿀꺽!'

당연하게도 신체 능력도 발군이다. 부족한 게 있다면 제대로 된 '배움' 정도였을 것이다. 헌데, 그런 면을 채워서 다시 붙자고 한다. 관 뚜껑을 덮는 미래가 그려지기에 충분했다.

그 때문에 회복이 다 되기도 전에, 성치 못한 몸으로 절뚝거리며 걸음아 나 살려라 하며 도망쳤다. 어쩌면 이때의 경험 때문에 회복기간이 좀 더 길어졌을지도 몰랐다.

"젝-크 브라운!"

사납게 외치는 그녀의 목소리가 들렸다.

오래 전, 그가 사용하던 가명을 입에 담고 있었는데, 아마도 저 이름으로 활동하던 당시가 가장 혈기왕성하던 무렵이었을 것이다.

업계의 상위 포식자인 특급용병에게도 덤빌 용기가 넘쳐났을 정도니, 더 말해 무엇 하겠는가.

하지만 당시의 경험으로 혈기는 급속히 사그라들었고, 착실한 3급 용병으로 전향할 수 있었다.

지금의 도주 과정도 그 기억의 여파였다.

'아오… 미치겠네.'

환장하게도 거리가 자꾸만 좁혀지고 있었다. 그렇다고 일어나서 도망을 치자니 난전의 눈먼 칼에 뒤통수가 위험했다.

그저 열심히 구르고 기어서 도망치는 게 최선이었다.

'읏!'

하지만 결국 한계가 온 것일까? 화들짝 놀란 얼굴로 에던이 신형을 튕기며 일어났다. 그의 진로에 박혀드는 화살 때문이었다.

무언가를 꿰뚫은 것도 아니건만, 핏물이 덕지덕지 묻어 있는 화살에 등골이 오싹해졌다. 그녀, 프레이가 주변에 꽂힌 화살 중 하나를 맨손으로 뽑아 던졌다는 걸 짐작할 수 있었다.

'꿀꺽… 괴물 같은 년!'

분명 맨손으로 던졌을 것이건만 활을 이용한 것 이상의 속도로 날아들어 그의 전방에 꽂혀든 것이다.

바위를 깃털처럼 들었다거나 오우거와 힘겨루기를 했다는 등의 일화까지 있을 정도로, 용병계에서도 유명한 그녀의 괴력이었다. 그녀 자체가 이미 병기였다.

마른침을 삼킬 틈도 없이 난전의 소용돌이가 그를 집어삼켰다.

스릉…

칼을 뽑았다. 암기가 아직 남아있었지만, 프레이로부터 더는 도주하기가 어렵다는 결론을 내린 이상, 최대한 아껴야 했다.

게다가 만에 하나의 사태를 대비해서라도, 적당히 검을 달궈놓을 필요도 있었다.

서걱!

“끄르륵….”

“커억!”

깔끔하게 한칼에 한명씩 거꾸러졌다. 그렇게 순식간에 일곱 명을 한칼에 베어 넘기자, 자연스레 그의 주변으로 작은 공간이 형성되었다.

짧은 순간이었으나, 그가 보여준 능력이 주변을 자극하며 그의 영역을 형성하게 만든 것이다. 물론, 그렇다고 해서 난전의 소용돌이가 그를 피해간다는 의미는 아니었다.

그의 칼질을 본 이들이 거리를 벌리는 동시에, 새로운 이들이 공간을 메우며 달려들었기 때문이었다. 한 자리에 진득하니 서서 주변 가득 죽음의 그림자를 쌓아놓지 않는 한, 온전한 공간과 영역은 형성되기가 어려웠다.

“푸후….”

나직하니 숨을 고른 뒤, 침착하니 새로운 난전의 소용돌이를 걷어냈다. 그렇게 또 한 차례 짧은 공간과 영역을 마련했을 즈음, 폭풍이 몰아쳐왔다.

“젝-크!”

"끄응… 프레이."

각오를 다지며 그녀를 바라봤다. 성난 외침과 함께 해일처럼 밀려드는 권격의 폭풍우가 보였다. 왠지 모르게 가래가 끓었다.

'썩을!'

욕지거리와 함께 훌쩍,

몸을 굴렀다.

생존본능은 착실히 각오를 배반하고 있었다.

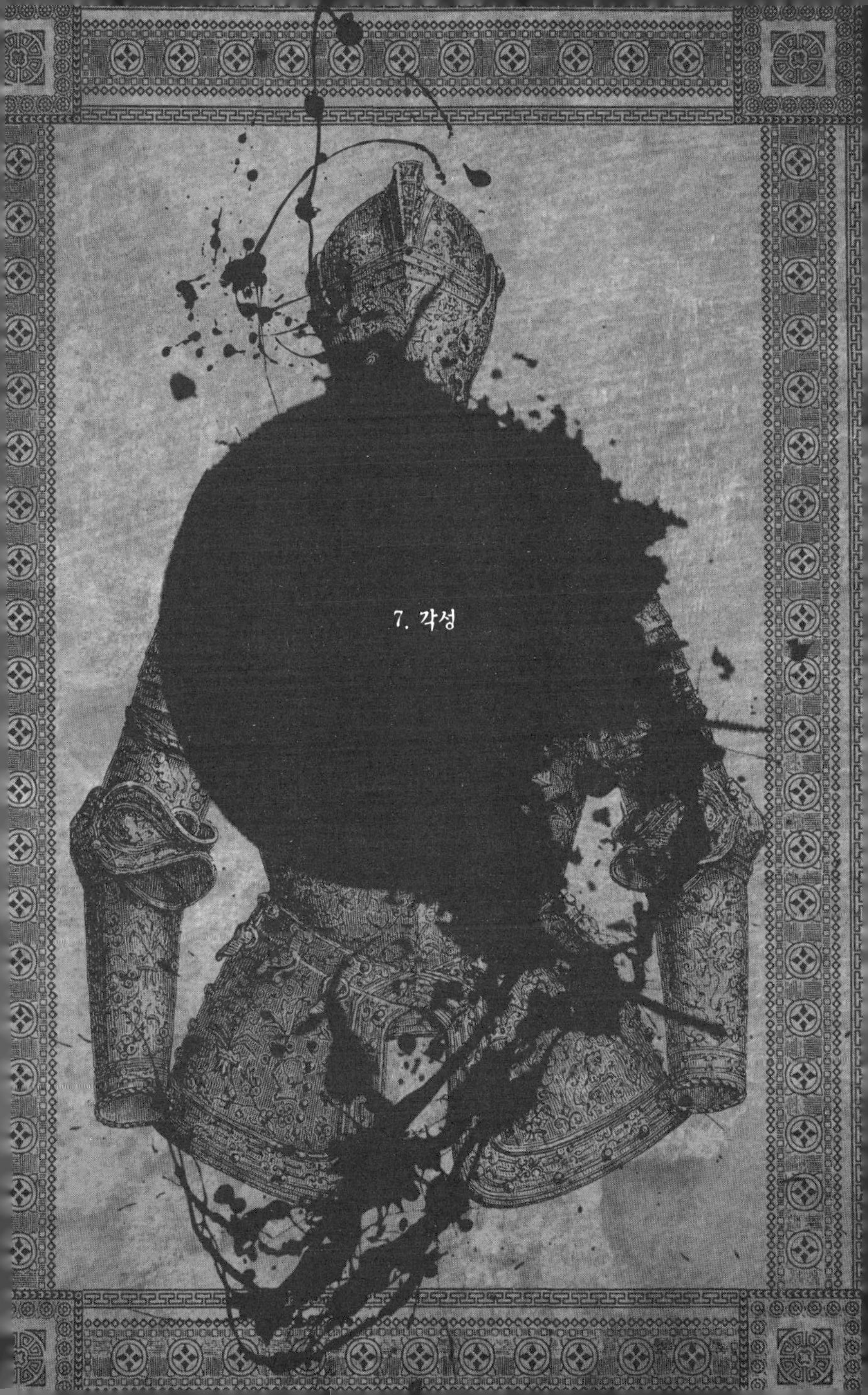

7. 각성

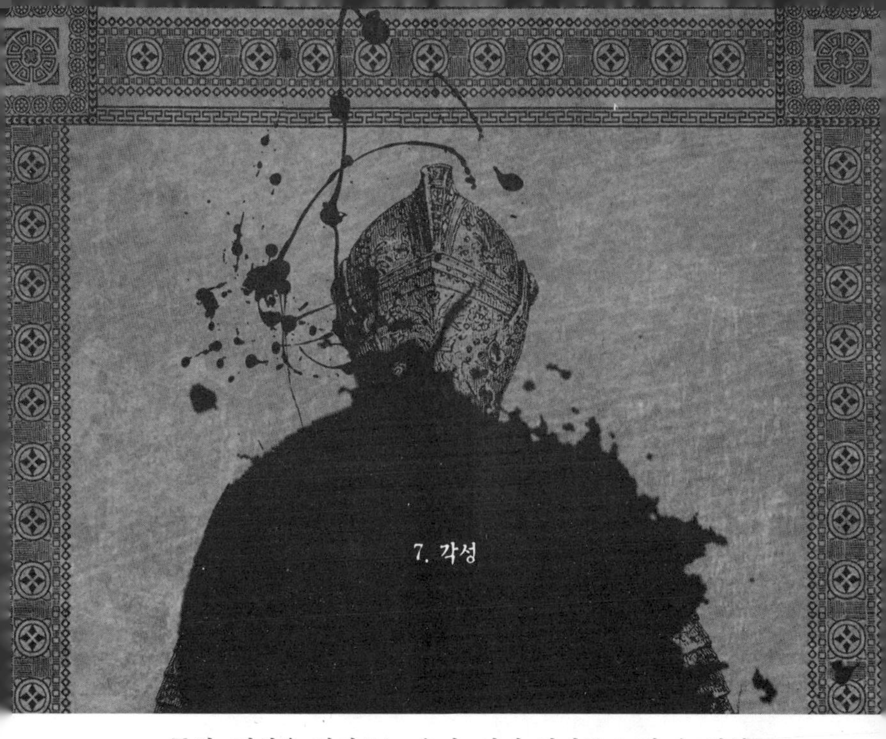

7. 각성

돌연, 멱살을 짚어오는 온기, 아니 열기를 느낄 수 있었다. 에던은 굳이 볼 필요도 없이 프레이의 손이라는 걸 알았다.

"컥!"

피하고자 했으나 결국 잡혀버린 듯, 숨이 턱 막히며 신체가 끌려들어갔다. 그리고 볼 수 있었다.

'프레이!'

원치 않던 만남이 성사되어 버린 것이다.

"잡았다!"

타오르는 두 눈이 멱살을 타고 전해지는 열기 이상으로 뜨겁게 느껴졌다.

"오… 오랜만."

마른침을 삼키며 그렇게 한 마디를 건넸고,, 동시에 화끈한 인사말이 날아들었다.

파앙!

멱살을 잡은 손이 그대로 치고 올라온 것이다. 가까스로 고개를 비틀며 피했으나, 거리가 너무 가까웠던 듯 사나운 파공성이 귓전을 때리며 등골을 오싹하게 만들었다.

'미치겠네!'

더욱 환장할 부분은 그저 가벼운 인사치레용 주먹질이건만, 그가 '각성' 상태에 빠졌다는 점이었다. 말인 즉, 저 가벼운 손짓에 생명이 위협을 느꼈다는 것이다.

'꿀꺽! 진짜… 괴물이 됐구나!'

드라필만에서의 생활뿐만이 아니라, 그간 쌓아온 나름대로의 경험들까지 더해서 생각했을 때, 에던은 분명 과거를 훌쩍 뛰어넘는 실력을 지니고 있었다.

그로 인해서인지 드라필만 내에서도 어지간하면 그를 각성 상태에 빠지게 만드는 기사들은 몇 없었다.

선임기사들 수준은 돼야 그를 위협할 수 있었다. 말이 선임기사지, 다른 영지로 본다면 기사단장을 하기에 충분한 실력자들이었다.

특급용병이라 할지라도 감당하기에 충분한 수준에 이르렀다는 것이다.

발전했다. 실로, 어마어마한 발전이었다.

하지만 프레이는 그보다 더욱 무시무시하게 성장해 있었다. 소름끼친다는 표현으로도 부족할 정도였다.

근거리에서 그저 짧게 치는 가벼운 주먹질이었다. 하지만 그 안에 박투술의 정수가 한껏 담겨있었다. 이 거리에서 저 같은 파괴력을 담는다는 게 그 증거였다.

과거에는 볼 수 없었던 모습이었다.

전이었더라면 그저 힘으로 내밀기만 했을 것이고, 거기에 휩쓸리듯 몸을 빼내기도 쉬웠을 터였다. 하지만 조금 전의 그 짧은 인사치레는 피하기도 버거웠다.

'젠장!'

입술이 바싹 마르는 기분을 느끼며 급히 고개를 흔들었다.

파앙!

또 다시 프레이의 권격이 뻗어온 것이다. 여전히 멱살을 쥐고 있어서 피하기가 여간 까다로웠다. 그래서 냅다 몸을 띄웠다.

숨이 턱 하니 막혔으나, 덕분에 두 발이 너른 공간을 확보했고, 이를 최대한 활용하며 그대로 날아 차기를,

'컥!'

하기도 전에 격하게 몸이 돌아갔다. 마치 기다렸다는 듯이 프레이가 그의 멱살을 비틀며 냅다 바닥으로 내동댕이 치고 있었다.

갑자기 세상이 빙글 돌면서 시야를 어지럽혔으나, 각성

상태에 빠진 그의 감각이 격하게 위험신호를 알려오며 그의 정신을 자극했다.

'으득!'

애초의 의도를 최대한 살려내며 발을 뻗었다.

팟!

넘어가는 와중에 프레이의 머리를 노린 것이다. 자세가 불안정해 정확한 타격이 어려웠던 듯, 가벼운 고갯짓만으로 피하는 게 보였지만, 그 덕분에 빡빡하게 잡힌 멱살에 작은 여유 공간이 생기는 걸 느꼈다.

이를 악 물며 목과 몸을 비틀었다.

콰앙!

동시에 등판을 두드리는 짜릿한 감각에 척추가 바스러지는 것 같은 충격이 밀려들었다. 순간, 정신이 날아가며 일순간 동작 불능이 되면서 전신을 바르르 떨고 있는데, 또다시 각성의 감각이 위험신호를 보내왔다.

'빌어먹을!'

바로 위에서 내려다보는 프레이의 얼굴이 보였다. 번뜩이는 두 눈에서 죽음의 그림자가 일렁거렸다. 일순간 정신이 번쩍 들었고, 그와 동시에 흐릿한 시야 한편으로 떨어져 내리는 권격이 비쳤다.

"후읍!"

정신승리라고나 할까? 전신마비에 걸린 것 같은 육신에 한껏 의지를 북돋으며 몸을 옆으로 굴렀다.

꽈아아앙!

그리고 들려오는 폭음성이 일순간 주변 가득한 난전의 광기를 잠재웠다.

'허….'

자신이 있던 자리를 보던 에던이 입을 떡하니 벌렸다. 프레이의 오른팔이 팔꿈치 어림까지 땅바닥에 박혀 있는 걸 본 까닭이었다.

그 주변 일대가 극심한 충격에 몸살이라도 앓는 듯, 가뭄에 마른 저수지 마냥 실금이 가 쩍쩍 갈라진 형태로 어그러져 있었다.

"꿀꺽…."

에던의 것이 아니었다. 주변 가득한 병사들이 그 광경을 보며 일제히 마른침을 삼키는 소리였다.

자연스레 너른 공간이 형성되며, 하나의 영역이 만들어지기 시작했다.

'와… 이건, 정말… 해도 너무하네.'

몸뚱이도 단단한데다 회복력은 재생이라고 불러야 할 수준이었다. 거기에 저 무시무시한 괴력은 또 무엇인가. 과거를 한참 웃도는 수준이었다.

뿐만 아니었다. 아주 잠시, 멱살을 잡고 나눴던 근거리 접전에서, 그는 프레이의 수준이 만만치가 않다는 걸 깨달았다.

감히 자부하건데, 근접박투에 한해서만큼은 달인이라

불리기에 부족함이 없다 여겼다. 지하 격투장에서 갈고 닦은 실력자들도 기술만으로 압도할 수 있다 자신했다.

헌데, 이 근접박투에서 그가 선수를 뺏기는가 싶더니, 연달아 수 싸움에서도 밀려버렸다.

'망할!'

하얗게 이를 드러내며 웃고 있는 프레이의 모습이 보였다. 그 주변으로 피어나는 흙먼지와 잔뜩 너부러진 시체들이가 실로 살풍경한 모습을 자아내고 있었다.

땅 속을 헤집었던 그녀의 손이 천천히 들리기 시작했다. 상처하나 없이 말끔한 팔뚝이 눈에 들어왔다.

'꿀꺽… 해도 너무하잖아!'

유난스레 미끈한 피부에 군침을 삼키는 제 모습을 떠올리니, 괜스레 짜증이 치솟았다.

❖ ✣ ❖

놀랐다고 해야 할까?

'저 정도의 성력이라니.'

레일라는 에던과 대치하고 있는 여인으로 인해, 특유의 무표정이 크게 흔들리는 걸 느꼈다.

'…대신관급인가.'

한 눈에 봐도 이제 겨우 20대 초반이나 되어 보이는 여인이었다.

'저 나이에?'

더욱 놀라운 건, 느껴지는 성력의 측정 수준을 확실히 구분 짓기가 어렵다는 점이었다.

'마치, 오러처럼… 갈무리하고 있어.'

겉으로 드러나는 것보다 안으로 잠겨있는 빛의 농도가 더욱 짙어보였다. 그나마도 정령의 눈이 있기에 이 정도라도 볼 수 있는 것이라고 여겼다.

순수하게 마법사의 능력만으로는 구분 짓기가 어려웠을 거라 여겼다. 겨우 성력의 존재만 느꼈을 뿐, 그 깊이를 측정하는 건 불가능했을 터였다.

애초부터 대신관급 정도가 되면, 이를 정확히 인지하기가 어렵기도 했다.

'누구지?'

왜 저런 뛰어난 빛의 사도가 전장에 서 있는지부터가 의외였다. 빠르게 정신을 가다듬은 그녀가 찬찬히 생각을 정리했다.

신성력과 더불어 전장을 떠올리니 자연스레 연상되는 그림이 있었다.

'전쟁의 신?'

분명, 그럴싸한 결론이었다. 실제로 성국에서도 전장과 관련된 부분에서는 상당부분 관련되어 있지 않던가.

성기사들 중에서 제법 많은 파벌을 차지하고 있는 것도 전쟁의 신과 관련된 사제들이었다.

하지만 그렇다고 해도 의문을 다 지우기는 어려웠다.

'어째서?'

저런, 대신관급의 사제가 전장에 있단 말인가. 그것도 정령의 눈을 통해서도 확실하지 않다는 건, 그녀가 '최소' 대신관급이라는 뜻이기도 했다.

성국에서 가만히 놓고 볼 이유가 없는 것이다. 하지만 그럼에도 불구하고 여인은 떡하니 전장에 서 있었다. 입고 있는 복장이나 하고 있는 모양새로 봐서는 용병으로 보이기도 했다.

'성국이 미치지 않고서야.'

저런 인재를 내버려두는 이유가 무엇이란 말인가.

이런저런 생각을 하는 사이, 여인이 에던에게 달려드는 게 보였다. 자연스레 완성된 공간 속에서 다시금 전투가 시작되고 있었다.

그리고 또 한 번 놀라야만 했다.

'빨라!'

게다가 강했다. 뿐만 아니라 단단하기까지 했다.

이젠 너무도 익숙한 에던의 장기가 그 소매의 흔들림과 함께 뻗어나가는 걸 봤다.

정확했다.

하나하나가 치명적인 부위를 노리고 정확히 꽂혀들고 있었다.

절대, 피할 수밖에 없는 각도였다.

하지만 이게 웬일?

맨몸에 부딪친 암기들이 무슨 방패라도 두들기듯 튕겨나가는 것이 아닌가.

'괴물!'

그 말이 결코 부족하지 않은 몸뚱이었다. 마법사적인 호기심이 불쑥 솟구쳐 오르는 순간이기도 했다. 에던 역시도 깜짝 놀란 듯 당황하는 모습이 보였다. 하지만 과연 노련한 용병이라고 해야 할까?

빠르게 태세를 변환하며 양 손으로 검을 움켜잡는 게 보였다. 그리고 휘두른다. 검가에서 배운 가르침이 그 안에 온전히 녹아들어 있었다.

이번만큼은 여인의 그 강철 같은 육신으로도 경시할 수 없었던 것일까? 몸을 빼내는 게 보였다.

접전이라면 접전이었다.

'각성인가.'

여인은 그 순수 실력만으로도 가문의 선임기사들에게도 부족하지 않았다. 거기에 성력을 기반으로 둔 능력까지 더해진다면, 에던으로서 감당할 수 있는 수준이 아닐 터였다.

하지만 둘은 전투라 할 만한 광경을 만들어내고 있었다. 첫 격돌의 순간, 에던 주변의 흐름이 한층 진해진 것을 통해서, 그가 각성 상태에 빠졌음을 알았다.

그렇게 상황을 읽어나가던 레일라의 눈가에 한 줄기 이채가 어렸다.

'저건?'

에던에게서 비롯된 흐름이 점차 영역을 넓혀가는 게 보였다. 그를 중심으로 잿빛 공간이 차츰 난전의 소용돌이 속으로 흘러들고 있었다.

전장 가득 퍼져있던 광기와 그 아래 잔뜩 깔려있던 죽음의 그림자가 잿빛 안개에 섞여드는 걸 보았다.

정령의 눈을 통해서도 선명히 파악하기 어려운, 그에게 집중하고 있지 않았더라면 놓쳤을지도 모를, 그런 은밀함이었다.

그렇게 너무도 자연스레 하나가 된 흐름을 보고 있노라니, 어쩌면 저 흐름이 난전으로 퍼지고 있는 게 아니라, 난전 속에 가득한 죽음이 에던의 흐름 속으로 빨려들고 있는 건 아닐까 하는 생각마저 들었다.

착각인 듯 아닌 듯 갈피를 잡을 수 없는 잿빛 흐름의 소용돌이 속에, 한 줄기 빛 무리가 끼어드는 걸 봤다.

성력으로 무장하고 있던 여인이리라. 이미 그 둘의 전투는 눈에 들어오지 않았다.

그저, 에던을 중심으로 한 거대한 흐름의 소용돌이만 시야 가득 채워지고 있을 뿐이었다. 너무도 자극적이며 인상적인 그 흐름으로 인해, 정령의 눈은 인간사의 모습을 더 이상 시야에 비춰주질 않았다.

전율일까?

아니면 두려움일까?

왠지 모를 오싹한 감각과 함께, 레일라는 저도 모르게 전신을 부르르 떨며 이면의 세상에 흠뻑 빠져들었다.

잿빛안개 사이로 어둔 그늘이 지고, 그 위로 한 줄기 빛무리가 물결치듯 유영하는 풍경!

그야말로 장관이었다.

❖ ✣ ❖

앞서와 달리 멱살을 잡힌 것도 아니건만, 절로 숨이 막히고 호흡이 가빠져 올 정도로 가슴이 답답해졌다.

파파파팡!

허공을 치고 가는 권격과 그 힘의 여파로 터져나가는 파공성이 사납게 귓전을 울리면서, 자꾸만 등허리를 오싹하게 만드는데, 아마도 이 사나운 공격들이 압박감의 이유일 거라 여겼다.

'미치겠네. 한 대라도 잘 못 맞았다가는 골로 가겠군.'

한 순간의 실수도 허락하지 않는 전투가 감각을 극도로 끌어올리고 있었다.

에던은 프레이를 향해 암기를 던지며 거리를 벌렸다.

카카카캉!

미칠 것 같은 풍경이 또 한 번 펼쳐졌다. 맨손으로 그

많은 암기를 후려쳐 걷어내는 것이 아닌가. 한 차례 경험을 해 봤기에 놀람은 적었으나, 그래도 뒷골이 뻐근해지는 건 어쩔 수 없었다.

쉽게 막힐 거라고 생각은 했지만, 그럼에도 암기를 던진 건, 잠시라도 숨을 돌린 여유와 작게나마 자세를 바로잡을 공간을 위해서였다.

실로 찰나의 순간이었으나, 한 호흡 더 숨을 골랐고 흐트러진 자세도 바로 잡을 수 있었다. 맘 같아서는 더욱 뒤로 빠지고 싶었지만, 이미 완성된 '그녀의 영역' 은 그를 쉬이 놓아주지 않았다.

뒷목이 서늘한 것이, 한 걸음 더 물러났다가는 난전 속에서 삐져나온 눈먼 칼에 뒤통수가 따끔해질 확률이 높았다.

팡. 파팡. 파파파팡…

생각할 여유까진 허락하지 않겠다는 듯, 순식간에 거리를 좁힌 프레이가 다시금 사납게 권격을 뻗어왔다. 섬뜩한 파공성이 정신없이 터져나가며 에던을 흔들어댔다.

그 쾌속한 몸놀림과 파괴적인 위력으로 인해, 온전히 피하기는 어려웠으나 그럼에도 치명타는 전부 흘려보낼 수 있었다.

그렇게 얼마나 치고받았을까?

'후읍… 후읍… 후… 스읍….'

여전히 호흡은 가쁘고 육신은 갑갑했다. 하지만 이상하게도 고통은 줄어드는 느낌을 받았다.

느낌? 아니다. 실제로 고통이 줄어들고 있었다. 프레이의 공격들을 흘려보내는 간격에 한층 여유가 생겼고, 그로 인해 타격의 잔재여파가 줄어든 것이다.

프레이 역시 이를 알아챈 모양인 듯, 흥분에 물든 얼굴 한편으로 싸늘한 그림자가 내려앉고 있었다.

그렇다고 공격을 거둔 건 아니었다. 더욱 맹렬하게 달려들며 에던을 몰아붙였다. 반격의 실마리조차 주지 않겠다는 태도였는데, 실제로 지금까지 에던이 던진 반격 중에서는 제대로 된 것들은 없었다.

검을 들고 간격을 벌린 채, 공격이 아닌 방어에 중점을 둔, 일종의 시간벌기용 공격들이 전부였다.

근거리에서 이뤄지는 그 특유의 반격은 한 차례도 용납되질 않았는데, 프레이는 이 같은 흐름을 놓치지 않겠다는 듯, 더욱 거세게 맹공을 퍼붓고 있었다.

권격이 밀려오는 게 보였다.

'피할까?'

짧은 고민과 동시에 몸이 앞으로 기울어졌다. 타격을 위한 반격을 하고자 한다면, 그 기본은 후방이 아닌 전방에서 답을 찾는 데에 있었다.

몸을 빼면서 뻗는 공격에 얼마나 힘이 실리겠는가. 중심을 뒤에 둔 채로 주먹을 내질러 봤자, 안마수준의 두드림밖에 더되겠는가.

그렇기에 뒷걸음질을 멈추고 전진했다.

핏!

아슬아슬하게 볼을 스치고 가는 권격이 어찌나 매서웠던지, 칼에 베인 것 마냥 핏물이 터져 나왔다.

진화의 결정판이라고까지 불렸던 몽크의 단련법으로 인한 것일까? 아니면 그녀 본인의 신체적 능력일까?

찰나라고 부르기에도 아깝지 않은 순간, 이미 거리를 좁히고 주먹을 내지르고 있던 것이다. 때문에 실질적으로 에던의 전진은 제자리걸음 수준밖에 되질 못했다.

하지만 그럼에도 불구하고 이전과 다른 게 있다면, 그의 체중이 전방을 향하고 있단 점이었고, 아슬아슬하게나마 반격의 간격으로 들어섰다는 부분이었다.

'가까워.'

주먹을 온전히 내지르기는 어렵다. 이 순간, 앞전의 멱살잡이가 떠올랐다. 제로 거리에서 이뤄지던 극한의 권격.

그 역시 박투에서는 남다른 자부심을 지니고 있었다.

파앙!

정확하게 한 방!

"크읍!"

짜릿한 손맛과 함께 처음으로 터져 나오는 프레이의 신음성이 들려왔다.

어렴풋이 그녀의 동공이 흔들리는 게 보였다. 제대로 들어갔다는 걸 느꼈다. 눈을 번뜩이며 고개를 빙글 돌리자, 그녀의 품 안에 파고든 신형도 함께 세상을 돌았다. 그 회전력을 실어, 주먹을 위로 뻗었다.

물컹!

너무 가까웠던가? 기분 좋은 감각이 정권에 닿았다. 그 부드러움에 신경 쓰지 않고 쳐 올렸다.

빠웅!

프레이는 왼 가슴이 뜯겨나가는 것 같은 통증과 함께, 턱이 돌아가는 걸 느꼈다.

'젝크….'

일순간 동공이 흔들리며 정신이 아득해졌다.

용병일을 하다 보면 감각적으로 치고 빠질 때를 알 수 있다.

'지금!'

빠질 때였다. 에던은 그대로 발길을 돌려 줄행랑을 쳤다. 프레이의 동공이 풀리는 걸 본 까닭이었다.

쿠웅…

아니나 나를까. 난전 속으로 몸을 던지기 전, 무방비한 모습으로 무너져 내리는 프레이가 보였다.

맘 같아서는 확실히 끝장을 내고 싶었지만, 옛 경험으로 그게 불가능하다는 걸 알았다.

'아오! 주먹이야.'

분명히 때린 건 그였고 맞은 건 그녀건만, 이 으스러질 것 같은 통증은 무엇이란 말인가. 욱씬거리는 주먹과 손목을 어루만지면서, 난전을 헤집으며 후방으로 향했다.

각성 상태에 빠진 이상, 굳이 시체더미 사이를 구르고 기어 다닐 이유는 없었다. 마치, 평지를 달리는 것 같은 속도로 빠르게 내달렸다.

아쉬움일까? 미련일까?

그도 모르게 검으로 손이 갔다. 만약 이걸 휘둘렀다면 어땠을까?

'심장이나 목을 노렸다면.'

아직 확인해 본 건 아니었으나, 저 재생의 종족인 트롤을 상대한다는 생각으로 결정타를 먹였다면 어떤 결과가 나왔을까?

일순, 트라우마처럼, 부러트리고 짓이겨도 일어나 달려들던 그녀의 옛 모습이 떠올랐다.

"으음…."

쓸데없는 생각으로 걸음을 늦출 틈은 없었다. 과거의 경험으로 비추어 봤을 때, 그에게 허락 된 시간은 길지 않았다.

콰아앙!

역시나라고 해야 할까?

"젝-크!"

뒤편에서 짜릿한 폭음과 함께 소름끼치는 외침이 들려왔다. 다급히 숨을 고르며 달음박질에 속도를 더했다.

"브라-운!"

결코, 다시는 엮이지 않으리라. 다짐에 다짐을 하며 바삐 걸음을 놀렸다.

❈ ✣ ❈

어느새 끝나버린 빛과 어둠 그리고 잿빛 소용돌이의 향연에 짙은 아쉬움을 느꼈다. 그 때문에 한동안 눈을 감고 시야를 차단한 채, 여운을 한껏 음미했다.

그렇게 잠시 마음을 다스리고 난 뒤, 다시금 눈을 떴을 때, 그녀는 새로운 사실을 하나 깨달을 수 있었다.

'진해졌어.'

정령의 눈을 통해 확인하니, 에던 주변의 흐름이 한층 선명해져 있는 것이 아닌가.

조금 전, 그녀가 봤던 풍경들과 지금이 상황 그리고 나름대로 그간 연구했던 부분들을 조합하면서, 하나의 결론을 내렸다.

'붙여야겠군.'

앞서, 에던과 마주했던 그 여인이 뭔가 자극제가 되었으리라. 이를 확실히 하기 위해서는 좀 전과 같은 상황을 적극 권장해야 할 것 같았다.

'마르센인가.'

여인이 속한 진영을 떠올리는 레일라의 두 눈에 선명한 불길이 타오르고 있었다.

❈ ✣ ❈

제안 그리고,

"꺼져!"

반발!

에던은 레일라의 이야기에 격한 한마디로 그 감정을 토해냈다.

몸짓도 아끼지 않았다.

가운데 손가락을 뽑아드는 행위로써, 저 멀리 라만 대륙에서는 달콤한 무언가를 표현한 욕지거리라고 하는데, 일설에는 남자들의 사타구니 사이의 '그것'을 표현한 욕지거리로도 불린다고 하여, 여러 의미로써 모욕적인 행동이라 할 수 있었다.

짧고 굵은 언어와 태도로 그 감정을 온전히 받아들인 레일라가 고개를 끄덕이며 말했다.

"욕구불만인가?"

그 뜬금없는 물음에 되려 에던의 얼굴이 붉어져버렸다. 역으로 한 방 먹었다는 걸 깨달은 에던이 인상을 와락 구겼다. 그 모습에 한 쪽 입 꼬리를 희미하게 올리던 레일라가 재차 입을 열었다.

"너도 알고 있잖아?"

에던이 정확한 의미를 묻는 얼굴로 바라봤다.

"그 여인을 만나고, 뭔가 변한 게 있지 않아?"

그녀의 이야기에 에던이 짧게 혀를 찼다.

각성!

어찌된 일인지 모르겠으나, 그 희미한 잔향이 남아있었다. 예지에 가깝다고는 하나, 생명이 경각에 달할 정도로 위험한 전투 중에만 발현되었기에 정확히 정의를 내리기가 어려웠다.

그저, '생사의 경계'를 보고 느끼는 것일 뿐이다.

죽음에 이를 궤적을 보여주고, 삶으로 향하는 길로 인도하는 것이다.

예지와 비슷하면서도 달랐다.

그 때문에 확신하기는 어려웠으나, 그래도 왠지 자신이 각성해 있다는 느낌을 받았다.

각성해 있을 때, 전신 감각에 날이 서기라도 하듯 예민해진다거나, 머리가 깨어나는 등의 느낌이 그 중 하나였다.

만약, 지금 이 자리에 그를 위협하는 존재가 있다면, 즉각 반응할 수 있을 정도로 감각이 깨어있었다.

이 느낌을 어찌 설명해야 할까?

오싹!

레일라는 왠지 모를 섬뜩한 느낌에 몸서리를 쳤다. 그러다 이 갑작스런 오한의 끝에 에던의 시선이 있다는 걸 알았다.

마른침을 삼킨 그녀가 에던을 바라보며 물었다.

"무슨 생각을 하고 있지?"

이에 한 차례 뒷머리를 긁적인 에던이 쓰게 웃으며 입을 열었다.

"삶과 죽음?"

뜻 모를 황당한 답변이었다. 하지만 레일라는 놀랍게도 그 안에서 의미를 읽어냈다.

"나를 죽일 생각이었군."

에던이 시선을 피했다. 그녀의 말 그대로였기 때문이다. 실제로 죽일 생각까지 하지는 않았다. 그저, 왠지 모르게 그녀의 생사에 관해 고민했을 뿐이었다.

마법과 정령술로 어떤 조화를 부리건, 그 모든 걸 파헤치고 죽음을 부여할 수 있을 것 같다는 생각이 든 것이다.

생사의 경계와 각성이란, 그의 목숨을 위협하는 상황만 의미하는 게 아니었다. 상대의 삶과 죽음으로 향하는 입구를 가리키는 것이기도 했다.

이 같은 흐름은 각성에 빠졌을 때, 간혹 느끼고는 하던 감각이었다.

단지,

그 감각 끝자락에 한 줌 불안감이 끈적하니 묻어있었다. 그리고 이것이 각성이 온전하지 않다고 여기는 이유이기도 했다.

어찌 되었건, 전장을 벗어난 지금도 여전히 각성상태가 일부 유지되고 있다는 건 중요했다. 평소에도 생사의 경계를 볼 수 있다는 뜻이기 때문이다.

'정말…일까?'

레일라가 이야기한 것처럼, 이 갑작스런 변화가 프레이와의 전투로 인한 것일까?

거기까지 생각하던 에던이 그제야 생각났다는 듯, 레일라를 바라보며 물었다.

"그런데 성력이라는 게 무슨 소리야?"

앞서, 레일라의 설명을 듣던 중, 프레이가 강대한 성력을 품고 있다는 이야기가 나왔었다.

'신관이라고?'

전장을 구르는 그녀의 행동으로 봤을 때, 성기사라고 하는 게 더 어울렸다. 게다가 오늘 겨뤄봤던 그 박투술까지 생각한다면, 성기사에서 또 한번 방향을 틀어야만 했다.

문득, 떠오르는 기억이 있었다.

[이번에 좋은 스승을 찾았어!]

[기대하라고. 네가 자랑하는 기술로 박살내 줄 테니까.]

[오늘, 진정한 손맛을 알았다!]

등등의 내용들이 머릿속으로 지나갔다. 하나같이 프레이가 했던 이야기였다. 그리고 이 모든 단어들을 조합하자 하나의 결론으로 이어졌다.

'몽크?'

어쩌면 그녀가 찾았다는 '좋은 스승'이 몽크가 아니었을까? 하는 확신에 가까운 의문이 들었다.

사제!

아무래도 이 부분에서 한 번 걸렸다.

"설마… 성국이 전쟁에 참여한 건가?"

그럴 리야 없겠으나 그래도 확인 차 물었다. 상황이 어찌 되었건 레일라는 드라필만의 혈족이었고, 당연하게도 그녀 나름의 정보력이 있다고 믿었다.

"아마도 그건 아닐 거야. 성국이 전쟁에 참여하는 경우는 '성전' 이라는 그들 나름의 명목이 필요하니까."

물론, 성전 외에도 전쟁에 참여하기는 했다. 신관들을 보내서 부상자들을 치료하는 경우였는데, 이는 직접참여가 아닌, 그저 간접적인 도움 정도로만 여겨질 뿐이었다.

에던의 미간에 주름이 잡혔다. 전장의 중심에 서 있던 프레이의 행동은 간접이 아닌 직접 참여였기 때문이다.

이런 그의 의문은 레일라 역시 느끼고 있던 부분이었다.

"정확하진 않지만, 그녀에 대해서 성국이 모르고 있는 건 아닐까 싶다."

"모른다고?"

"그래. 분명히 성력을 느끼기는 했지만, 성국의 신관들도 어지간해서는 그녀의 기운을 눈치 챌 수 없을 거야."

대신관 정도가 아니라면 그녀의 성력을 파악하기 어려울 거라 여겼다.

"나도 정령의 감각이 아니었다면 알아채지 못했을 정도니까."

굳이 정령술이 아니더라도 그녀 본인이 이미 5서클의 마법사였다. 그런 그녀의 순수한 능력만으로는 인지하지 못했다고 이야기하는 것이다.

"어디까지나 추측이지만, 그녀가 자신을 감추려고 한다면, 성국의 대신관도 쉬이 알아채기는 어려울 거야."

고개를 끄덕이던 에던이 생각에 빠져들었다.

'대신관이라….'

문득, 프레이와의 '옛' 대결이 떠올랐다. 당시에 보여줬던 그녀의 어마어마한 재생 수준의 회복력까지 생각이 이어졌다.

'감추려 하면 그들도 알 수 없단 말이지.'

생각해보면 그녀 수준의 회복력을 지닌 존재가 굳이 신관을 만날 필요가 있을까? 용병들이 신관을 찾는 이유라면, 대개 치료사들도 감당할 수 없는 부상을 치유하고자 하는 경우가 대부분이었다.

하지만 프레이는 치명적이라 할 상처도 단번에 치료할 정도의 회복력을 지니고 있었다.

말인 즉, 그녀 스스로가 신관의 역할도 할 수 있다는 것이다.

자체 치유만 되는지에 대한 부분까지는 알 수 없지만, 어쨌든 중요한 건 그녀가 신관을 찾을 이유가 없다는 점이었다.

당연하게도 성국과의 접점도 줄어들 것이고, 대신관을 만날 상황은 더더욱 없을 터였다.

'확실히….'

그저 추측일 뿐이라고 했으나, 레일라의 이야기가 제법 그럴싸하게 들리는 순간이었다.

하지만 그 즈음에서 오늘 벌어졌던 전투가 떠올랐다.

'만약, 몽크에게 배운 거라면.'

성국과의 접점이 정말 없을까? 이러한 생각들을 슬쩍 레일라에게 비췄다.

"말했다시피 그저 가정이니까."

레일라의 대답은 아주 간단했다.

"하지만… 나는 몽크의 기술을 알더라도, 성국과의 접점이 없을 거라고 생각해."

"이유는?"

"우선, 그녀가 폭풍의 마녀라는 점이지."

본격적인 대화가 시작되기 전, 이미 에던에게서 그녀의 정체를 전해들은 터였다.

그녀 역시도 여인이기 때문일까?

용병계에서 홀로 당당히 제 이름을 떨치고 있는 폭풍의 마녀에 대한 소문은 제법 주워들은 게 있었다.

게다가 워낙 유명하다 보니, 이래저래 들리는 것들이 있기도 했다.

"내가 알리고 폭풍의 마녀는 열셋이라는 어린 나이에 전장에 뛰어들었다고 들었어."

"…그렇지."

과거, 에던이 프레이에게 작게나마 신경을 썼던 부분 중 하나였다.

열 셋!

그가 본격적으로 전장에 뛰어들었던 나이도 그 즈음이지 않던가. 업계에서도 보기 드문 연령대였고, 그렇게 뛰어든 이들 중 20대를 넘기는 이들은 더더욱 구경하기가 어려웠다.

폭풍의 마녀라는 명성 이전에 그 시작점에서 호기심을 가지게 된 것이다.

'결과적으로는 뼈아픈 경험을 하게 되었지만…쯧!'

짧게 혀를 차는 에던을 향해 레일라의 이야기가 이어졌다.

"그 어린 아이를 전장에 내몬다는 건, 성국의 가치관과 맞지 않아."

"가치관?"

"성국이라는 건, 기본적으로 '종교'에 뿌리를 두고 있지. 지금이야 듣기 어려운 이야기일지 모르겠지만, 과거 성전이 발발했던 시절에는 어렵지 않게 나왔던 이야기가 있지. 광신도라고."

"으음…."

레일라의 이야기와 달리, 지금도 간간히 들을 수 있는 단어였기에 몸서리를 쳤다. 과거, 에던도 몇 차례 봤고, 또 경험까지 했기에 몸이 먼저 반응을 한 것이다.

동시에 떠오르는 것도 있었다. 비록 그가 배운 건 없다지만, 오랜 세월 업계를 떠돌며 이래저래 얻어듣고 주워들은 이야기들이 많았기 때문이었다.

"가치관인가."

나직한 에던의 중얼거림에 레일라가 고개를 끄덕였다.

"성국에서는 성인식을 치르기 전에는 어린 사제들에게 외부활동을 금지시키지. 사상이나 가치관을 교육시키는 건, 아이들만큼 좋은 대상이 없으니까."

어린 나이에 성국의 교리가 중심이 될 수 있도록 교육을 시키는 것이다.

대륙에는 다양한 왕국들이 존재했고, 성인식의 연령대 역시 다양했는데, 성국의 경우에는 열다섯을 기준으로 두고 있었다.

하지만 프레이가 용병계에 뛰어든 건, 겨우 열셋이라는 어린 나이였다.

어떤 왕국에서도 그 시기를 성인으로 여기지는 않았다. 당연하게도 성국의 사상교육을 생각한다면, 외부활동 시기에서 크게 벗어나있는 연령대였다.

레일라의 설명이 이어졌다.

"게다가 폭풍의 마녀가 정말 몽크의 교육을 받았다면, 더욱더 성국과는 관련이 적을 거야."

불현 듯 떠오르는 게 있던지, 에던이 눈을 빛내며 입을 열었다.

"알력다툼인가."

나직한 그의 한마디에 레일라가 고개를 끄덕였다.

"원래, 성국의 무력이란 성기사들과 몽크가 분담하고 있었지."

하지만 지금은 오로지 성기사들이 그 역할을 전담하며, 성국을 보호하고 있었다.

"몽크의 고련이 워낙 힘들다보니, 그 세가 줄어드는 것도 있었지만, 그들 자체적인 폐쇄적 성격도 컸지."

당연하게도 성기사들의 밀어내기를 당해내기가 어려웠을 것이다.

같은 신을 믿는 이들도 파벌을 나누며 알력다툼을 하는 상황에, 그 세가 다른 이들끼리 밀어내는 건 이상한 일이 아니었다.

"문제는 성국 중앙에서 이 부분에 대한 중재를 하지 않았다는 거지."

적당한 선에서 다툼을 말렸어야 하건만, 그들은 그저 방관만 할 뿐이었다.

워낙에 고된 수련 때문인지, 성격이 그 육신처럼 딱딱하게 굳어져버리는 경우가 많았다. 이러한 부분은 마치 전통처럼 몽크들에게 이어졌고, 알게 모르게 편찮은 공기를 형성하게 만들고는 했다. 자연히 그들보다는 대화가 통하고 다루기도 편한 성기사들 측의 손을 들어주게 되는 것이다.

"폐쇄적인 성격에 고집도 만만치 않은 몽크들을 관리하기가 어렵다 여긴 성국의 중앙에서 의도적으로 그들을 밖으로 내몬 거지."

그 때문일까?

"어느 시점부터 몽크들은 성국을 향해서는 볼일도 안 본다고 할 정도로, 그들 사이의 관계는 좋질 못하다고 해."

말인 즉, 프레이가 몽크의 계보를 이어받았다면, 더더욱 성국과의 관계가 데면데면 할 것이라는 점이었다.

"그러니까. 성국 걱정할 것 없이 맘껏 부딪치고 와."

뜨끔했다고나 할까?

'끄응….'

은연중에 그들과의 마찰에 대해 꺼려하는 마음이 있었는데, 이를 읽혀버렸으니 어찌 민망하지 않겠는가.

왜? 굳이, 폭풍의 마녀 프레이여야만 하는 걸까?

"그녀의 성력 때문이지."

앞서 언급했던 이야기에 에던이 눈살을 찌푸렸다. 성력이 문제라면 신관을 찾아가면 되는 것이 아닌가. 왜 굳이 프레이와 부딪쳐야 한단 말인가.

이런 그의 의문을 읽기라도 한 듯, 레일라가 즉각 이야기를 이었다.

"그저 성력이 문제였다면, 가문에 있을 때, 이미 변화를 보이는 게 맞겠지."

생각해보면 드라필만의 전장에서 에던은 밥 먹듯 회복실을 들락거렸고, 신관과 마주했으며, 성력을 받아들였다.

하지만 지금과 같은 상황까지 이른 적은 한 번도 없었다. 애초에 변화의 징조 자체도 없었다.

"그게 프레이가 특별한 이유다?"

에던의 물음에 레일라가 고개를 끄덕였다. 그러며 정령의 눈으로 보았던 그 황홀하고도 아득한 광경을 찬찬히 설명했다.

"으음…."

뜻밖의 이야기에 에던이 신음성과 함께 눈살을 찌푸렸다. 자꾸만 프레이와 다시 마주하는 흐름으로 이어지고 있는 까닭이었다.

무엇보다도 문제는 그 역시 은연중에 이를 납득하고 있다는 점이었다.

"그녀는 특별해."

고민하는 그의 귓전으로 레일라가 이야기가 파고들었다.

"대신관에 버금가는 성력도 있지만, 그녀 스스로가 노련한 전사라는 것도 특별하지."

특급용병으로 불릴 정도니 그 실력은 이미 증명된 것과 같았다. 전장에서 에던을 위협할 수 있으니 더더욱 그녀에게 관심이 가는 것이다.

"오늘 본 광경 때문인지 모르겠지만…갑자기 이런 생각이 들더라."

또 무슨 이야기를 하려는 걸까? 에던이 이젠 피곤한 얼굴이 되어 그녀를 바라보는데, 이런 태도에 상관없이 이야기는 이어졌다.

“각성이란 걸 하게 되면, 죽음을 본다고 했지?”

생사의 경계를 넘나들며 자연스레 그 경계점을 보게 되었다. 이러한 부분이 오늘 본 광경과 맞물리며 하나의 의문을 제기했다.

‘죽음을 본다?’

-그 이전에, 삶을 알아야 하는 게 아닐까?

프레이의 성력이 에던의 흐름 속에서 어울리던 풍경이 연신 머릿속을 맴돌며, 생각을 흐름을 거기까지 닿게 만들었다.

그간, 전장이라는 무대가 죽음을 마련해왔다면, 오늘 마주했던 프레이의 성력이 생의 역할을 하며, 에던을 자극해준 것이 아닐까?

하지만, 왜? 다른 신관들도 많은데, 굳이 프레이여야 한단 말인가?

“이제부터 그걸 확실히 알아봐야지.”

그러며 에던에게 시선을 건네 오는데, 그 안에 담긴 의미가 에던을 인상짓게 만들었다.

결국, 그가 몸을 겪어서 확인하는 방법밖에 없기 때문이었다.

“최선을 다해서 도와줄게.”

말인 즉, 검가의 힘을 발휘해서라도 그를 마르센 왕국과의 대치 진영 측으로 배치해주겠다는 의미였다.

"썩을…."

거뭇한 그늘이 에던의 얼굴위로 내려앉았다.

시들어버린 얼굴로 추욱 처진 에던의 모습에, 레일라는 다시금 눈을 감고 오늘의 그 풍경을 되뇌었다.

어째서 프레이가 특별한 걸까?

'대신관에 버금가는 성력 때문에?'

혹은, 전장이라는 특수한 상황과 맞물려서?

'그것도 아니라면….'

또 다른 특별한 이유가 있는 것일까?

'폭풍의 마녀.'

그야말로 마법사의 호기심을 한껏 자극하는 소재였다. 당연하게도 그 중심에는 에던이 있었다.

'훗….'

거뭇하니 썩어 들어가는 에던의 분위기가 왠지 우습게 여겨진 까닭일까? 입가에 한 줄기 미소가 걸렸다.

마침 이 모습을 본 듯, 에던이 와락 구겨진 얼굴로 입술만 불퉁 내민 채 한마디를 던져왔다.

"재밌냐?"

이에 레일라가 불쑥 에던을 향해 다가갔다. 이 갑작스런 행동에 깜짝 놀란 에던이 주춤주춤 뒷걸음질을 쳤지만, 접근하는 속도가 더 빨랐던지 금세 덜미를 잡혀버렸다.

"왜… 왜이래?"

"이제부터 재미 좀 보려고 그러지."

"꿀꺽…."

저도 모르게 마른침을 삼킨 에던이 주변을 살폈다. 어둑한 풍경 너머로 흐릿하니 비치는 나무들이 보였다.

그들이 서 있는 장소는 숲이었다. 밀담을 위해 은밀히 찾은 장소이기도 했다.

말인 즉,

"바… 밖이야."

"알아."

그러더니 대뜸 입술을 덮쳐오는 것이 아닌가. 숨 막히는 열기와 함께 달려드는 향기가 아득하니 정신을 흔들어 놨다.

아찔한 흐름 속 흐트러진 숨소리 너머로, 레일라가 입맛을 다시면서 야릇한 눈빛을 던져온다.

"참지 마."

그리고 흘러드는 한마디에 짐승이 깨어났다.

"어흥!"

별빛이 뜨거운 밤이었다.

❖ ✣ ❖

어둠이 물러가고 새아침이 밝았을 때, 진영은 다시금 전쟁을 위한 준비를 서둘렀다.

마르센 왕국이 점령하고 있는 부락을 빼앗기 위한 재도전을 하기 위함이었다. 아직 전면전이 시작되기 전이니 만큼, 주요 거점을 차지하는 전투는 여러모로 많은 의미를 지닐 수밖에 없었다.

특히, 이를 통해서 기선제압을 할 수도 있기에, 더더욱 점령전의 양상이 치열해지는 것이다.

지난 전투의 열기가 아직 가시지 않은 상황이기에, 공기가 달궈지는 건 금방이었다.

레일라는 이른 새벽부터 시작되었던 그 분위기가 정점에 달하는 걸 지켜보며 가만히 눈을 감았다.

주변의 열기 때문일까?

지난밤의 짜릿한 만남이 떠올랐다. 시린 겨울바람도 파고들지 못할 정도로 뜨거운 밤이었다.

에던에게는 갑작스럽던 순간이었겠으나, 그녀에게는 그렇지가 않았다. 따로 확인할 것이 있었고, 이를 위해서 그를 불러낸 것이다.

그 아릇한 순간들을 떠올리던 레일라가 손을 들어 가볍게 펼쳤다.

웅…웅…웅…

일순 그녀의 오른손 위로 두 개의 흐름이 일렁거렸다.

하나는 빛을 품은 듯 하얗고, 다른 하나는 어둠을 칠한 듯 검었다. 하지만 왠지 모를 미약한 울림을 비치고 있어, 괜스레 손끝이 떨리게 만들었다.

잠시 후, 그녀와 계약했던 정령들이 모습을 드러내더니 꺄르르 웃으며 빛과 어둠의 주변을 빙글빙글 맴돌기 시작했다.

그 모습에 레일라의 입가에 희미하니 미소가 비쳤다. 문득, 시린 겨울의 칼바람이 밀려드는 걸 느꼈다.

급히 왼손으로 그 위를 덮었고 다시금 펼쳤을 때, 거기에는 더 이상 아무것도 존재하지 않았다. 정령들도 어느새 모습을 감춘 뒤였다.

작게 고개를 끄덕이던 그녀가 나직하니 입을 열었다.

"변했어."

지난밤을 지새우고 확신할 수 있었다.

"폭풍의 마녀."

에던에게는 그녀가 필요했다.

◈ ✣ ◈

과연, 흐릿하게나마 깨어있는 까닭일까?

서걱!

에던은 너무도 허무하다 싶을 정도로 그의 손끝에서 생의 열기가 사그라지는 걸 느꼈다.

'각성이라.'

이미 상당한 경험을 한 능력이었다. 하지만 언제나 목숨의 위기시에만 내비칠 수 있었던 까닭일까?

'왠지… 어색하네.'

다시금 시작된 마르센 왕국의 부락 탈취를 위한 전투에서, 그는 주변 가득 몰려드는 적군을 바라보면서도 태연히 검을 들고 있었다.

시체더미 속으로 몸을 던지던 이전과는 다른 양상이었다.

"죽어-!"

전방으로 거칠고 사나운 괴성을 내지르며 달려드는 거구의 사내의 모습이 보였다. 하지만 그는 전방의 거구 사내가 아닌 등 뒤를 향해 검을 휘둘렀다.

카앙!

등 뒤로 파고들던 암습이 고스란히 튕겨나갔다. 각성이 비쳐오는 죽음의 향기가 더 짙었던 방향으로 몸을 돌렸고, 그게 맞아떨어진 상황이었다.

그리고 죽음이 보여주는 '선'을 유심히 바라보며, 거구 사내의 검격을 그곳으로 유도했다.

푸욱!

"컥!"

암습을 가했던 사내의 비명성이 들려왔다. 난전 사이로 숨어있던 그의 얼굴이 드러나며 경악에 찬 눈빛이 비쳤다. 어떻게 알았냐는 그 표정에 에던이 어깨를 으쓱이며 거구 사내의 목을 쳤다.

서걱!

'보이거든.'

비록 온전히 깨어있는 건 아닐지라도, 각성은 각성이었다.

굳이 검을 들지 않아도 충분했다. 가벼운 손짓에 혹은 발짓 때로는 몸짓으로 죽음은 퍼져 나왔고, 그가 지나는 길은 온기 잃은 망자들만이 그득할 뿐이었다.

'쉬워….'

불완전한 각성일지언정, 그의 눈이 지니고 있던 특별함이 그 부족함을 메워주며, 수많은 '궤적' 들 속에서 죽음에 이르는 최단의 길을 선사해 준 까닭이었다.

대개의 용병들은 그 시작점을 초급 혹은 하급 수준의 기초적인 연공법과 체술 및 검술 등으로 단련을 하는데, 2급 혹은 1급 그 이상을 노리는 이들도 여기에서 크게 벗어나지는 않는다.

중간에 운이 좀 트이거나, 한탕 크게 벌거나 꾸준히 모아서 급수가 높은 연공법을 익히며, 그들 나름대로 발전을 꾀하는 것이지, 최초는 바닥부터 시작하는 게 기본이었다.

말인 즉, 그들의 뿌리는 가장 기초적인 공사로 적잖게 다져져 있단 뜻이었고, 이는 알게 모르게 습관이 되어 검 끝에 매달려 드러나는 경우가 많았다.

에던은 그 바닥의 공부를 가장 넓게 헤아렸다고 할 수 있었다. 비록 그 깊이가 얕다고는 하나, 그래도 너비로는 감히 상대할 이가 없다 자부할 정도였다.

그런 공부들이 쌓이고 쌓여 만들어진 정보가 눈을 통해 극대화 되는데, 전장에 서 있는 이들 대부분은 이런 그의 눈에서 크게 벗어나는 경우가 없었다.

당연하게도 각성에 이른 능력은 이를 더욱 '진화' 시켰고, 말 그대로 그의 손짓 발짓 하나하나가 사신의 행적이 되어 전장을 좀먹어가기 시작했다.

"푸후우우…."

크게 힘을 쓴 것은 아니었다. 하지만 한숨이 길게 새나오는 건 육체적인 부분이 아닌 정신적인 면에서 한숨 돌릴 여유를 원한 까닭이었다.

슬쩍 주변을 돌아봤다. 사방 가득 널려있는 망자의 잔재들이 보였다.

'하… 허무할 정도네.'

오랜 시간 전장을 헤쳐 왔다고는 하나, 한순간에 이리 많은 죽음을 뿌려본 적은 없었다. 그 때문에 잠시간의 정신적 휴식이 필요했다.

난전의 소용돌이가 휘몰아치는 장소건만, 숨을 고르며 여유를 즐기는데 불편함이 없었다. 마치 그가 서 있는 자리가 폭풍의 눈이라도 되는 양, 감히 접근하려는 이가 없던 까닭이었다.

주변 가득 너부러진 시체가 마치 결계처럼 그를 난전에서 배제하고 있었다.

간혹, 길을 잘 못 들기라도 한 듯, 곁으로 뛰어드는 이들이 있었으나 그저 가벼운 손짓 한 번에 새로운 결계의 일원이 될 뿐이었다.

저들이 특급 혹은 1급만 되더라도, 그 몸에 새겨진 연공과 체술 혹은 검술이 에던이 읽을 수 있는 정보에서 엇나가는 경우가 있을 것이나, 난전을 이루는 이들 대부분이 아직 한참 진창을 헤엄치는 이들이었다.

그가 쌓아온 정보의 테두리는 벗어나지 못하는 것이다. 혹여, 그렇지 않은 경우도 지금의 에던에게는 크게 위협이 되질 못했다.

애초에 드라필만의 실력자들에게서도 궤적을 읽어낼 정도로 그의 눈은 쌓아올린 정보의 한계를 넘어선지 오래였다.

조금 더, 그 궤적을 보고 읽기가 어려울 뿐이지, 얼마든 감당 가능한 영역인 것이다.

하물며 각성으로 그 감각마저 극대화 된 상태가 아니던가.

'거 참… 이 정도일 줄이야.'

스스로의 능력에 새삼 놀랄 정도였다.

애초에 각성의 능력을 그와 동급 혹은 아래라고 여겨지는 이들에게 사용해 본 적이 없기 때문에, 더더욱 이 결과와 현장들이 낯설게 여겨지는 것일지도 몰랐다.

"죽어!"

또 다시 길 잃은 병사 하나가 그의 영역에 발을 들이는 게 보였다.

눈빛과 호흡 그리고 근육의 움직임까지 하나의 정보가 되어 그의 눈에 궤적을 그려줬다. 그리고 이내 최단거리로 향하는 선이 그 사이로 새겨졌다.

그 안에 살며시 손을 맡기자, 이내 거짓말처럼 죽음이 피어났다. 큰 힘은 필요치 않았다. 그저 자그마한 살의 한 조각이면 충분했다.

"끄르륵…."

동공을 까뒤집으며 무너져 내리는 병사의 목이 기이한 형태로 꺾여있는 게 보였다. 그의 손이 만들어낸 결과물이었다.

"후우우우…."

다시금 호흡을 고르며 정신적인 휴식을 취했다. 유난히 피곤한 느낌이 드는 이유가 뭘까?

'내 방식이 아니라서 그렇겠지.'

그의 오랜 전장생활 중에서, 이렇게 많은 '학살'을 한 적은 단연코 한 번도 없었다. 각성을 확인하기 위해서였다고는 하나, 단기간에 너무 많은 죽음을 퍼트린 것이다.

어쩌면 각성의 능력을 이리 장기간 사용한 적이 없는 까닭에, 자연스레 밀려드는 피로감일지도 모른다는 생각도 들었다.

"휘유…."

한 차례 더 한숨을 내쉰 그가 천천히 걸음을 옮겼다. 그가 뿌려놓은 죽음의 잔재로 인해 나름의 영역이 형성되었다고는 하나, 난전의 소용돌이는 그를 오래토록 방치하지 않았다.

"젝크-!"

익숙한 음성이 저 멀리서 들려왔다. 어느새 여기까지 온 것일까? 난전의 가장 깊은 곳, 마르센 진영의 최후방까지 걸음을 한 모양이었다. 멀지 않은 곳에 세워진 부락이 눈에 들어왔다.

콰아앙!

시원스런 폭음과 함께 비산하는 그림자들이 보였다.

"허어…."

아군의 복장을 한 사내들이 마치 공깃돌마냥 허공을 부유하는 비현실적인 모습에, 절로 헛웃음을 튀어나왔다. 저 괴현상이 누구로 인한 것인지 아는 까닭이었다.

마치, 바다가 갈라지는 고대 신화 속 기적의 한 장면처럼, 난전의 소용돌이 한편으로 폭풍이 몰아치며 길이 뚫리는 게 보였다.

'끄응… 프레이 에클라우.'

달갑지 않은 만남의 순간이었다. 하지만 지금 이 순간, 그녀의 등장에 왠지 모를 웃음이 나오는 건 어째서일까?

'설마, 정말로 정답일 줄이야.'

레일라의 추측이 들어맞은 듯, 그녀를 마주하기 무섭게

흐릿하던 각성의 감각이 점차적으로 선명해지는 게 느껴졌다.

"미치겠네."

웃어야 할지 울어야 할지, 복잡 미묘한 심정의 한 가운데에서 허덕이는 그의 시야 한편으로, 프레이가 달려드는 게 보였다.

"브라운-!"

결국, 쓴웃음을 걸친 챈, 에던이 자세를 잡았다.

"오늘은 좀 아플 거다."

그 말과 함께 에던의 검이 허공을 갈랐다.

8. 구분

8. 구분

전쟁이었다.

비록 대륙 한편에서 벌어지는 사건일지라도, 그 안에 초인이 머무는 에벨린 왕국이 포함되어 있는 이상, 대륙 전역의 시선이 쏠릴 수밖에 없었다.

때문에 진면전이 시작되는 시점 역시도 대륙의 관심사 중 하나로 떠올라 있었다.

[겨울이 지나기 전이다.]

[그냥, 눈치싸움만 하다 끝날지도 모른다.]

[올 봄은 핏빛이다.]

실로 다양한 이야기들이 나왔고, 그러한 예상들에서 크게 벗어나지 않는 선에서 전면전은 시작되었다.

겨울 끝자락, 그 마지막 바람에 어설픈 봄 향기가 흩어지는 시기, 눈꽃바람 혹은 꽃샘추위라고도 여겨지는 시작과 끝이 교차되는 날, 전면전의 깃발이 올랐다.

"결국, 전쟁인가."

에던은 쓰게 웃으며 막사 밖으로 시선을 던졌다. 시린 바람과 함께 새하얀 손님이 날아들었다.

'올겨울 마지막 눈인가.'

슬그머니 손을 뻗어 손님을 받아보지만, 그 순간 이미 녹아서 흘러내리며 자취를 감춰버렸다. 그 위로 시린 칼바람이 스쳐가며 남은 흔적을 자극하는 게 느껴졌다.

"춥다! 닫아라."

뒤편에서 쏘아진 외침에 나직한 한숨과 함께 외부로 향하는 천막을 덮었다.

그리고 슬며시 막사 안을 돌아봤다. 한 눈에 봐도 살벌해 보이는 사내들이 이리저리 누워서 늘어져 있는 모습이 보였다.

전면전을 시작으로 새로이 배치 받은 막사였는데, 언제나 그렇듯 3급 용병들만이 그득할 뿐이었다.

고개를 절레절레 흔들던 그 역시 저들과 마찬가지로 대충 깔려있는 짚더미 위로 몸을 던지고 드러누웠다.

어설피 깔아놓은 듯 보이지만, 나름 경력깨나 있는 용병들이 모여서 만든 자리였다. 제법 푹신한 것이 잠자리가 나쁘지는 않을 듯싶었다.

그 감촉을 느끼며 눈을 감았다. 올 겨울, 전면전에 이르기까지의 여정이 하나하나 떠올랐다.

'프레이.'

아무래도 가장 자주 마주친 까닭인지, 그녀의 얼굴이 가장 많이 그려졌다.

과연, 드라필만의 힘이라고 해야 할까?

지긋지긋할 정도로 프레이와 마주할 수 있었는데, 무려 그 숫자만 해도 일곱 차례나 됐다. 거의 모든 전장에서 그녀와 마주했다고 봐도 될 정도의 횟수였다.

'끄응….'

당시의 기억들이 새록새록 떠오른 듯, 몸이 알아서 바르르 떨며 반응을 보였다.

'악몽 같은 년!'

상상만으로 몸서리가 쳐졌다. 하지만 그럼에도 불구하고 그는 버텨냈다.

과연, 각성은 특별했다.

육체적인 한계를 아득히 뛰어넘은 듯 보이는 프레이를 상대하면서도, 에던은 문제없이 그녀와 겨룰 수 있었다.

하지만 결국 한계는 드러날 수밖에 없었다.

맹렬하게 치고받고 꺾으며 박살냈다.

'그러면 뭐해.'

순식간에 회복해서 더욱 매섭게 달려드는데, 그로서도 버틸 재간이 없었다.

재생의 종족이라는 트롤을 생각하며 극단적인 대처도 해봤다. 목을 꺾어도 보고 심장에 검을 찔러도 봤으며, 그 머리에 검도 휘두르기까지 했다.

'괴물.'

그 외에는 마땅한 단어가 없었다.

억세게 목을 꺾어봤자 금세 제자리를 찾았고, 심장에 검을 찌르거나 머리를 베어봤자, 그 피부가 어지간한 오우거도 한수 접어줄 정도로 단단해, 어지간한 명검이나 신검을 들지 않고서는 해답이 없을 것 같았다.

이미 인간이라고 부르기가 어려울 정도였다.

지난겨울 그 치열했던 점령전은 그녀에 대한 두려움을 더욱더 키우는 기간이기도 했다.

물론, 그 기간이 꼭 부정적이기만 한 건 아니었다.

'각성…'

그 능력을 본격적으로 깨우게 된 것이다.

더 이상 흐릿한 이미지는 남아있지 않았다. 아직 완전하다고 할 수준은 아니었으나, 제법 선명해진 건 분명했다.

왜? 어째서? 그녀였던 걸까?

'프레이가 특별한 거지.'

이제는 인정할 수밖에 없는 답변이었다.

성력 자체만으로도 뛰어났다. 감히 추측컨대 대신관들도 그녀에게는 비할 바가 못된다고 여겼다.

게다가 언제고 레일라가 언급했던 것처럼, 그녀는 뛰어난

전사이기도 했다.

빛의 갑주를 두르고 죽음의 철퇴를 내리치는 존재였다.

그것은 마치,

'삶과 죽음.'

생사의 경계를 걷는 그에게 가장 합당한 대적자였다.

치고받으며 그녀와 마주하는 순간순간, 그 태양과도 같은 성력에 자극이라도 받는 듯, 그가 '각성' 이라 부르는 능력이 바닥을 차고 일어나며, 점차 감각의 수면위로 떠오르는 걸 느꼈다.

그토록 바라던 상황이었다. 하지만 막상 그 힘이 손안에 들어오자 강한 거부감이 일어났다.

거기까지 생각하던 그가 슬그머니 실눈을 떠, 막사를 돌아봤다.

'으음….'

시야 가득 채워지는 죽음의 그림자가 보였다. 아직 이뤄지지 않은 현상이 그의 현실 한편에서 일렁이고 있었다.

다시금 눈을 질끈 감았다.

흐릿하던 각성의 감각이 선명하다 못해 진해지면서, 그의 현실을 위협하려 드는 것이다.

때문에 일부러 막사 가장 바깥쪽에 자리를 잡았다. 그저 공허로 물든 바깥 하늘을 보고 있는 게, 가장 정신이 맑은 까닭이었다.

아직까지는 명백한 선을 긋고 구분을 짓는 게 가능했지만, 자칫 여기서 더 나아갔다가는 허상의 경계가 깨어질 수도 있다는 위기감을 지우기가 어려웠다.

그나마 다행이랄까?

베르말식 연공법!

어찌 보면 그의 근간이라 할 수 있는 공부가 지금 이 골치 아픈 상황에 작게나마 도움이 된다는 점이었다.

각성으로 인한 허상의 경계가 흔들리며, 찌릿한 두통이 그를 엄습할 때가 있었다. 드라필만에서부터 부지런을 떨어온 덕분일까? 습관처럼 연공을 했고, 그게 정신을 일부 맑게 해 준 것이다.

굳이 베르말식 연공법을 한 이유는 가장 오래도록 이어 왔던 육신의 기억으로 인한 것으로, 말 그대로 습관에 의한 행동이었다.

그렇다면 원형이라 불리는 라-베르말 연공법은 어떨까?

이미 드라필만에서 육신의 개발 혹은 진화를 통해 그 효과를 나름 봤던 경험이 있기에, 한껏 기대를 하며 연공을 시작했다.

하지만 이게 웬일?

'별 효과가 없었지.'

육체적인 면에서는 분명 라-베르말 연공법을 통해 한층 성장한 괴력을 얻을 수 있었다.

하지만 그게 '정신'에는 작용하는 게 아닌 듯싶었다.

아주 효과가 없는 건 아니었다. 하지만 그 변형이라 할 수 있는 베르말식에 비해서는 정신적 개운함이 달랐다.

안정감!

베르말식 연공법에 꼬리말처럼 따라붙는 단어였는데, 이번만큼 그 의미가 와 닿은 적이 없었다.

분명, 원형인 라-베르말에 못 미치는 연공법인 건 확실했다. 하지만 안정성에 대해서만큼은 오히려 원형 그 이상이라고 여겼다.

육체와 오러 그리고 거기에 더해 정신적인 부분까지.

'안정성만큼은 최고!'

베르말식 연공법의 진정한 가치를 깨우칠 수 있었다.

상황이 전면전으로 돌입하면서, 가장 치열하던 전장의 일원들은 새롭게 나눠지는 진영과 인원 배치라는 이유로, 잠시나마 휴식이라 할 만한 시간을 누릴 수 있었다.

에던은 이 시간을 통해서 많은 생각을 했다.

'…뺄 때인가.'

그리고 하나의 결론을 내렸다.

'너무 깊이 들어왔어.'

용병으로써 드라필만과의 계약에 의해 전쟁에 참여했다.

비록 국지전을 통한 점령전일 뿐이었으나, 어지간한 영지전 못지않게 치열한 전투를 벌써 십여 차례 이상 벌였다.

'이 정도면 충분하겠지.'

3급 용병 에던 운트로써, 의뢰금에 합당한 활약을 했다고 여겼다.

'뭐, 돈으로 받은 건 아니지만.'

약간의 거리낌이 남았으나, 그 부분은 다가올 전투에서 털어낼 생각이었다.

'마지막으로 한 건 제대로 하면 되겠지.'

이번 전면전으로 인한 여파인 듯, 레일라는 따로 가문의 일을 처리하러 움직인 상황이었다.

말인 즉, 그를 감시하는 시선이 없다는 의미였다.

'몸을 빼기에는 지금이 적기지.'

뛰어난 용병은 적절한 순간에 치고 빠질 줄 알아야 했다.

'더 이상은 몸이 축나서 못 버텨.'

베르말식 연공법이 아니었더라면, 일찌감치 눈을 까뒤집고 날뛰었을지도 모를 일이었다.

특히, 프레이와 치열한 전투를 치르고 나면, 유난스레 날 선 듯 감각이 예민해지고는 했는데, 그 수위가 일상생활에까지 지장을 줄 정도로 위협적이었다.

지금은 어떻게든 발을 빼야 할 때였다.

'설마, 각성 때문에 똥줄 타는 날이 올 줄이야.'

겨울에 들어서던 무렵에는 결코 생각지도 못했던 상황이었다.

비록, 레일라와 만나지는 않았으나, 전면전으로 인해 새롭게 배치된 위치가 마르센 왕국과의 대치 진영인 것을 봐선,

그녀 혹은 드라필만의 입김은 여전한 듯 보였다.

게다가 지금까지의 경험을 토대로 생각한다면, 프레이와의 접점 역시도 염두에 두고 움직이는 걸 잊으면 안 됐다.

뿍…뽕…

문득, 잡스런 소음이 끼어들며 그의 상념을 어그러트렸다.

“썩을!”

“누구야?”

“어떤 새끼야!”

동시다발적으로 막사 안에 늘어져있던 사내들이 허리를 세웠다. 흉흉한 안광을 뿌리며 서로에게 시선을 던지는 그들의 모습에서 전장의 편린이 비쳐졌다.

전면전으로 고조된 긴장감 때문인지, 작은 마찰로도 불꽃을 피우려고 하는 것이다. 3급 용병으로써, 전장의 바닥을 핥아야 하는 이들의 감정적 비틀림이 작은 사건을 빌미로 폭발하려 하고 있었다.

그리고 에던 역시도 그 틈에 한 발 걸쳤다.

“염병!”

밀폐된 공간 안에서 감당하기에는 냄새가 너무 독했다. 게다가 각성의 후유증으로 예민하게 날 선 감각은 그를 진심으로 만들었다.

“싼 놈 나와!”

막사 내부로 때 아닌 폭풍이 휘몰아쳤다.

❖ ✣ ❖

치욕이었다.

'또… 패배라니.'

그간의 고된 단련이 헛되지는 않았던지, 분명 최초에는 그녀가 압도했었다. 하지만 점차적으로 힘의 균형이 맞춰지는가 싶더니, 종내에는 역전 당해버리는 게 아닌가.

"빠드득… 젝크 브라운!"

프레이는 '그'의 이름을 억세게 짓씹으며 마지막 전투를 되새겼다.

무의식중에 뒷목을 쓰다듬는 이유는 당시의 아찔한 기억 때문이리라. 성력으로 인해 얻게 된 독특한 체질 덕분일까? 그녀는 지금껏 실로 다양한 경험들을 할 수 있었다.

하지만 지난 전투에서 겪었던 건, 이전까진 경험한 적 없던 종류의 것이었다.

죽음!

실제로 그녀는 찰나의 순간 그 아득한 경계까지 다다랐다고 여겼다.

'설마… 목뼈가 부러지고도 회복할 줄이야.'

다시 생각해도 오싹한 경험이었다. 정신이 날아갔던 시간이 유난스레 길었던 걸 생각한다면, 당시의 경험이 성력 충만한 그녀에게도 위험한 종류의 것이었다는 걸 충분히 짐작할 수 있었다.

평소보다 오랜 시간 어둠 속을 헤매다 눈을 떴을 때, 유난스레 진한 목 언저리의 통증으로, 정신을 잃은 사이 '그'가 목에 칼질까지 했음을 알 수 있었다.

그나마 다행이랄까?

오랜 시간 용병으로 생활하며, 다양한 위험들을 파헤치며 성력의 축복 속에 진화한 육신은 이미 어지간한 병장기로는 생채기 하나 내기도 어려울 만큼 강화되어 있었다.

감히 짐작컨대, 오우거의 피부와도 견줄 수 있을 정도로 단단할 거라 여겼다.

'아무래도… 목이 잘리는 건 정말 위험하겠지.'

이번 경험을 통해, 목뼈가 부러지는 것까지는 감당할 수 있다는 결론을 내렸다. 하지만 유난스레 정신을 잃은 시간이 길었던 이번 경험으로 인해, 거기서 더 나아간다면 그녀의 충만한 성력으로도 생존하기 어려울 것 같았다.

'처음…인가?'

그녀로 하여금 이 같은 생존의 위협을 느끼게 했던 존재는 아마도 '그'가 최초인 것 같았다.

애초에 이곳 용병계에 뛰어들 무렵, 이미 그녀는 스스로의 특별함을 알고 있었다. 이리저리 세상을 떠돌면서 나름 겪은 게 있는 것이다. 그 때문에 과감히 이 바닥에 발을 담글 수 있었다.

'젝크 브라운!'

새삼스레 그의 존재가 각인되는 순간이었다.

❖ ✣ ❖

느낌이 좋지 않았다.

'하필, 이런 시기에.'

전면전이라니.

"쯧!"

어지간하면 감정을 드러내지 않는 성격이었으나, 이번만큼은 그 심정이 가감 없이 외부로 드러났다.

레일라는 입술을 잘근 깨물며 부친의 전언을 떠올렸다.

[힘을 빌려다오.]

작정하고 움직이는 귀족파의 방해공작으로 인해, 루드말은 온전히 전쟁에 그 눈과 귀를 기울이기가 어려웠다.

시간이 좀 더 지나면 어찌 될지 모르겠으나, 지금 당장은 적잖은 제약에 묶여있는 게 사실이었다. 때문에 그녀에게 도움을 청한 것이다.

정령!

세상과 가장 가까운 존재들로써, 그들을 통해 받아들이는 정보는 가히 초월적이라 할 수 있었는데, 루드말은 그녀의 이런 능력을 빌리고자 한 것이다.

전쟁이 본격화 되는 시점이었다.

정보가 특히 중요해지는 시기였다. 드라필만의 힘을 온전히 기울이기 어려운 상황이기에, 그녀에게 도움을 요청한 것이다. 어찌 되었건 그녀 역시 드라필만의 일원이 아니던가.

'피할 생각은 없지만, 그래도….'

느낌이 좋지 않았다.

'하필, 지금이라니.'

입술을 잘근 깨물던 그녀의 머릿속으로 에던과 나눴던 이야기들이 스쳐갔다. 그리고 불안감이 가중되었다.

여전히 느낌이 좋지 않았다.

'아무래도 발을 빼려는 것 같단 말이지.'

집중 감시가 필요한 시기였건만, 드라필만의 요청을 거절하기도 어려웠다.

이전이었더라면 그가 눈앞에서 사라져도 일말의 여유 정도는 지니고 있었을 것이다. 하지만 최근, 점령전을 거듭하면서 점차 그 여유가 사라지는 걸 느꼈다.

특히, 마지막 점령전에서의 경험은 더 이상 여유 따위는 부릴 수 없다고 경고했다.

'설마….'

길지 않은 시간이었으나, 에던의 존재감이 사라지는 걸 느꼈다.

'…정령의 눈으로도 놓칠 줄이야.'

다시 생각해도 아찔한 경험이었다.

만약, 에던을 놓쳤던 게 그가 의도한 것이라면?

'최근의 행동들이 이해가 돼.'

유난스레 말수가 적어진 것도 그렇고, 각성에 대한 이야기들을 왠지 회피하는 듯 여겨지는 태도까지, 하나같이 거리감을 느끼게 만드는 신호로써, 이 모든 것들이 그가 몸을 빼려고 한다는 결론으로 이어졌다.

때문에 정령의 눈이 그를 놓쳤던 건 더더욱 그에 대한 여유를 앗아가기에 충분한 사건이었다.

'빨리…최대한 빠르게 마무리 하자.'

이전이라면 혹여 그가 도주하더라도, 다시금 찾아낼 수 있다는 자신이 있었지만, 이제는 여유를 잃고 확신마저 사라져버렸다.

입술을 질끈 깨물던 그녀가 양 손을 조심스럽게 모으더니, 그 안에 숨결을 불어넣었다.

그러자 하나는 빛을 품은 듯 하얗고, 다른 하나는 어둠을 칠한 듯 검은 두 개의 작은 구슬이 떠올랐다.

그를 만나고 그와의 '소통' 중에 심어졌던 작은 '씨앗' 들이었다. 이제 겨우 발아하며 눈을 뜨려고 하는 이 '아이' 들을 생각한다면 더더욱 그와 멀어져서는 안 됐다.

꺄르르륵…

그녀의 정령들이 두 구슬 주변을 맴돌며 밝게 웃는 게 보였다. 저리 즐겁게 웃으며 구슬들을 살갑게 대하는 이유는 간단했다.

정령!

이 두 구슬이 동류의 영체이기 때문이었다.

'단지….'

일반적인 정령과 다른 게 있다면, 그 시작점에 있었다.

밝게 웃으며 장난을 치는 정령들은 흔히 말하는 '정령계'에서 그녀를 통해 이곳 물질계로 넘어왔다면, 이 손 안의 아이들은 에던, 그에게서 그녀를 통해 정령계와 닿았다는 점이었다.

어떻게 그럴 수 있는지, 그 정확한 이유까지는 추측하기가 어려웠지만, 분명한 건 아직 이 아이들에게는 그의 온기가 필요하다는 것이다.

때문에 항시 그에게서 눈을 떼지 않으려 했건만, 부친과 드라필만의 요청으로 원치 않는 상황을 맞아버렸다.

이제 막 전면전이 시작되었고, 내부의 적으로 인해 활동에 제약을 받고 있는 부친과 드라필만의 상황을 고려한다면, 요청을 거절 할 수도 없었다.

'그동안 받은 게 있으니.'

이젠, 드라필만에 갚아야 할 시기인 것이다.

'부디….'

그를 향한 추측이 들린 것이기를 바랄 뿐이었다.

❖ ✣ ❖

푸후우우…

내쉬는 숨결에 새하얀 입김이 아스라이 흩어지는 게 보였다. 시린 꽃바람이 살갗을 가르고 지나가지만 신경 쓰지 않았다.

그저 밖의 풍경, 하늘의 푸름만을 응시한 채, 정신을 깨울 뿐이었다.

"으음…."

"하아아아…."

등 뒤의 신음성이나 떨림 등은 무시했다.

약육강식!

에던, 그는 이 막사 안의 절대자였다.

한 차례 말도 안 되는 다툼을 통해, 막사 안의 용병들은 가장 외진 곳에 자리한 에던이 사실은 이곳의 최강자임을 깨달았다.

가장 실력이 부족한 이들이나 앉을 법한 자리에 앉아있어서 가볍게 여겼건만, 오히려 그의 주먹질에 하나같이 눈가를 꺼멓게 물들였다.

게다가 당시 사건의 주범은 얼굴뿐만 아니라, 사건의 발생지도 꺼멓게 물들여야만 했다.

그 잔혹한 광경을 직접 목격한 까닭일까? 감히, 에던의 행동에 반박할만한 용기가 나질 않았다.

'빌어먹을…춥다고!'

'제발! 천막 좀 닫자. 얼어 죽겠다.'

때문에 그저 속으로만 앓고 삭일뿐이었다.

이런 그들의 마음을 아는지 모르는지, 에던은 시원하니 막사의 입구를 열어놓은 채, 푸른 하늘을 감상하기에 여념이 없었다.

물론, 실질적으로는 각성으로 인한 후유증을 몰아내기 위한 행동으로써, 이를 통해 정신을 맑게 유지하면서 다가올 전투와 도주 과정을 점검하는 중이었다.

아무래도 왕국 규모의 전면전이니 만큼, 그로써도 낯설다 싶은 대규모의 전쟁일 것이다. 당연히 그 퇴로를 구상하는데 신중할 수밖에 없었다.

'그나저나….'

대략적으로나마 생각들을 정리한 에던이 살짝 눈살을 찌푸리며 한숨을 몰아쉬었다. 그만큼 길고 무거운 입김이 바닥으로 낮게 떨어져 흩어졌다.

'프레이.'

그의 모든 계획을 어그러트릴 수 있는 최대의 난관이 될 수 있는 존재가 떠오른 까닭이었다.

'마주치지 말자. 제발!'

각성상태도 문제지만, 그녀 자체만으로도 충분히 골치아픈 존재인 까닭에, 여러모로 문젯거리라고 할 수 있었다.

'제발!'

어찌나 간절했던지, 기도하듯 두 손까지 다소곳이 모으며 신의 이름도 살짝 읊조려 봤으나,

신앙 없는 기도라 외면 받은 것일까?

"젝크 브라운!"

마르센 왕국과의 첫 전면전에서, 그는 여지없이 프레이의 부름을 받아야만 했다.

'하아….'

그녀의 외침이 들린 순간, 각성된 감각이 극도로 예민해지는 것을 느꼈다. 거리가 멀지 않다는 의미였다.

"젠장!"

욕지거리가 절로 튀어나왔다. 이 어지러운 전장 속에서 도주를 위해 주의해야 할 게 무엇이겠는가.

시야의 사각으로 빠져드는 것이다.

허나, 프레이는 그 존재 자체만으로 특별했고, 폭풍의 마녀라는 별명답게, 주변 시선을 끌어들이는데 주저함이 없었다.

당연히 그녀를 상대해야 하는 에던 역시도 시선의 집중을 받을 터였고, 자연스레 전장이라는 무대에서 비중 있는 역할을 수행하게 될 확률이 높았다.

어느새 시야 안으로 들어온 프레이의 모습이 보였다.

"끄응…."

앓는 소리가 절로 나오는 그녀의 기세가 이미 전장을 압도하고 있었다.

'지랄 같네.'

전쟁의 시작부터 난전의 소용돌이가 휘몰아치는 지금 이 순간까지, 도주로 확보를 위해 들여왔던 그의 노력들이 떠올랐다.

드라필만의 입김이 작용했던 것일까? 소모품으로 희생되는 최전방의 일선에 배치되는 불운은 피할 수 있었다.

하지만 그럼에도 불구하고 일개 3급 용병의 한계에서 벗어나진 못한 것일까? 전방 위험지역에 한 발 정도는 걸친 아슬아슬한 진영에 배치되어야만 했다.

그래도 허무한 죽음이 가장 많다는 최전방은 피했기에, 작게나마 안심하고 있었다. 하지만 그게 착각이고 오산이라는 걸 깨닫는 건 오래지 않았다.

실로 어마어마한 전투였다.

영지전에서는 볼 수 없는 다섯 자리에 달하는 대규모의 병력 이동과 격돌이었다.

최전방에서 한 발 물러난 위치라고는 하나, 워낙 대규모의 격돌이니 만큼, 밀려드는 기세는 일선을 넘어 거침없이 찌르고 들어왔다.

모르긴 몰라도 각성 특유의 감각이 아니었더라면, 눈 먼 칼에 따끔한 전쟁 신고식을 치러야 했을지도 몰랐다.

그 고된 사지를 헤치고 나와 침착히 조심스레 존재감을 지우고 있었건만, 이 무슨 날벼락이란 말인가.

물거품이 되는 외침이 터져 나왔다.

"오늘은 끝장을 보자!"

"아오…이 찰거머리처럼 끈덕진 년!"

할 수만 있다면, 정말 끝장을 보고 싶은 마음이었다.

❖ ✣ ❖

대륙을 흔드는 이번 전쟁의 시작은 라카타루 왕국에서 먼저 그 시작점을 끊었다.

전면전의 선공을 빼앗긴 까닭일까?

에빌린 왕국은 라카타루에 반격하는 한 편, 그와 동시에 마르센 왕국을 먼저 치기로 결정하고 움직였다.

점령전의 선점 과정에서, 마르센보다 라카타루가 더욱 유리한 고지를 점령했기에, 그들이 먼저 치고 나올 수 있었다는 결론을 내렸고, 그와 반대로 마르센은 아직까진 그 움직임에 제약이 걸릴 수밖에 없다는 분석 아래, 에빌린은 마르센 왕국을 먼저 치기로 결정을 내린 것이다.

또 다시 선공을 빼앗길 수는 없단 이유도 있었다.

그리고 이런 이유로 에던이 도주로를 구상하며, 적군의 복장으로 갈아입는 과정을 끼워 넣기도 했었다.

'지금은 적진 만큼 안전한 곳도 없으니까.'

레일라와 드라필만의 시선을 피할 극단적 선택지였는데, 여기서 중요한 게 하나 있었다.

프레이 에클라우!

바로 그녀의 존재였다.

'빌어먹을 드라필만! 망할, 레일라!'

이 모든 결과에 그들과 그녀의 입김에 작용했을 거라 생각하니, 절로 골머리가 아파왔다.

거리를 좁혀오는 프레이를 보고 있자니 머리가 뜨거워졌다.

'대체…어떻게 찾아내는 건지.'

점령전에서도 그랬지만, 전면전이 시작된 이 너른 전장에서 거짓말처럼 그의 존재를 찾아내 쫓아오는데, 그야말로 소름이 끼칠 정도였다.

파파파팍!

그 짜증을 한껏 주변에 내던졌다.

"커헉!"

"끄르륵…."

한 칼에 한 명씩, 한 순간 다섯에 이르는 죽음이 피어났고, 거짓말처럼 그만의 작은 영역이 만들어졌다.

달려들던 프레이의 걸음을 늦추기에 충분한 움직임이었다.

칼을 뻗으면 닿을까?

아슬아슬한 위치에 멈춰선 프레이가 그녀답지 않게 긴장한 태도로 에던을 노려봤다.

앞서, 한 차례 목이 꺾이고 생사의 경계 그 깊숙한 곳까지 발을 들였던 경험이 그녀의 본능을 제어하고 있는 것이다.

"갑자기 왜 그래? 꼭 쫄리는 표정이다."

슬쩍 도발을 해 오는 듯 보이는 에던의 말투에 프레이의 표정이 더욱 굳어지며 경계심이 한층 짙어졌다.

한 때는 아무런 생각 없이 이리저리 치고받으며 떠돌던 시절도 있었다. 덕분에 폭풍의 마녀라는 별명까지 붙을 정도였으니 더 말해 무엇하랴.

하지만 에던과의 격렬한 만남 덕분에 부족함을 알았고, 제대로 공부를 하게 되었다. 거기에는 육체적인 단련뿐만 아니라, 용병계라는 장소, 전장이라는 무대까지 전부 포함되어 있는 이야기였다.

제대로 경험을 쌓은 것이다.

그리고 이런 그녀의 감각이 격하게 경고성을 보내오고 있었다.

저건 미끼다!

무엇을 어떻게 할 생각인지 모르겠지만, 그녀를 긴장하게 만들 정도의 '각오'가 숨어있었다.

이런 프레이의 태도에 에던의 머리가 한층 뜨겁게 달궈졌다.

'쯧!'

최대한 빠르게 해결하고 움직일 생각이었다.

이미 프레이와 마주한 순간 주변에 불필요할 정도로 너른 영역이 형성된 까닭이었다.

당연하게도 전장의 지휘부에서는 이곳에서 시선을 주고 있을 것이다.

곧 시작될 기마단의 돌격과 기사들의 관심이 이곳을 훑고 갈 것은 불 보듯 훤한 일이었다. 때문에 최대한 빨리 그녀를 제압하고 다시 난전 속으로 스며들 생각이었다.

그녀의 회복력을 떠올린다면 계획대로 될 지는 의문이었으나, 지난 전투에서 목을 꺾고 난 뒤, 처음으로 그녀의 침묵이 길었다는 걸 떠올리니, 일말의 가능성 정도는 둘 수는 있었다.

"안 올 거야?"

물음에 더욱 경계심을 굳히는 프레이의 모습이 보였다.

'그렇다면….'

직접 갈 수밖에 없었다. 등 뒤와 양 옆으로 기회를 노린 검격이 뻗어왔으나, 전진과 동시에 손을 들어 좌우의 검격을 치고 흔들었다.

그러자 세 개의 검격이 서로 얽히는가 싶더니, 서로를 향해 뻗어나갔다.

등 뒤로 피어나는 죽음의 향기에 머리가 차게 식었다.

새삼스럽지만 그 자신이 '특별'해 졌다는 걸 느낀 까닭이었다.

싸늘히 식은 얼굴로 프레이를 향해서 훌쩍 몸을 던졌다. 그리고 이런 그의 신형이 살짝 떠올랐다 싶은 순간, 프레이가 달려들었다.

찰나 간에 서로의 거리가 줄어들고 그들이 자신하는 근접전의 간격을 형성할 때, 에던이 먼저 발을 뻗었다.

정확히 프레이의 명치를 노린 일격이었다. 하지만 그녀는 자신의 단단한 몸을 믿는 듯, 피할 생각도 없이 그대로 밀어붙여왔다.

'쯧! 그럴 줄 알았다.'

발목이 격하게 위로 꺾이며 발바닥이 프레이를 향했다. 차기가 아닌 디디기 위한 모양새가 된 것이다. 애초에 그의 정면 공격이 먹힐 거라고는 생각지도 않았고, 이런 반응이 나올 거라는 것 역시 짐작하고 있었다.

그 순간 이미 프레이는 정권을 뻗고 있었다. 발바닥으로 그녀의 명치어림을 딛고 신형을 밀어내자, 자연히 팔과 다리의 길이로 인해, 그녀의 권격은 허공만 치고 지날 뿐이었다.

파앙!

하지만 거기에서 파생된 공기의 흐름만으로도 상당히 아찔했다. 자세가 좋질 않았달까? 사타구니 사이로 밀고 들어오는 바람이 격했다.

'끄응…!'

절로 구겨지는 표정과 분신의 구조신호를 무시한 채, 재차 발을 놀렸다. 마치 뱀이라도 되는 듯, 그의 발이 유연하게 꺾이고 감아들더니, 그녀의 팔을 옭아매고 있었다.

'먼저, 관절 하나!'

온 몸을 던져서 비틀었다. 프레이로써도 무시하기 어려운 무게감이 어깨와 팔을 압박했다.

"큽!"

짧은 신음성과 함께 그녀가 팔을 움켜잡는 게 보였다. 팔이 나간 것이다. 회복 속도를 생각한다면, 달려들어 쉴 틈을 주면 안 됐다.

빠르게 손을 움직이며 그녀의 정신을 어지럽혔다. 그래봤자 그녀의 속도에 비한다면 한참 부족하겠으나, 유난히 큰 소매와 이를 이용한 손짓 등으로 그녀의 시선을 일부 가리고 흔들다 보면, 부족함은 이미 문제가 아니었다.

근접전의 특징답게, 짧은 순간 숨 막히는 격돌이 그들 사이를 오갔다. 스치기만 해도 치명타를 맞은 것 같은 통증을 주는 프레이의 권격이었다. 에던으로써는 특히 감당하기 어려운 근접전이었으나, 그 와중에도 시야를 어지럽히는 행동은 멈추지 않았다.

각오하고 먼저 덤벼들었으나, 서로 간의 힘의 격차가 너무 큰 까닭일까? 에던은 순식간에 몸이 축나는 걸 느꼈다. 하지만 끈덕지게 달라붙으며 손을 움직였다.

어느새 팔이 회복된 듯, 프레이가 양팔을 사용하는 찰나, 먹이를 노리는 매처럼 손을 뻗어 올렸다.

빠악!

시야를 어지럽히는 그의 손짓을 피하고자 고개를 흔들 때, 정확히 그 방향으로 힘을 더한 것이다.

우둑…

귓전을 파고드는 짜릿한 마찰음에 눈이 번쩍 뜨였다. 일순 그녀의 동작이 멈추며 흐릿해지는 동공이 보였다.

'확실하게!'

거기서 몸을 비틀어 그 회전력을 마지막까지 쥐어짜며 한 번 더 팔을 뻗었다.

뿌드득!

짜릿하다 못해 아찔한 마찰음과 함께 그녀의 신형이 무너져 내렸다. 손끝에 전해진 감각에 고개를 끄덕이며 후다닥 몸을 피하는 순간이었다.

뿌우우우…

저 멀리, 갑작스레 나팔소리가 울려 퍼지는가 싶더니 거대한 그림자들이 밀려드는 게 보였다.

기사 그리고 기마들의 질주가 시작된 것이다.

'불안…한데.'

어째서일까? 가슴을 건드리는 답답함의 정체를 알 수가 없었다. 아마도 기마단의 돌진 방향 때문일 것이다.

'왜 하필 이쪽인데?'

헌데, 거리가 가까워지면 질수록, 저 기마단의 선두가 그를 바라보고 있는 것 같다는 느낌을 지우기가 어려웠다.

'설마…착각이겠지.'

기마단의 무시무시한 질주가 가까워지고 있었다. 말에 씌워진 강철 갑주가 눈에 들어왔다.

얼핏 봐도 어지간한 방패 따위는 견주기 어려울 만큼 단단하게 보였는데, 그 앞에 무섭게 솟아있는 뿔과 가시들은 그야말로 존재 자체가 폭력적인 느낌을 주고 있었다.

아니나 다를까.

콰콰콰콰콰콱…

"크아아악!"

"캬아아악!"

그들의 질주가 난전에 도달하기 무섭게, 사나운 비명성이 터져 나오기 시작했다.

그들의 전마는 앞을 막아서는 난전의 소용돌이를 일직선으로 꿰뚫으며, 매섭게 전장을 가로지르고 있었다.

말 위에 타고 있는 기사들은 창을 휘두르며 달라붙는 난전의 잔재들을 걷어내며, 그 돌파력을 유지시켰다.

순식간에 거리가 가까워졌고, 이를 통해서 에던은 확신했다.

'젠장!'

저들은 그를 노리고 있었다. 피하기에는 너무 늦었다. 숨기에도 상황이 좋질 않았다.

이미 그는 선두의 기사와 눈이 맞았다. 정확히 확인한 건 아니었지만, 서로가 서로를 확인하는 느낌을 받았다.

"쯧!"

짧게 혀를 차면서 각오를 가다듬고 자세를 다잡는 찰나, 발 끝에 걸리는 이질감을 느꼈다.

'프레이.'

제법 격하게 비틀린 까닭일까? 아직까지는 깨어날 징조가 보이질 않았다. 하지만 회복되고 있다는 느낌 정도는 있었다.

목의 비틀림이 앞서의 기억과 달랐다.

'괴물 같은 년!'

결국에는 다시 눈을 뜰 거라 확신했고, 당장은 그녀를 어찌할 방법 역시도 없다는 걸 알았다.

'미스릴제 명검이나 신검 수준의 병기가 아니고서야….'

그 즈음에서 에던의 눈이 번쩍 뜨였다.

'명검? 신검?'

새삼스레 프레이의 육신에 시선이 갔다.

'꿀꺽!'

레일라 덕분에 잠시나마 욕구에 충실한 생활을 했던 까닭인지, 잠시 헛생각이 들며 침샘을 자극했지만, 애써 털어내며 떠오르던 의문에 집중했다.

'분명히…칼도 안 들어갔었지.'

유난스러울 정도로 단단하던 그녀의 피부가 떠올랐다. 그 즉시 멀리서 다가오는 전마의 사나운 질주를 눈에 담았다.

의문이 입 밖으로 튀어나왔다.

"뭐가 더 단단 하려나…."

숨기에는 이미 늦었다. 그렇다면?

"피할 수 없으면 부딪쳐야지. 젠장!"

어느새 목이 제자리를 찾아가는 프레이를 들어올렸다. 전장을 가로지르는 비명성이 코앞까지 다가오고 있었다.

점령전이나 소규모 영지전라면, 나름의 영역을 유지하는 게 나쁘지는 않았다.

하지만 난전 그것도 규모가 큰 전장에서 나름의 영역을 구축하는 건 좋은 선택지가 아니었다. 당장 눈먼 칼의 위협에서 멀어질 수는 있을지언정, 저 멀리서 지켜보는 눈뜬 칼의 목표가 되는 까닭이었다.

그런 의미에서 프레이는 유난스러울 정도로 확실한 그녀만의 영역을 형성하고 있었다.

당연하게도 그녀는 전장에서 한 발 물러난 위치에 있는 지휘부나 기사들에게 상당한 주목을 받고 있었을 것이다.

때문에 에던은 기마단의 첫 목표가 될 수밖에 없었다.

그 특별한 영역을 지닌 프레이를 쓰러트린 '강자'로써 선택된 것이다.

'젠장!'

거리가 가까워지고, 갑주 안으로 번뜩이는 전마의 안광을 마주하자, 절로 긴장감이 솟구치며 쓸데없는 생각들이 머릿속을 어지럽혔다.

'그러고 보니, 전마들은 흑마법사들의 시약을 먹인다고 하던데.'

확실히 저 타오르듯 뜨겁게 빛나는 안광은 정상적인 것과는 달라 보였다. 마른침을 꿀꺽 삼키는 찰나, 드디어 간격이 좁혀졌다.

크게 들리는 기사의 손짓과 그에 따라 움직이는 큼지막한 창이 시야에 잡혔다. 동시에 에던도 준비하고 있던 비책을 꺼내들었다.

'프레이!'

오우거도 부럽지 않을 정도의 단단함을 지닌 그녀를 방패로 내세운 것이다. 이 뜬금없는 인간방패에 돌격하던 기사들도 당황한 것일까?

창끝에 흔들림이 느껴졌다. 하지만 그럼에도 불구하고 무시할 수 없는 파괴력이 그 안에 담겨 있었다.

콰득!

찰나와도 같은 그 순간, 묵직한 충격이 밀려들어왔다. 그 아찔한 진동에 멀미라도 난 것 마냥, 내부가 일렁이며 정신이 흔들렸다.

그리고 튕겨나갔다.

"크윽!"

허공을 날아 바닥을 한참 구르고서야 멈춰 설 수 있었다. 이미 프레이가 어찌 되었는지는 생각할 겨를도 없었다. 단지, 그가 아직 무사하다는 것만이 확실할 뿐이었다.

어질거리는 머리를 들어, 흐릿한 시야를 밝히며 전방을 살폈다.

그가 일어서는 걸 확인한 듯, 재차 달려오는 기마단의 돌진이 보였다. 에던의 눈에 불이 들어왔다.

'느려졌나.'

조금 전 그 충돌의 영향일까? 기마단의 질주가 난전의 소용돌이에 점차 말려드는 게 보였다.

하지만 과연 마르센의 선봉이라고 해야 할까?

"차!"

그들은 시원한 기합성과 함께 얽혀드는 난전의 손짓을 찌르고 가르며 걷어내며 속도를 더했다.

방향은 여전히 그를 향해 있었다.

'썩을!'

그 끈질긴 추격에 슬슬 열이 올라오기 시작했다. 어차피 피하기는 글렀다. 적당히 막고 숨어보려던 생각도 날아갔다.

"오냐! 한 번 해 보자."

억세게 입술을 짓씹은 에던이 땅바닥을 뒹구는 검 하나를 주워들었다. 어느새 그의 칼이 날아가 버리고 없던 까닭이었다.

어차피 값싸게 산 검이기에 크게 미련은 없었다.

이리저리 난전의 소용돌이를 걷어내며, 다시금 속도가 붙고 있기는 했지만, 앞서의 돌격과 비교하기에는 부족함이 있었다.

그리고 이 부분이 에던의 마음을 다잡게 만들어줬다.

"차!"

찰나 간에 거리가 가까워지고, 시원한 기합성과 함께 거리를 좁힌 선두의 기사가 창을 뻗어왔다.

푸욱!

한 순간 꼬치라도 된 것 마냥, 기사의 창격이 에던을 관통하고 지나갔다.

선두 기사의 투구 사이로 불안하니 흔들리는 안광이 비쳤다. 창의 무게감이 달라진 까닭이었다.

꿰뚫고 뽑아내기까지가 일련의 동작이건만, 거두는 창질에도 일인분의 무게감이 여전함을 느낀 것이다.

뒤늦게 창끝에 매달린 에던을 확인할 수 있었다. 꿰뚫린 게 아닌, 겨드랑이 사이로 창을 끼운 모습도 눈에 들어왔다.

그 순간 에던이 몸을 한껏 흔들며 바닥으로 내리누르는 게 보였다.

"크흐읍!"

하필 창끝에 매달려 있던 까닭인지, 손 끝에 전해지는 무게감이 실로 어마어마했다. 자연히 팔이 내려가고 창끝이 바닥으로 향했다.

빠르게 창을 놓았더라면 모를까, 마지막까지 이를 놓치지 않은 것이 선두기사의 실수였다.

퍼퍼퍼퍽!

원치 않는 창격과 함께 난전의 무리들이 그 안으로 꼬여들었다.

"커헉!"

"끅…."

단말마의 비명성과 함께 묵직한 죽음의 무게감이 창끝에 달라붙는 걸 느꼈고, 동시에 선두기사의 신형이 돌아갔다.

창에 꿰뚫린 무수히 많은 시체를 버티지 못한 까닭이었다. 그 힘에 밀려 몸이 돌아가고, 그 갑작스런 회전력에 함께 묶여서 움직이던 전마도 빙글 돌았다.

쿠우우웅…

그 갑주의 단단함만큼 묵직한 진동과 함께 뒤따르던 기마단이 무너져 내리는 게 보였다.

물론, 그 수는 많지 않았다. 그들의 단련도가 이 순간 드러났다. 일제히 말머리를 돌리며 방향을 꺾은 것이다.

하지만 이로 인해서 기마단의 돌격은 강제적으로 멈춰버렸고, 창과 같던 그들의 밀집대형은 순식간에 갈라진 대나무마냥 사방으로 뻗어 흩어지며, 난전의 소용돌이에 빨려들어야만 했다.

어느새 창을 놓고 시체 사이로 파고들어 웅크리고 있던 에던이, 고개를 빼꼼 내밀어서는 그들의 모습을 확인하며 웃었다.

"꼴좋다!"

그리고는 냅다 자리에서 일어나 달려들었다. 하나의 거대한 덩어리가 되어 매서운 흐름으로 내치던 기마단의 질주는 무섭다.

하지만 저들은 더 이상 질주하지 못한다.

"놈!"

조금 전 그 아찔한 사고 속에서도 몸을 보호한 것일까? 선두를 지키던 기사가 벌떡 일어나며 그의 전방을 가로막았다. 어느새 뽑아든 검이 흉흉한 예기를 번뜩였다.

'강자!'

한 눈에 그 실력이 보통이 아님을 알았다. 마르센의 선봉 중에서도 선두를 지키던 강자였다. 그 능력이 뛰어난 건 당연한 일이었다.

하지만 에던 역시도 만만치 않았다. 특히, 프레이와 막 마주하고 난 지금의 그는 유난히 더 특별했다.

뻗어오는 검격이 보였다. 막기에는 그 안에 담긴 힘이 너무 거셌다. 마치 기마단의 질주하는 기세를 담은 듯 보였다.

하지만 에던은 스스로를 잘 알았다. 애초에 막을 생각 자체가 없었다.

'흘리고.'

빡!

기사는 단 일격에 턱이 돌아가며 무너져 내렸다. 그게 시작이었다.

"아카룬!"

선두 기사의 이름이었을까? 기마단의 일원들이 일제히 그 같은 외침을 내던지며 달려들기 시작했다.

'피하고.'

빡!

'쳐내면.'

빡!

이건, 뭐 말이 나오지도 않는 신기였다. 가벼운 손짓으로 보이건만, 그에게 접근하는 기사들이 그 손길에 이끌리듯 나락으로 떨어지는 것이다.

조금 버겁다 싶은 건 검으로 막으면서 흘려 넘기는데, 그 유연함은 실로 탄성을 자아낼 정도로 절묘했다.

갓 불러 모은 신병도 아니며, 그냥 저냥 끌어온 하급 용병도 아니었다. 기사였다. 그것도 마르센 왕국의 선봉을 담당하며 뛰어나온 기마단의 실력자들이었다.

그런 이들이 저 볼품없어 뵈는 사내의 손짓에 거꾸러지고 있었다.

그야말로 찰나라는 말이 아깝지 않은 순간, 이미 에던의 주변에 너부러진 기사의 수가 한 손으로 헤아리기 어려운 수준에 이르렀다.

채 몇 호흡 지나기도 전에 두 자릿수에 이르는 기사들이 그 위로 덮어졌고, 기사들의 돌진이 멈췄다.

짧은 순간, 에던에게 무너져 내린 동료들의 숫자에 경각심이 일어난 듯, 일정 거리를 유지한 채 에던을 경계하고 있었다.

이런 그들의 모습에 에던이 입 꼬리를 올리며 물었다.

"왜? 쫄려?"

그러며 손을 앞뒤로 까닥이는데, 덤비라는 듯 보이는 그 태도에 기사들의 얼굴이 시뻘겋게 달아올랐다.

"들어와."

이에 에던히 한층 분명하게 그들을 도발했다. 마르센의 선봉을 맡은 만큼, 그들은 각자 뛰어난 경력과 실력의 기사들이었다.

고위 성직자 정도까지는 아니겠으나, 그들도 나름의 감정적인 충동질을 다스리는 연륜은 있단 의미였다.

애써 울화를 삼키며 거리를 유지하는 모습에, 에던이 피식 실소를 흘리며 대뜸 뒤로 돌아섰다.

너무도 태연히 등을 보이는 그 태도에 기사들의 얼굴이 이젠 당장이라도 터질 듯 붉어져 있었다. 손짓에 더한 몸짓의 도발이라 여긴 까닭이었다.

실제로 그런 의도 역시 있기는 했지만, 그보다는 전장의 분위기를 살피기 위한 목적이 더 컸다.

'쯧!'

전장을 살피던 에던의 눈 꼬리가 살짝 들렸다. 주변 가득한 기사들 때문일까? 이 너른 전장에 너무도 명확한 영역이 구축되어버린 것이다.

그 중앙에 서 있는 에던의 모습은 유난히 눈에 띌 수밖에 없었다. 에벨린 왕국 지휘부도 이곳을 주목하고 있을 거라 여겼다.

고개를 끄덕이며 상황은 인정한 에던은 바닥에 너부러진 기사들을 내려다봤다.

스스로도 쉬쉬하는 경향이 있었다.

'하지만… 슬슬 인정해야겠지.'

각성으로 인해 세상이 변했다.

3급 용병 에던 운트!

더 이상 그 같은 존재는 없었다.

특급?

'…그 이상이려나?'

거기까지 생각하던 에던이 이내 실소하며 고개를 저었다. 한 걸음 더 나아간 자리, 그곳은 아직 그가 머물기에는 너무 높았다.

용병왕!

오랜 역사 속에서도 단 세 명밖에 없었다는 권좌였다. 스스로 인정했다지만, 거기까지 엉덩이를 비비긴 어렵다 여겼다.

그저, 지금은 옛 모습을 떠나보내고, 새로운 지금을 받아들이는 것으로 만족할 뿐이었다.

고개를 끄덕이며 납득한 에던이 기사들을 향해 재차 물었다.

"안 오냐?"

여전한 침묵, 난전에 어울리지 않는 그 무거운 정적 속에서 에던이 먼저 움직였다.

〈3권에 계속〉

외전

용병으로 살아갈 것이다.

그렇게 결정했다.

때문에 주저 없이 전장으로 뛰어들었다.

'여기 밖에 없으니까.'

일개 3급 용병이 큰돈을 만질 수 있는 장소가 이곳 전쟁터뿐이었다.

아무리 작은 영지전이라도 나오는 금액은 결코 작지 않았다. 그렇게 모인 돈으로 작게나마 공부를 했다.

먼저 글을 배웠고, 이를 시작으로 책이라는 것도 읽어나갔다.

삼류 혹은 초급이라 부르는 검술교본들이 그 중심에

있었다. 직접 가르침을 내리는 곳도 있었지만, 아무리 작은 가르침이라도 금액이 만만치 않았다.

책으로도 감당할 수 없을 때, 그런 것들만 찾아가 배움을 청했다.

대부분은 눈으로 읽고 머리로 떠올리며 몸으로 따라갔다. 독학으로 채울 수 없는 부족한 부분들은 '실전' 으로 해결했다.

전장이라는 무대는 최고의 연습장이었다.

목숨을 담보로 공부들을 체득했고, 그러는 와중에 우습게도 명성이라 불릴 만한게 생겼다.

불사신 젝크!

죽지 않는다고 그리 불렸다. 무수히 많은 이름으로 활동을 했다. 하지만 어느 하나 한 계절을 넘긴 경우가 없었다.

때문에 젝크 브라운이라는 이름은 특별했다.

무려 1년이 넘는 시간을 그 하나의 이름으로 활동한 까닭이었다.

명성이라 불릴 만한 걸 처음으로 얻어 봤기에, 괜스레 애착이 갔던 걸지도 모른다.

하지만 그 명성이란 마물은 스스로를 오판하게 만들었다.

'1급 용병?'

우습게 여겼다. 그들 정도는 감당할 수 있다고 판단했다.

'오러… 그 딴 것 없으면 또 어때?'

아마도 이 시기가 가장 '오만' 했던 시기였을 것이다. 덕분에 이런저런 사고도 잦았고, 결국 최악의 상황까지 그를 내몰았다.

"불사신이라는 놈이 누구야?"

짧은 기간, 업계의 신성으로 불리며 순식간에 그 등급을 갈아치우던 여인, 폭풍의 마녀 프레이 에클라우가 그를 찾아 온 것이다.

무려, 특급 용병!

어느새 1급 그 이상을 넘보려던 자신감에 그녀의 부름을 흔쾌히 받아들였다.

그리고 붙었다.

이날,

젝크 브라운은 '3급 용병' 으로써 새롭게 깨어났다.

불사신 젝크가 사라진 날이었다.

현세 귀환록의 작가 아르케의 신작!

이계황제 헌터정복기

에르하임 제국의 황제 칼스타인은 친정이 끝난 후
복귀해 오랜만에 잠에 빠지는데.
잠에 빠진 채 기이한 느낌에 눈을 뜬 칼스타인은
자신이 영혼의 상태인 것을 느낌과 동시에
다른 이의 상단전에 자리 잡았음을 느끼고
혼이 이미 빠져 나간 육신을 장악하는데.

그렇게 장악한 몸의 주인 이수혁으로 지구에서
깨어나게 된 칼스타인은 다시 잠에 들면
자신이 살던 차원으로 돌아오는 것을 알게 되고.

지구의 이수혁의 몸으로 수련을 하던 중
막혀 있던 자신의 경지를 깰 수 있는 방법이
지구에서의 수련임을 깨닫게 됨과 동시에
이수혁으로서의 삶도 조금씩 중요하게 여기게 되는데.

다시금 인연을 맺게 된 어머님의 건강을 찾고

자신의 무에 대한 갈망을 충족하기 위한
이계의 절대자 칼스타인의 헌터정복기가 시작된다!

아르케 현대 판타지 장편소설
NEO MODERN FANTASY STORY & ADVENTURE

북두